Astrid Fritz studierte Germanistik und Romanistik in München, Avignon und Freiburg. Als Fachredakteurin arbeitete sie anschließend in Darmstadt und Freiburg und verbrachte mit ihrer Familie drei Jahre in Santiago de Chile. Zu ihren großen Erfolgen zählen «Die Hexe von Freiburg», «Die Tochter der Hexe» und «Die Vagabundin». Astrid Fritz lebt in der Nähe von Stuttgart.

Mehr über Astrid Fritz erfährt man auf *www.astrid-fritz.de*

«Serafina ist eine sympathische Heldin mit dem Herzen auf dem rechten Fleck.» (Münchner Merkur)

Astrid Fritz

Die Wölfe vor den Toren

Ein Fall für Serafina

Historischer Roman

Rowohlt Taschenbuch Verlag

2. Auflage Januar 2021

Originalausgabe
Veröffentlicht im Rowohlt Taschenbuch Verlag, Hamburg, Januar 2021
Copyright © 2021 by Rowohlt Verlag GmbH, Hamburg
Covergestaltung any.way, Barbara Hanke / Cordula Schmidt
Coverabbildung Rekha / Arcangel; akg-images / Erich Lessing; Bridgeman Images; Shutterstock
Satz aus der Adobe Garamond
bei Pinkuin Satz und Datentechnik, Berlin
Druck und Bindung CPI books GmbH, Leck, Germany
ISBN 978-3-499-00182-6

Die Rowohlt Verlage haben sich zu einer nachhaltigen Buchproduktion verpflichtet. Gemeinsam
mit unseren Partnern und Lieferanten setzen wir uns für eine klimaneutrale Buchproduktion ein,
die den Erwerb von Klimazertifikaten zur Kompensation des CO_2-Ausstoßes einschließt.
www.klimaneutralerverlag.de

Die Wölfe
vor den Toren

Dramatis Personae

Die Hauptpersonen

Serafina Stadlerin: Sie kann's nicht lassen: Selbst als verheiratete Stadtarztgattin und Armenapothekerin hält es die ehemalige Begine nicht in ihrem trauten Heim im Haus *Zum Pilger*. Wo immer es in Freiburg nicht mit rechten Dingen zugeht, steckt sie vorwitzig ihre Nase hinein. Und hat dabei so manches Mal den richtigen Riecher.

Adalbert Achaz: Studierter Medicus, Freiburger Stadtarzt und Ratsherr, der sich vom einsamen Wolf zum liebevollen Ehemann gemausert hat und die häusliche Gemütlichkeit mit seiner Serafina aufs Höchste schätzt. Kommt es hart auf hart, steht er ihr an Kühnheit und Wagemut indessen in nichts nach – obgleich er zum Helden nicht gerade geboren ist. Und zum Jäger schon gar nicht.

Kräuterfrau Gisla: Die rüstige Alte sieht oftmals mehr als andere. Dank ihres unerschrockenen Auftretens auch in misslichen Situationen rückt sie diesmal vom Freundeskreis in den Kreis der Hauptpersonen auf. Leider macht ihr der strenge Winter doch arg zu schaffen, und so wird sich zum Ende unserer Geschichte ihr Leben entscheidend verändern.

Der Freundeskreis

Irmla: Adalbert Achaz' bärbeißige alte Magd, ihrem Dienstherrn
seit Jahren treu ergeben, zählt zu Serafinas engsten Vertrauten.
Sie ist der ruhende Pol im Haus *Zum Pilger* und gerät nur außer
Fassung, wenn wieder einmal alle zu spät zum Essen erscheinen.

Ratsherr Laurenz Wetzstein: Zunftmeister der Bäcker und gemeinsam
mit seiner Frau gern gesehener Gast im Haus *Zum Pilger*. Wie
immer ist auf den besonnenen, schmerbauchigen kleinen Mann
Verlass, wenn die übrigen Ratsherren in ihrer Schwerfälligkeit
mal wieder nicht in die Gänge kommen.

Meisterin Catharina: Serafinas treue Weggefährtin aus Beginenzeiten.
In mütterlicher Strenge hält sie Aufsicht über die Ordnung der
kleinen Schwesternsammlung Zum Christoffel. Wenn es sein
muss, weicht sie nicht von Serafinas Seite und nimmt es auch mal
in Kauf, sich zwischen blökende Schafe zu setzen.

Grethe: Serafinas engste Freundin aus Beginenzeiten. Die Jüngste
der Christoffelsschwestern ist allem zugetan, was mit Kochen,
Backen und vor allem Essen zu tun hat, wie ihrem rundlichen
Leibesumfang deutlich anzusehen ist. Für Serafina würde sie alles
tun, doch dieses Mal springen andere in die Bresche, wenn es für
Serafina brenzlig wird.

Die Christoffelsschwestern Heiltrud, Mette, Brida sowie Theresia als
Neuzugang aus dem Hurenhaus dürfen sich für diesmal ganz ihren eigenen Aufgaben widmen. Und Mischlingshündchen Michel
scheint Winterschlaf zu halten, da er erst gar nicht auftaucht.

Gallus Sackpfeiffer: Oberster Stadtbüttel und ein eher grober Klotz.
Hat sich vom einstigen Widersacher Serafinas zu ihrem fast schon
treu ergebenen Gefährten gewandelt. Zumal ihn die Erfahrung
gelehrt hat, dass sie meistens recht hat.

Die Dorfbewohner aus der Würi

Bannwart Eberhard, genannt Eppe: Mit seinem dunklen Vollbart und dem langen Zottelhaar wirkt der Bannwart und Sprecher des Dorfvogts auf den ersten Blick nicht gerade vertrauenerweckend – zumal ihm auch noch die undankbare Rolle des Hiobsboten zufällt.

Getreidemüller Urban: Der feiste, kahlköpfige Wichtigtuer scheint in der verschworenen Dorfgemeinschaft mehr als unbeliebt, obwohl man ihn dereinst zum Dorfvogt gewählt hat. So nimmt es nicht wunder, dass man ihm schließlich satanische Verwandlungskünste unterstellt.

Urbans Altgeselle Jonas: Der pockennarbige Kerl, nicht gerade ein Ausbund an Freundlichkeit, hat bald gute Gründe, auf Urbans Mühle zu spekulieren.

Dorfschäfer Nickel: Ein armer Tropf, dem seine Hunde und Schafe die engsten Freunde sind. Bekommt leider keine Frau ab, sosehr er sich auch bemüht. Selbst seine Fähigkeit, Warzen gesundzubeten, bringt ihm kein Glück.

Hasenbader Veit: Dem Badstubenpächter und hinkenden Vater des kleinen Jörgelin hat das Leben in letzter Zeit übel mitgespielt. Wer wollte ihm da seine Verbitterung verdenken?

Hasenbaderin Margaretha: Der zartbesaiteten Ehegenossin von Meister Veit verwirrt sich, zur Kinderlosigkeit verdammt, zusehends der Geist, und sie hat gar seltsame Erscheinungen.

Badermagd Sanne: Hübsches, aber schwatzhaftes junges Ding, das ihrem Meister Veit schöne Augen macht und ihm liebend gern kleine Gefälligkeiten erweist.

Baderknecht Cunzi: Jung und reichlich respektlos. Die Magd Sanne steht ihm näher, als ihm lieb ist.

Heilerin Mia: Jung, hübsch, beliebt und unnahbar. Wurde ihr das zum Verhängnis?

Dorfälteste Marie: Die Alte mit der Warze auf der Nase zeigt sich gegenüber Serafina um einiges offener als ihre Dorfgenossinnen.

Tine: Auch die Magd des Schleifmüllers ist, dank Gislas wirkungsvollen Heilkräutern, nicht ganz so verschlossen wie die übrigen Dörfler.

Freiburger Bürgersleute

Magnus Pfefferkorn: Guter Freund des Hauses und Förderer der Christoffelsschwestern. Das Alter hat dem Kaufherrn nicht nur weiße Haare, sondern auch eine ausgeprägte Schwachsichtigkeit der Augen beschert.

Eberhart Grieswirth: Der schwergewichtige Metzgermeister, mit seinen Zipperlein einer der Dauerpatienten des Stadtarztes, ergreift gern einmal das Hasenpanier, wenn es brenzlig wird.

Hebamme Hildegard: Als städtische Hebamme ist sie dem Stadtarzt als tüchtige Frau bekannt, die ihr Handwerk versteht. Was das Schicksal nicht davon abhält, ihr ein völlig unverdientes Ende zu bescheren.

Apotheker Johans: In diesem Band begegnet der Stadtapotheker Serafina in überraschender Freundlichkeit. Warum er mit seiner Konkurrentin in Sachen Heilmittel zähneknirschend Frieden geschlossen hat, ist in *Die Tote in der Henkersgasse* nachzulesen.

In kleineren Rollen

Der Knabe Jörgelin: Er spielt als Sohn des Getreidemüllers Urban gleich zu Anfang einen wichtigen Part, wenngleich einen gänzlich stummen.

Münsterpfarrer Heinrich Swartz: Der dickleibige Geistliche hat diesmal nur den Segen zur Wolfsjagd zu spenden.

Dorfpfarrer Burkhard: Hat die unerquickliche Aufgabe, auf seinem Kirchhof gleich zweimal hintereinander Gräber im vereisten Boden ausheben zu lassen.

Wundarzt Meister Henslin: Der sonst eher farblose städtische Wundarzt darf für diesmal in einem etwas makabren Rollenspiel kurzzeitig ins Rampenlicht rücken.

Torwächter Ansgar: Nachdem seinem Gedächtnis auf die Sprünge geholfen wird, trägt er entscheidend zur Aufklärung bei.

Tuchermeister Ulrich Kreideweiss: Als oberster aller Zunftmeister führt er die Freiburger Bürgerwehr in die große Schlacht gegen die Wölfe.

Historische Mitspieler am Rande

Schultheiss Paulus von Riehen: Entstammt einem der vornehmen Freiburger Geschlechter und war 1415–1419 Schultheiß der Stadt, also das vom Landesherrn eingesetzte Gerichts- und Stadtoberhaupt.

Abrecht von Kippenheim: Ebenfalls ein Spross der Vornehmen, war einer der jährlich vom Rat gewählten Bürgermeister der Stadt.

Bischof von Basel: Der aus burgundischem Adel stammende Humbert von Neuenburg war von 1395 bis 1417 Fürstbischof und

Territorialherr zu Basel. Er tat sich unrühmlich hervor, indem er zwischen 1405 und 1410 die Basler Beginen enteignete und aus seinem Fürstbistum vertrieb.

Prolog

Freitagabend nach Mariä Lichtmess Anno Domini 1418

Der aufgehende Vollmond tauchte die Welt in silbriges Licht und brachte die festgefrorene Schneedecke der Dreisamwiesen zum Glitzern. Dort, im Schutz des Ufergesträuchs, näherten sich die Wolfseltern mit ihrem Nachwuchs der Stadt. Seit etlichen Tagen hatten sie droben im Wald keine Beute mehr gemacht, und so trieb sie der Hunger bis zu der Ansammlung kleiner Holzhäuser vor dem Freiburger Obertor.

Auf dem harschigen Untergrund hinterließen die Tiere kaum Spuren. Sie wirkten mager, trotz des dichten graubraunen Winterfells. Die Fähe führte das Rudel an, Rüde und Jungtiere folgten ihr wie an einer Schnur aufgereiht. Kurz vor dem ersten Haus blieb die Wölfin stehen und nahm Witterung auf. Aus dem Schuppen zu ihrer Linken stieg ihr Schafsgeruch in die Nase. Vorsichtig näherte sie sich der löchrigen Bretterwand, als auch schon von drinnen ein ängstliches Blöken zu hören war. Ansonsten lag die kleine, unbefestigte Vorstadt in tiefem Schlaf.

Das Rudel war ihr gefolgt. Während die Jungen fluchtbereit und dicht beieinander verharrten, glitten die Wolfseltern lautlos an den Brettern entlang, bis der Rüde fand, was er suchte: eine Lücke, groß genug für seine breite Stirn. Er zwängte sich hindurch, nicht ohne das lose Brett mit seiner Schulter noch weiter zur Seite zu schieben.

Sie holten sich nur die Winterlämmer und Jungtiere vom Vorjahr. Ein kräftiger Biss ins Genick oder in die Kehle genügte, um das Beutetier rasch zu töten. Denn sie mussten schnell sein: Bald schon schlugen rundum die Hunde an, doch bis die ersten Menschen, mit Knüppeln und Mistgabeln bewaffnet, laut schreiend auf der Gasse erschienen, zeugte nur noch eine rote Spur bis hin zum Waldrand von dem Blutbad, das die Wölfe im Schafstall angerichtet hatten.

Kapitel 1

Das Wolfsgeheul drang bis in Serafinas Traum, in dem sie durch einen tief verschneiten Wald irrte. Sie erwachte und hörte immer noch das langgezogene Heulen von der Burghalde her, einmal, zweimal, danach herrschte Stille in der stockdunklen Schlafkammer.

Sie spürte, wie Adalbert sich neben ihr mit einem Brummen zur Seite drehte.

«Bist du wach?», flüsterte sie.

«Hm», kam es verschlafen zurück.

«Hast du es gehört? Die Wölfe!»

Adalbert nahm ihre Hand. «Ja, sie haben Hunger. Aber keine Angst, sie kommen nicht in die Stadt. Die Mauern sind zu hoch, die Tore fest verschlossen. Oder hast du schon mal von einem Wolf gehört, der klettern kann?»

«Nein, das nicht. Aber allmählich wird's mir unheimlich, wie nah diese wilden Tiere inzwischen kommen.»

«Solange ich nachts nicht übers freie Feld laufen muss, schert mich das nicht.» Adalbert kuschelte sich an sie. «Jetzt schlaf endlich, Serafina. Wir haben ein Haus mit dicken Mauern, wir haben es warm, wir haben uns – was wollen wir mehr?»

Sie schwieg. Sein leises Schnarchen verriet ihr nach einer Weile, dass er wieder eingeschlafen war. Doch sie war inzwischen hellwach. Nicht zum ersten Mal hatte das Heulen der Wölfe sie aufgeschreckt, und sie vermochte sich nicht zu erinnern, dies in den Wintern zuvor jemals erlebt zu haben. Wohl aber in der Kindheit in ihrem Heimatdorf bei Radolfzell, wo sie in einem ebensolchen harten Winter hatte mitansehen müssen, was ein Rudel Wölfe im Ziegenpferch des Nachbarn angerichtet hatte. Alles war voller Blut gewesen, zwei schwer verletzte Zicklein waren vor ihren Augen verendet.

Erst gestern hatte Adalbert ihr hierzu einen Vortrag gehalten, in der etwas umständlichen Art, die ihm zu eigen war. In den Wäldern rechts und links des Dreisamtales gebe es immer weniger Beutewild, hatte er erklärt. Seitdem die Einwohnerzahl Freiburgs und der zugehörigen Dörfer rundum zunehme und somit immer mehr Vieh auf die Waldweiden getrieben werde, werde den dort lebenden Tieren der Aufwuchs weggefressen. Und als Folge dieser Waldhut, also der Weidewirtschaft im Wald, verringere sich eben über die Jahre hinweg der Wildbestand. Nicht nur zum Verdruss der herrschaftlichen Jagdgesellschaften, sondern auch zum Nachteil der Wölfe. «Kein Wunder», hatte er seine Rede beendet, die Serafina alles andere als beruhigend fand, «dass sie sich an Schafen, Ziegen und Kälbern gütlich tun. Und sich in langen, kalten Wintern sogar den Städten nähern.»

Mit einem Seufzer drehte sich Serafina im Bett auf die Seite. Würden sich wohl als Nächstes die Bären von den Bergen herunterwagen? Dieser Winter war wirklich schrecklich!

Schon zu Martini im November war die Kälte übers Land gekommen, zunächst mit Massen an Schnee, dann mit nasskaltem Tauwetter, das die Gassen und Landstraßen im Morast versinken ließ, sodass für die Handkarren und Fuhrwerke kein Durchkommen mehr war. Zur Weihnachtszeit hatten heftige

Winde neuen Schneefall gebracht und hernach eine eisige Kälte, die einem Stein und Bein gefrieren ließ. Seit Mitte Januar, seit nun schon drei Wochen, waren Dreisam wie Floßgraben zur Gänze zugefroren. Da somit kaum noch Holz vom Schwarzwald herunterkam, kostete das Klafter Scheitholz bereits das Dreifache wie im Herbst, wenn es denn überhaupt welches zu kaufen gab. Nicht wenige Holzfrevler, die der Waldhüter beim Schlagen erwischt hatte, saßen inzwischen im Turmverlies ein. Ebenso wie die Schwarzhändler, die heimlich unter der Hand Brennholz gegen Lebensmittel eintauschten, was streng verboten war.

Immer wieder musste Serafina in diesen Tagen an die Menschen denken, die es nicht so behaglich hatten wie sie. Viele Vorstadtbewohner hatten ihr Nachtlager bei ihrem Vieh im Stall aufgeschlagen, um es einigermaßen warm zu haben, was jetzt wegen der Wölfe nicht ungefährlich war. Den Freiburger Hausarmen und Bettlern, die sonst in ärmlichen Hütten oder gar Bretterverschlägen an der Stadtmauer hausten, mussten sogar Notquartiere unter der Ratsstube und im Kornhaus zugewiesen werden, damit sie nicht erfroren. Zum Glück hatte Adalbert, vorausschauend wie er war, zum Herbst hin so viel Brennholz eingelagert, dass es bis zum Frühjahr reichen würde, obschon sie das Herdfeuer in der Küche Tag und Nacht brennen ließen. Und mit den von Irmla reichlich angelegten Vorräten an eingemachtem Sauerkraut, Trockenfisch und Pökelfleisch würden sie wohl auch nicht hungern müssen.

Nach dem heißen, trockenen Sommer war die Ernte eher spärlich ausgefallen, und das kam nun zur schlimmen Kälte hinzu: Der Bauernmarkt wurde, wie stets im Winter, statt dreimal die Woche nur noch dienstags und samstags ausgerichtet, doch die Lauben waren heuer noch spärlicher bestückt als sonst zur kalten Jahreszeit. Eier, Butter und Käse gab es nur in kleinsten Mengen, und weil der Marktmeister die Preise heraufgesetzt hatte, um den Bauern der Umgebung zumindest ein gewisses Auskommen zu sichern, waren diese Lebensmittel für den gemeinen Mann schier unerschwinglich. Milch kam erst gar nicht zum Verkauf, weil damit das abgemagerte Vieh gefüttert werden musste. Fleisch hingegen gab es im Überfluss: Da bei den Ackerbürgern und Bauern im Umland das Stroh und Heu fürs Vieh vorzeitig zur Neige gegangen war, musste eine große Anzahl älterer Tiere vielerorts notgeschlachtet werden. Für das übrige Vieh schleppte man aus den nahen Wäldern mühsam Laub, Reisig und Waldkräuter, ja selbst Baumnadeln heran, um sie notdürftig am Leben zu erhalten.

Da auch der Stadtbach in der Schneckenvorstadt zugefroren war, hatten die Müller und Badstubenbetreiber, die Gerber, Schleifer und Färber kein fließend Wasser mehr für ihr Handwerk zur Verfügung und konnten ihrer Arbeit nicht nachgehen. Mehl gab es wegen der eingefrorenen Mühlräder also gar nicht mehr zu kaufen, jeder musste sein Korn – davon zumindest hatte die Stadt ausreichend gelagert – mühsam zu Hause von Hand mahlen. Doch das war nur das Geringste, dachte sich Serafina, während sie vergebens versuchte, in den Schlaf zu finden. Die halbe Stadt lag wie erstarrt. Das hatte sie so noch nicht erlebt. Und auch an ihren Sohn Vitus musste sie immer wieder denken, der mit seiner Straßburger *Compania* als Gaukler durch die Lande zog. Hoffentlich hatten sie irgendwo ein warmes und sicheres Quartier gefunden. Wenigstens wurden seit Lichtmess die Tage spürbar länger, und so blieb zumindest die Gewissheit, dass dieser Winter bald ein Ende finden würde. Dann würde sie wieder hinaus in ihren Kräutergarten vor der Stadt wandern können, zusammen mit ihrem treuen Hündchen Michel, den sie schweren Herzens ihren ehemaligen Mitschwestern von Sankt Christoffel überlassen hatte, damit er sie bei ihren abendlichen Gängen zu den Kranken und Sterbenden beschützte.

Am nächsten Morgen erwachte Serafina erst, als Adalbert fertig angezogen neben dem Bett stand.

«Aufstehen, du Nachteule!» Er drückte ihr einen zärtlichen Kuss auf die Wange. «Die Küche ist wunderbar eingeheizt, und auf dem Tisch wartet ein warmer, süßer Milchbrei.»

«Habe ich verschlafen?», fragte sie erschrocken. «Ist Grethe etwa schon da? Wir wollen doch zusammen auf den Markt.»

Er lachte. «Nein, so spät ist es nun auch wieder nicht. Genug Zeit für ein gemütliches Morgenessen.»

Unwillig schälte sie sich aus der dicken Daunendecke. In ihrem Leinenhemd begann sie augenblicklich zu frösteln. Hastig kleidete sie sich an und folgte Adalbert hinunter in die Küche.

«Guten Morgen, liebe Irmla», begrüßte sie die alte Magd, die schon in Adalbert Achaz' Diensten gestanden hatte, als der noch Leibarzt des Basler Bischofs Humbert von Neuenburg war.

«Guten Morgen, Frau Serafina. Habt Ihr gut geschlafen?»

«Alles andere als das. Habt Ihr heute Nacht etwa nicht die Wölfe gehört?»

Irmla verzog ihr faltiges Gesicht zu einem belustigten Lächeln. «Von so ein bisschen Wolfsgeheul lasse ich mir nicht den Schlaf rauben. Wölfe im Schafspelz auf zwei Beinen sind mir da schon um einiges unangenehmer. Und nun lasst uns essen. Wir sind später dran als sonst.»

Wenn Irmla eines nicht leiden konnte, dann war es, wenn die Mahlzeiten nicht pünktlich eingenommen wurden. Auch sonst hatte sie so ihren eigenen, sturen Kopf, gerade so wie Serafina, und dennoch mochten beide sich von ganzem Herzen.

Sie hatten ihr Morgenmahl gerade beendet, als von der Ratskanzlei, die sich schräg gegenüber ihres Hauses Zum Pilger befand, die Glocke zu läuten begann.

«Nanu?» Adalbert sah erstaunt auf. «Eine Sondersitzung des Magistrats? Und das an einem Samstag?»

Adalbert war nicht nur Stadtarzt, sondern wurde auch Jahr für Jahr in den Rat der Achtundvierzig gewählt. Dies und der Umstand, dass er oft zu Konsultationen nach auswärts gerufen wurde, hatten zur Folge, dass er an manchen Tagen erst spät abends zu Hause war – sehr zu Irmlas und auch Serafinas Missfallen.

«Was könnte es so Dringliches geben?», fragte sie ihn.

Er küsste sie auf die Stirn. «Ich weiß nicht. Aber ich werde danach schnurstracks heimkommen und dir berichten. Versprochen!»

Serafina nickte lächelnd. «Das will ich doch hoffen.»

Kapitel 2

Nachdem Serafina zusammen mit Irmla den Abwasch erledigt und die Küche aufgeräumt hatte, erschien ihre Freundin und ehemalige Mitschwester Grethe, die im Beginenhaus Zum Christoffel für den Einkauf und die Küche zuständig war. Allein von dem kurzen Wegstück vom Brunnengässlein hierher hatte sie eine rotgefrorene Nase. Und das, obwohl sie sich über die Kapuze ihrer grauen Beginenkutte noch ein dickes Wolltuch geschlungen hatte.

«Was ist das nur eisig draußen! Gehen wir am besten gleich los zum Markt», drängte sie. «Sonst lasse ich mich noch häuslich nieder in eurer warmen Küche.»

Wenig später traten sie hinaus auf die Barfüßergasse, die vom Kloster der Franziskaner hinüber zur Großen Gass führte. Eigentlich war die in frostiges Weiß getauchte Stadt unter dem klaren, blauen Himmel ein schöner Anblick, dachte Serafina. Wäre es nur nicht so kalt gewesen, dass einem der Atem gefror. Wer es sich leisten konnte, trug warme Fellhandschuhe und dicke Pelzmützen, selbst die Frauen legten dafür ihre Hauben ab. So auch Serafina.

«Wie geht es eigentlich Brida? Ist sie noch immer krank?», fragte sie die Freundin, als sie bei der Kramlaube die Marktgasse betraten.

«Du kennst sie doch.» Grethe grinste, und auf ihrem runden Herzchengesicht erschienen tiefe Grübchen. «So ein empfindliches Menschlein! Aber dank deinem Kräuterzaubertrank geht es ihr schon besser, obwohl sie es sich nicht anmerken lassen will. Die Meisterin hat sie jetzt übrigens in eine Kammer mit Theresia gesteckt. Kannst dir ja vorstellen, wie wenig die sich von Bridas Jammern beeindrucken lässt.»

Serafina musste lachen. Brida von Stühlingen entstammte einem verarmten Ritterhaus und hatte sich anfangs mit ihrem neuen Leben als Begine sichtlich schwergetan. Inzwischen hatte sie sich eingelebt und auch schon einige Male bewährt, doch die vornehme Herkunft merkte man ihr immer noch an. Und jetzt musste sie sich ausgerechnet mit Theresia die Kammer teilen, der ehemaligen Hübschlerin aus dem Haus Zur Kurzen Freud.

«Mutter Catharina wird sich schon was dabei gedacht haben», erwiderte sie. «Gehen wir zuerst beim Schwarzbeck vorbei? Ich habe Brotteig dabei, sonst muss ich den die ganze Zeit mit mir herumtragen.»

«Einverstanden.» Grethe seufzte gespielt unglücklich. «Was sind das nur für Zeiten, wo man sein Brot beim Bäcker backen lassen muss, anstatt es dort zu kaufen. Nur weil der kein Mehl mehr geliefert bekommt.»

Innerlich musste Serafina ihr recht geben. Nicht nur die Brotlauben, sondern mehr als die Hälfte der Verkaufsbänke waren geschlossen. Keine Hunde, keine bettelnden Kinder streunten mehr zwischen den wenigen Besuchern herum. Damit hatte der Markt schon etwas sehr Trostloses. Nur vor der Gewandlaube stand eine große Traube von Menschen an, um warmes Tuch zu erstehen.

Serafina schüttelte den Kopf. «Es gibt wirklich kaum noch was Frisches zu kaufen. Nur noch verschrumpelte Lageräpfel, Kohlrüben und Nüsse.»

«Selbst bei uns ist inzwischen Schmalhans Küchenmeister», murmelte Grethe und musste dann selbst lachen. «Nun ja, vom Fleisch gefallen bin ich deshalb noch nicht.»

Sie wies auf ihre dralle Gestalt.

Auf dem Weg zum Schwarzbeck, der seine Backstube am Fischmarkt hatte, kam ihnen Apotheker Johans entgegen. Der kleine Mann im viel zu großen Pelzmantel trug heute eine leuchtend rote Gugel, deren endlos langer Kapuzenzipfel wie der Turban eines Sarazenen um den Kopf geschlungen war, was einigermaßen lächerlich aussah. Mit einer tiefen Verbeugung begrüßte er Serafina übertrieben ehrerbietig.

«Wie geht's, wie steht's, werte Frau Stadtärztin? Gesund und wohlauf? Wo doch alle Welt der Katarrh plagt bei diesem Wetter ...»

«Ich kann nicht klagen, lieber Stadtapotheker,», gab sie ebenso freundlich zurück, wenngleich sie überhaupt keine Lust auf ein Gespräch mit diesem Mann hatte, der im Jahr zuvor ums Haar ihre Armenapotheke hätte schließen lassen. Doch nachdem sie über Theresia herausgefunden hatte, dass er sich seine unglückliche Ehe hin und wieder mit jungen Hübschlerinnen versüßte, hatte sie ihm das Wissen um sein Geheimnis zugesteckt und hernach Ruhe vor ihm gehabt. Mehr noch, er hatte sich vom Saulus zum Paulus gewandelt.

«Und was machen die Geschäfte, Frau Serafina?»

Sie drohte ihm scherzhaft mit dem Finger. «Ihr wisst doch, dass ich meine Salben und Tränke zum Gotteslohn hergebe.»

«So war das nicht gemeint», beeilte er sich zu versichern.

«Ich weiß, wie sehr Ihr Euch um die Armen bemüht. Falls es Euch an etwas fehlt, an Geierschmalz oder Krötenpulver etwa, so gebt mir nur Bescheid.»

«Habt Dank, aber ich halte mich eher an die Heilkraft der Kräuter als an solcherlei Ingredienzen. Und jetzt müssen wir weiter. Einen schönen Tag noch, Herr Stadtapotheker.»

«Euch auch, liebe Frau Serafina, Euch auch.»

Nachdem sie scheinbar eilig ihren Weg fortgesetzt hatten, sagte Grethe: «Wie freundlich dieser griesgrämige Zwerg auf einmal zu dir ist.»

«Ach, eigentlich kann er einem leidtun.»

Sie waren am Fischbrunnen angelangt, wo das Brunnenbecken, in dem sonst die Fischkörbe lagerten, mit einer dünnen Eisschicht bedeckt war. Aus der vereisten Laufrinne floss nur noch ein spärliches Rinnsal.

Serafina deutete auf die drei vernagelten Verkaufsstände vor ihnen. Die Fischhändler hatten schlichtweg nichts mehr zu verkaufen. Den kärglichen Fang, den die Fischer hie und da aus den ins Eis geschlagenen Löchern zogen, brachten sie der eigenen Familie oder verkauften ihn unter der Hand, auch wenn dies verboten war.

«Jetzt hat auch noch der letzte Fischhändler seine Laube dichtgemacht», sagte sie.

Missmutig runzelte Grethe die Stirn. «Und was soll ich jetzt künftig freitags zu Mittag kochen? Eier gibt es auch keine mehr zu kaufen. Na ja, immerhin haben wir noch Trinkwasser. Ich frage mich allerdings, wieso aus den Brunnen Wasser fließt, wo doch die Flüsse und Bäche zugefroren sind.»

«Das kommt, weil sowohl die Brunnenstube als auch die Deichelleitungen unter der Erde liegen. Das ist für das Wasser warm genug, damit es fließen kann. Unter dem Eis auf der Dreisam fließt es ja auch.»

Erstaunt sah Grethe sie an. «Was du alles weißt ...»

Sie lachte «Das hat mir Adalbert erklärt, wer sonst.»

«Dein Stadtarzt ist schon ein gelehrter Mann. Und liebenswert obendrein. Was hast du nur für ein Glück, Serafina.»

Ja, das hatte sie fürwahr. Seit über einem Jahr war sie nun schon mit Adalbert verheiratet, nachdem sie anderthalb Jahre lang als Begine bei den Christoffelsschwestern gelebt hatte. An die unselige Zeit davor in Konstanz dachte sie mehr als ungern zurück.

«Er meinte auch», fuhr sie fort, «dass es noch einiges kälter werden müsste, bis selbst das Wasser für die Laufbrunnen gefriert.»

«Ich mag gar nicht daran denken, noch kälter!» Grethe schnaubte. «Gehen wir rasch zum Bäcker und Metzger und dann wieder nach Hause. Du könntest doch noch auf ein Weilchen mit ins Christoffelshaus kommen. Mutter Catharina und die anderen würden sich freuen.»

«Warum nicht? Aber wirklich nur kurz. Ich möchte nämlich wissen, warum der Bürgermeister heute eine außerordentliche Sitzung einberufen hat.»

Als sie beim Schwarzbeck ankamen, standen dort schon etliche Weiber an, und es herrschte große Aufregung.

«Der arme Schafshannes! In seinem Stall soll knöcheltief das Blut gestanden haben!» – «Erst vor zwei Tagen in der Würi, jetzt in der Oberen Au.» – «Wann tut die Stadt endlich was?» – «Ach, den hohen Herren ist das doch einerlei, wenn die Dörfler vor die Hunde gehen.»

«Was ist denn geschehen?», fragte Grethe die alte Magd neben sich.

«Sagt bloß, Ihr wisst das noch nicht, liebe Schwester? Letzte Nacht haben die Wölfe dem Hannes von der Oberen Au alle Schafe geholt. Der arme Mann!»

Als Serafina nach einem kurzen Besuch bei den Christoffelsschwestern zur elften Stunde heimkehrte, war Adalbert bereits von der Ratsversammlung zurück.

Er berichtete, dass ein Wolfsrudel in der vergangenen Nacht wenngleich nicht alle Schafe, so doch drei Lämmer und zwei alte Muttertiere gerissen und mit sich fortgeschleppt hatte, drüben in der Oberen Au. Der Rat habe jetzt endlich Maßnahmen ergriffen, nachdem schon zuvor ein Pferch in der Würi verwüstet worden war. Da sowohl die Obere Au als auch das Bauerndorf Würi, das sich unmittelbar vor den Toren Freiburgs längs der Dreisam erstreckte, zur Stadt gehörten, dürften nun alle, die keinen festen Stall hätten, ihre Schafe, Ziegen und Kälber in die ummauerte Vorstadt bringen.

«Hab ich das recht verstanden?» Irmla kniff die Augen zusammen. «Dann läuft bald das ganze Viehzeug bei uns in den Gassen herum?»

«Aber nein. Die Tiere von der Oberen Au sollen zu den Wilhelmiten, die von der Würi in die beiden Frauenklöster der Lehener Vorstadt. Der Ausrufer ist schon unterwegs zu den Leuten. Hoffen wir mal», er warf Serafina, die ihm erschrocken zugehört hatte, einen beruhigenden Seitenblick zu, «dass sich damit die Aufregung um die Wölfe legt.»

Kapitel 3

Am selben Abend kehrte Adalbert frohgemut von seinem Hausbesuch bei Magnus Pfefferkorn zurück. Der seit dem schrecklichen Tod seines jüngsten Sohnes vor knapp drei Jahren sichtlich gealterte Kaufmann klagte seit geraumer Zeit über Kopfschmerzen und unerklärliche Schwindelanfälle. Heute nun hatte Adalbert endlich die Ursache gefunden: Pfefferkorn war alterssichtig geworden und musste sich lediglich Augengläser anfertigen lassen, die er dann allerdings trotz seiner Skepsis auch aufsetzen sollte.

Wenn doch immer so schnell geholfen werden könnte, dachte Adalbert und freute sich schon auf einen gemütlichen Abend am Herdfeuer. Als er die Salzgasse hinter sich gelassen hatte, schlug die Kirchturmuhr des Münsters zur sechsten Abendstunde. Sofort beschleunigte er seinen Schritt, da Irmla und Serafina ab diesem Glockenschlag mit dem Abendessen auf ihn warteten.

Doch daraus sollte nichts werden. Vor seinem Haus Zum Pilger entdeckte er im Schein einer Fackel eine hochgewachsene Gestalt, die prompt auf ihn zueilte.

«Medicus Adalbert Achaz? Seid Ihr das?» Der Mann klang aufgeregt.

Er war Adalbert völlig unbekannt. Mit dem dunklen Vollbart und dem langen Zottelhaar unter der Fellmütze sah er zudem nicht gerade vertrauenerweckend aus.

«Ja. Und wer seid Ihr?»

«Ich bin Eberhard, Bannwart in der Würi und Sprecher des dortigen Dorfvogtes, aber alle nennen mich Eppe. Verzeiht, wenn ich Euch hier so im Dunkeln aufgespürt habe, aber es ist mehr als dringlich. Ist das da Eure Arzttasche?»

Kaum hatte Adalbert genickt, wandte Eppe sich um und lief auch schon los. «Dann kommt schnell», rief er über die Schulter zurück.

«Wartet. Ich sollte noch meiner Magd Bescheid geben.»

«Ist bereits getan.»

Fast im Laufschritt ging es zum Obertor.

«Was um Himmels willen ist denn geschehen?», fragte Adalbert währenddessen und musste um Luft ringen. Er war in letzter Zeit doch um einiges behäbiger geworden und sollte sich mehr bewegen.

«Im Oberdorf der Würi, vor Urbans Getreidemühle, liegt ein toter Knabe.»

«Und warum habt Ihr nicht einen unserer geschworenen Wundärzte geholt?»

Die neueste städtische Arztverordnung besagte nämlich, dass zu Schwerverletzten oder ungeklärten Todesfällen zunächst einmal Meister Henslin oder Meister Glotterer hinzugerufen wurden. Ihn selbst, möglichst in Begleitung eines Wundarztes, holte man nur noch bei eindeutig gewaltsamen Toden.

«Nun ja.» Eppe stieß hörbar die Luft aus und zögerte. «Der Leichnam ist übel zugerichtet. Beim Spielen ist der arme Kleine jedenfalls nicht umgekommen.»

Adalbert konnte nicht verhindern, dass ihm nun doch ein

gewisser Schreck in die Knochen fuhr. Als Arzt hatte er zwar schon so einiges zu Gesicht bekommen, aber der Anblick von verstümmelten Kindern und jungen Menschen war jedes Mal das Schlimmste.

Sie hatten das Stadttor erreicht, das von zwei Pechpfannen rechts und links des Durchgangs spärlich erleuchtet wurde. Der Torwärter, der den Bannwart zu kennen schien, winkte sie hindurch.

«Ich bringe den Medicus hernach wieder zurück», ließ Eppe den Wächter wissen, was Adalbert einigermaßen beruhigte. «Falls schon Torschluss ist, lass ihn an der Pforte nicht unnötig warten bei dieser Kälte, verstanden?»

Heute war der Mond womöglich noch voller als in der Nacht zuvor, und so hätten sie eigentlich weder Fackel noch Handlampe für das kurze Wegstück hinüber zur Dreisambrücke gebraucht. Auf der anderen Seite des Flusses standen die ersten Häuser der Oberen Würi, darunter auch eine kleinere und eine größere Mühle. Vor Letzterer, ein Stückchen flussaufwärts, hatte sich eine Menschenansammlung gebildet, und das Wehklagen, zumal das der Weiber, zerriss Adalbert schier das Herz, als er nun näher kam. Auf dem allerletzten Stück des Weges musste er sich regelrecht zwingen, einen Schritt vor den anderen zu setzen.

Bannwart Eppe hatte ihm bereits den Weg gebahnt: «Macht Platz, hier kommt der Stadtarzt!»

Mitten vor dem Hoftor des ummauerten Mühlenanwesens, auf dessen Rückseite sich das große Rad am Würibach befand, lag etwas, das auf den ersten Blick wie ein Bündel Lumpen aussah. Nur dass sich um dieses zugedeckte Etwas eine Lache Blut auf dem vereisten Schnee ausgebreitet hatte.

«Lasst die Leute fünf Schritte zurücktreten», bat Adalbert den Bannwart, «damit ich meine Arbeit verrichten kann.»

Eppe tat, wie ihm geheißen, und die Menschen wurden still. Nur noch ein unterdrücktes Schluchzen war zu hören. Adalbert kniete vor dem Bündel nieder, holte tief Luft und schlug die Decke, die jemand über das Kind gebreitet hatte, zurück.

Ja, das Opfer war tot. Mausetot. Dass es sich bei dem Leichnam um ein Kind handelte, war nur noch an der Größe zu erkennen. Alles war voller Blut, verursacht durch zahllose Wunden, die wie Reißwunden aussahen. Das Gesicht war zum Glück weniger schrecklich zugerichtet, dafür die rechte Ohrmuschel abgetrennt. Adalbert überwand sich und schloss dem Knaben die weit aufgerissenen Augen. Da erst bemerkte er, dass gleich unterhalb der Schulter der rechte Arm fehlte – abgerissen mitsamt dem Ärmel des Wollmantels. Nur mühsam unterdrückte er einen Würgereiz, die Lampe in seiner Hand begann zu zittern.

«Seit wann liegt er hier?», fragte er den Bannwart, der tapfer in seiner Nähe ausharrte und dabei starr geradeaus schaute. Der schwarzbärtige Mann, den Adalbert zu Unrecht für einen finsteren Gesellen gehalten hatte, schien sichtlich um Fassung bemüht.

Eppe zuckte die Achseln. «Die Magd vom Großmüller hat ihn gefunden, als sie das Hoftor schließen wollte. Das ist noch nicht lange her. Aber die könnt Ihr nicht fragen, weil sie vor Schreck ohnmächtig geworden ist. Man hat sie in ihre Kammer gebracht.»

«Habt Ihr eine Vermutung, wer der Knabe ist?»

Statt Eppe antwortete ihm ein schwergewichtiger Mann, der jetzt hinter dem Bannwart hervortrat. In seinem stutzerhaften Gewand wirkte er in dieser Umgebung wie ein Pfau in einer

Hühnerschar: Über den mi-parti gefärbten Beinkleidern – das eine in leuchtendem Rot, das andere froschgrün – trug er einen halblangen Mantel mit Samtverzierung und weiten, offenen Zattelärmeln, die Füße steckten in übertrieben langen Schnabelschuhen. Aus Ehrerbietung vor dem Toten hatte er seinen Biberpelzhut abgenommen, und so schimmerte sein kahler Schädel im Schein der Fackel ebenso rosig wie sein glatt barbiertes Gesicht.

«Es könnte der Junge vom Hasenbader sein. Der hat nicht weit von hier seine Badstube, mein Knecht ist schon unterwegs zu ihm. Ich war es übrigens, der die Decke geholt hat und die Meute von dem armen Kerlchen ferngehalten hat, solange der Bannwart fort war. Es ist schon unerhört, wie dreist die Leute Maulaffen feilhalten, sobald ein Unglück geschieht.»

Adalbert stimmte ihm zu. Innerlich schüttelte er jedoch den Kopf. Wer trug um Himmels willen bei diesem Wetter Schnabelschuhe!

«Und Ihr seid …?», unterbrach er den Redeschwall des Mannes.

«Meister Urban, der Großmüller, Pächter dieser Getreidemühle in dritter Generation und Dorfvogt der Würi.»

In diesem Augenblick gellte ein Schrei durch die Nacht.

«Mein Sohn! Mein kleiner Jörgelin!»

Ein untersetzter, kräftiger Mann, der stark hinkte, stürzte herbei. Adalbert beeilte sich, den Leichnam wieder vollständig zu bedecken. Der Mann ging heulend in die Knie und wollte schon die Decke wegziehen, doch Eppe riss ihn geistesgegenwärtig in die Höhe und hielt ihn fest.

Adalbert warf dem Bannwart einen dankbaren Blick zu und erhob sich ebenfalls.

«Ihr solltet ihn nicht anschauen. Nicht in diesem Zustand.»

«Ich will wissen, ob das mein Junge ist!» Verzweifelt wehrte sich der Mann gegen den festen Griff des Bannwarts.

«Der Medicus hat recht, Veit», versuchte der ihn zu beruhigen. «Das ist kein schöner Anblick.»

«Dann seid Ihr der Hasenbader?», fragte Adalbert teilnahmsvoll.

Der Mann konnte nur noch kraftlos nicken.

«Trägt Euer Junge einen grauen, kurzen Mantel? Mit einem Flicken am vorderen Saum?»

Statt einer Antwort brach der Bader in lautes Schluchzen aus.

«Bitte!», stieß er schließlich hervor. «Lasst ihn mich anschauen. Mein Weib und ich …»

«Gebt mir eine halbe Stunde», sagte Adalbert so sanft wie möglich, «dann bringe ich Euch den Knaben nach Hause. Und Ihr, Eppe», wandte er sich an den Bannwart, «könntet Ihr vielleicht den armen Mann heimführen zu seinem Weib?»

«Ist wohl das Beste», murmelte der.

«Ich danke Euch. Wir sehen uns dann später.» Er winkte den Dorfvogt heran und wartete kurz, bis sich Bader und Bannwart entfernt hatten. «Wäre es möglich, Meister Urban, dass wir den Jungen zu Euch ins Haus bringen? Ich möchte ihn so zurechtmachen, dass seine Eltern die Totenwache halten können.»

Der Getreidemüller schien nicht sonderlich erbaut. «Eigentlich mag ich keine Blutflecken in meiner Küche haben. Aber gut, bringen wir ihn in die Knechtkammer.»

Die entsetzten Dorfbewohner hatten den Kreis wieder enger um sie geschlossen. Viele von ihnen zitterten vor Kälte und Bestürzung.

«Stimmt es», bestürmten sie den Medicus, «dass da einer mit dem Beil draufgeschlagen hat?» – «Allmächtiger, wer tut so was?» – «Seid ihr dumm? Das waren die Wölfe!»

«Hört zu, Ihr Leute», bat Adalbert um Gehör. «Noch kann ich nichts mit Sicherheit sagen. Geht also zurück in Eure Häuser oder leistet den armen Eltern Beistand in dieser schweren Stunde. Allerdings bräuchten wir zwei Freiwillige, die den Pfarrer von Sankt Einbethen holen. Wer von Euch Männern also Mut hat, jetzt rasch im Dunkeln hinüber nach Adelhausen zu laufen, der hebe die Hand.»

Niemand meldete sich, und Adalbert konnte es ihnen nicht verdenken. Auch ihm wäre es bei dieser Wolfsplage derzeit angst und bange, zur Nacht ins Nachbardorf zu marschieren, auch wenn das nicht allzu weit entfernt lag.

«Mein Knecht und mein Altgeselle gehen», entschied Meister Urban und winkte zwei erschrocken dreinblickende Männer heran. «Holt euch Fackeln und Mistgabeln zur Bewaffnung, und dann ab mit euch zu Pfarrer Burkhard.»

Während der Müller sich bückte, um den Leichnam aufzuheben, entdeckte Adalbert neben der Blutlache etwas Dunkles im Schnee. Im Schein seiner Lampe hob er es auf und erkannte eine kleine, wollene Bundhaube, die dem Knaben gehört haben musste. Wahrscheinlich war sie ihm bei dem verzweifelten Kampf gegen den oder die Wölfe vom Kopf gerissen worden. Denn dass es sich um einen Wolfsangriff handelte, dessen war sich Adalbert fast sicher.

Bedrückt nahm er das Mützchen an sich und folgte dem Müller, der aufrecht und mit unbeweglicher Miene den toten Knaben durch das offene Hoftor trug.

Kapitel 4

«Das war kein bestialischer Meuchelmord, das waren Wölfe, habe ich recht?», bemerkte Meister Urban in herablassendem Tonfall, während sie den weitläufigen Hof überquerten. «In meiner Eigenschaft als Dorfvogt dieser Leute erwarte ich von Euch unverblümte Offenheit, lieber Medicus.»

«Nun, es sieht ganz danach aus. Wobei mich wundert, dass sie ihre Beute nicht weggetragen haben. Aber vielleicht war es auch nur ein einziger, unerfahrener Jungwolf, der sich plötzlich gestört fühlte und die Beute zurückließ.»

Wütendes Gebell durchdrang jetzt die Dunkelheit.

«Das sehe ich ebenso», erwiderte Urban. «Übrigens haben meine Hunde vor gut einer Stunde schon einmal so laut angeschlagen. Nur leider verwahrt sich die Dorfgenossenschaft dagegen, dass ich die Hunde frei laufen lasse. Wären sie nicht an der Kette gewesen – sie hätten das Unglück ganz bestimmt verhindern können.»

«Hunde haben gemeinhin Angst vor Wölfen und ziehen bei einem Kampf den Kürzeren», entgegnete Adalbert kühl, dem das großspurige Gebaren des Müllers immer weniger gefiel.

Sie gelangten in eine stickige Kammer neben dem Schweinestall, wo eine Tranlampe unter der verschlossenen Fensterluke vor sich hin rußte. Immerhin war es durch das Vieh gleich nebenan einigermaßen warm im Raum.

Urban legten den Leichnam zwischen zwei Strohsäcken auf dem gestampften Lehmboden ab.

«Was habt Ihr nun vor?», fragte er.

«Ich werde den Knaben so weit herrichten, dass seine Eltern sich ohne Grausen von ihm verabschieden können. Hierzu brauche ich Lappen und Warmwasser.»

«Gut, ich gebe meinem Weib Bescheid.»

Der Müller verschwand nach draußen, wo er den Hunden zubrüllte, sie sollten endlich ihr verdammtes Maul halten.

Erneut kostete es Adalbert große Überwindung, die Decke von dem toten Kind zu nehmen. Er dachte daran, dass es einst auch zu Serafinas gewohnten Aufgaben gehört hatte, Tote zu waschen. Aber die waren sicherlich niemals so grausam zugerichtet gewesen wie dieser Junge hier.

Er kauerte sich nieder und betastete die wenigen unversehrten Stellen am rechten Bein. Der kleine Körper war zwar kalt, aber noch immer nicht erstarrt, auch hatten sich die Augen zuvor leicht schließen lassen. Er war also noch nicht lange tot, und Urbans Mutmaßung, dass der Wolfsangriff die Hunde aufgeschreckt hatte, mochte stimmen. Unter dem angetrockneten Blut war das Gesichtchen kalkweiß, die Kehle eindeutig durchgebissen.

Kurz schloss er die Augen und betete zu Gott, dass Jörgelin nicht lange hatte leiden müssen.

Da kehrte der Müller mit Wasserschüssel und einem Lumpen zurück. Und mit einer mehr als missmutigen Miene.

«Meine Frau hat sich geweigert mitzukommen. Angeblich muss sie sich um unsere immer noch heulende Magd kümmern. Was sind Weiber doch schwächlich.»

«Die meisten sind stärker als wir Mannsbilder», murmelte Adalbert, ohne aufzusehen.

Vorsichtig wusch er das Blut aus dem Gesicht, setzte die Bundhaube über die klaffenden Wunden an Ohr, Hinterkopf und Schläfe und band sie unter dem Kinn zu. Nicht ohne zuvor Hemd- und Mantelkragen hochgeschlagen zu haben, sodass die durchbissene Kehle nicht mehr zu sehen war. Dabei entdeckte er auf dem blutgetränkten Wollstoff gelblich-graue Fellreste, entfernte sie und knotete sie in ein Tüchlein, von denen er stets welche in der Arzttasche vorrätig hatte. Den Leichnam aus der zerfetzten Kleidung zu schälen, darauf verzichtete er – wie der geschundene Körper darunter aussah, konnte er sich lebhaft vorstellen. Zumal dort, wo der Arm abgerissen war. Es gab nun keinen Zweifel mehr.

«Es war mit Sicherheit ein Wolf», teilte er Urban mit, denn er wollte vor den Leuten im Dorf mit offenen Karten spielen. «Und spätestens der Biss in die Kehle war tödlich. Wenn Ihr mir jetzt noch ein sauberes Tuch als Leichentuch geben könntet? Darin wollen wir ihn einwickeln, damit seine Eltern ihn zur Totenwache aufbahren können.»

Urban zog das Tuch von einem der Strohsäcke ab.

«Reicht das hier aus?»

Was für ein Geizhals, dachte Adalbert, als er das vergilbte und alles andere als reinliche Betttuch entgegennahm. Er verwettete seine Gelehrtenkappe darauf, dass der Müller eine ganze Truhe voll makelloser Leintücher besaß. Aber Adalbert war nicht danach, sich wegen einer solchen Kleinigkeit zu beschweren.

Er wickelte den kleinen Leichnam derart ein, dass die Eltern nur das obere Ende des Tuchs zurückschlagen konnten. Der

Anblick des bleichen, fast friedlichen Knabengesichts unter der zugebundenen Haube war nun einigermaßen erträglich.

«Gehen wir.»

Auf dem Weg zum Hasenbad wünschte Adalbert sich nichts sehnlicher, als dass jetzt Serafina bei ihm gewesen wäre. Sie besaß so unendlich viel mehr Erfahrung darin, wie man mit der Erschütterung trauernder Menschen umzugehen hatte. Was sollte er den armen Angehörigen sagen? Denn lautes Gebet war seine Sache nicht.

Diesmal trug er selbst den Leichnam auf den Armen, während der Getreidemüller Fackel und Handlampe hielt. Beide sprachen sie kein Wort, und auch die Dorfbewohner folgten ihnen still und mit gesenkten Köpfen. Adalbert kam der Weg durch die mondhelle Nacht viel weiter vor als die lediglich dreihundert Schritte. Zweimal vermeinte er, aus den nahen Schwarzwaldbergen die Wölfe heulen zu hören, aber das konnte auch Einbildung sein.

Das Badhaus lag ebenfalls am Würibach, und zwar nahe der Dreisambrücke zur Schneckenvorstadt, ziemlich genau auf halber Strecke zwischen der Oberen und Niederen Würi. Vor dem Haus erwartete sie bereits der Bannwart, seine Miene wirkte niedergeschlagen.

Noch bevor Adalbert an die Tür klopfen konnte, drängte sich Meister Urban vor ihm auf die Schwelle und wandte sich an die Dörfler, die jetzt noch mehr Zulauf bekommen hatten.

«Unser Stadtarzt hier kann eindeutig bestätigen, dass der kleine Jörgelin qualvoll an Wolfsbissen gestorben ist.» Ein Aufschrei ging durch die Menge. «Unser ganzes Mitgefühl gilt seinen Eltern, aber als euer Dorfvogt sage ich euch: Wir müssen auch weiterdenken. Denn unser Dorf ist gänzlich ungeschützt.

Deshalb erwarten wir von Euch, Medicus», wandte er sich mit blasierter Miene an Adalbert, «dass Ihr noch heute Abend in der Ratskanzlei die ganze Wahrheit vermeldet: dass dies eindeutig ein blutrünstiger Wolfsangriff war und nicht etwa ein Unglück oder ein Meuchelmord.»

Erstaunt sah Adalbert ihn an. «Weshalb sollte ich etwas anderes bezeugen als die Wahrheit?»

«Ganz einfach: weil die Stadt dann endlich etwas unternehmen müsste gegen diese Plage. Bislang sträubt sie sich ja gegen die große Wolfshatz.»

Der Bannwart trat vor: «Unser Dorfvogt hat ausnahmsweise recht, Medicus. Ihr seid doch selbst ein Ratsherr – Ihr müsst dringend etwas tun! Jetzt, wo das Vieh in Sicherheit ist, holen die Wölfe unsere Kinder!»

«Aber sicher ... Gewiss.» Das Gewicht des Bündels auf seinen Armen wurde Adalbert zusehends schwerer. «Ich werde sehen, was sich tun lässt.»

Da polterte der Müller lauthals los: «Ihr wollt noch zuwarten? Ihr seht doch, wie sterbensbang den Leuten hier ist! Eine große Treibjagd muss her! Gleich morgen früh!»

«Ihr wisst doch selbst, dass nur nach Neuschnee gejagt werden kann – auf dem vereisten Schnee erkennt man keine Spuren.» Adalbert schaute den Müller und den Bannwart beschwörend an.

«Man lässt uns Dörfler also mal wieder im Stich», höhnte Urban. «Was schert es die hohen Herren hinter ihren schützenden Mauern schon, wenn es uns hier draußen an den Kragen geht.»

Die Menge wurde zusehends unruhiger. Täuschte Adalbert sich oder rückte sie dichter an ihn heran?

«Ich werde mich für Euch einsetzen», versuchte Adalbert

sie zu beruhigen. «Mit einem Wildgatter rund ums Dorf, wie es die Adelhauser haben, wäre ja schon ein erster Schritt zum Schutz getan.»

Urban schnaubte. «Ein wunderbarer Einfall! Ihr vergesst bloß, dass sich unser Dorf über eine Meile den Fluss entlangzieht – wie wollt Ihr das einzäunen? Eine großangelegte Jagd ist die einzige Lösung.»

«Die Stadt hilft uns mal wieder nicht», brüllte jemand. Und ein anderer: «Aber es sind ja auch nicht *Eure* Kinder, die verrecken!»

«Wir werden uns selber helfen.» Urban reckte die Faust. «Ich verspreche euch, Leute, dass wir die Mörderwölfe zur Strecke bringen.»

Ein breitschultriger Kerl drängte sich vor: «Jetzt schwingst du große Reden, Urban, aber ein Wildgatter hätte die Bestien vielleicht abgehalten, und sie wären weitergezogen. Wer hat denn unseren Vorschlag mit dem Zaun bei der letzten Versammlung abgeschmettert? *Du* warst das, hast du das vergessen? Zu teuer und zu aufwendig wäre das, und jetzt ist der kleine Jörgelin tot!»

Die Stimmen rundum wurden wütender. «Das stimmt!» – «Der Dorfschmied hat recht» – «Wir hätten die Würi längst umfrieden sollen.»

Gereizt schob Adalbert den Müller mit der Schulter zur Seite.

«Jetzt lasst mich endlich durch. Die Eltern wollen sich von ihrem Kind verabschieden. Und ihr anderen, ihr solltet euch schämen, vor diesem Trauerhaus solch einen Radau zu veranstalten. Macht das in Ruhe unter euch aus.»

Kapitel 5

Adalberts Bericht am gestrigen Abend hatte Serafina so sehr aufgewühlt, dass sie nun schon die zweite Nacht schlecht geschlafen hatte. Im Halbschlaf war ihr immer wieder das Bild eines von Wölfen zerfleischten Knaben vor Augen getreten. Trotzdem war sie bereits vor Morgengrauen auf den Beinen und heizte nun die Küche und damit auch den Kachelofen zur benachbarten Stube hin warm ein.

Sie war noch immer zutiefst erschüttert. Die armen Eltern! Wie unsagbar hart musste dieses Unglück sie getroffen haben! Die Mutter war regelrecht zusammengebrochen, kaum dass Adalbert den Jungen in der Stube aufgebahrt und auf Drängen von Meister Veit, dem Hasenbader, das Leichentuch ein Stück zurückgeschlagen hatte. Die arme Frau war einfach zu Boden gesunken, hatte sich nicht mehr gerührt und nur noch mit grau verfärbtem Gesicht nach Luft geschnappt, während der Bader laut aufgeheult hatte wie ein geprügelter Hund. Adalbert hatte die Frau mit Hilfe der Magd zu Bett gebracht. Stocksteif war sie dort gelegen und hatte unablässig den Namen ihres Sohnes geflüstert, bis zu Adalberts großer Erleichterung endlich der Adelhauser Pfarrer eingetroffen war. Ihm hatte Adalbert versprochen, dass er gleich zum frühen Morgen Serafina schicken würde, um der Baderin etwas zur Stärkung und Beruhigung zu geben. Von der Magd hatte er im Übrigen erfahren, dass Jörgelin gerade mal sechs Jahre alt und das einzige Kind der Eheleute gewesen war.

«Ihr seid früh dran für einen Sonntagmorgen, Frau Serafina», schreckte Irmlas tiefe Stimme Serafina auf.

«Ja, ich werde mich gleich auf den Weg ins Hasenbad machen. Was für ein schrecklicher Schicksalsschlag!»

«Aber Ihr werdet doch vorher eine Kleinigkeit essen?»

In diesem Augenblick verkündete vom Barfüßerkloster nebenan die Glocke das Ende der Frühmesse, die schon zu nachtschlafender Zeit begonnen hatte und an der neben einigen wenigen sehr gottesfürchtigen Bürgern auch die Beginen der Christoffelssammlung teilnahmen.

Serafina griff nach ihrem kleinen Henkelkorb, in den sie noch vor dem Schlafengehen ihre Kräuter gepackt hatte. «Dazu ist keine Zeit mehr. Sagt bitte Achaz, dass ich schon los bin. Vielleicht schaffe ich es ja, bis zur Sonntagsmesse im Münster zurück zu sein.»

Ohne einen Bissen zu sich zu nehmen, verließ sie eilig das Haus. Sie hoffte nämlich, dass Mutter Catharina, wie sie die Meisterin von Sankt Christoffel insgeheim manchmal noch immer nannte, sie bei ihrer schweren Aufgabe unterstützen würde.

Tatsächlich traf sie vor dem Kirchenportal auf ihre ehemaligen Mitschwestern und stürmte auf die Meisterin zu.

«Liebe Catharina, würdest du mich zur Hasenbaderin begleiten?», bat sie flehentlich. «Du hast ja sicher gehört, was drüben in der Würi geschehen ist. Bitte komm mit.»

Die Vorsteherin der Christoffelsschwestern war die warmherzigste und großmütigste Frau, die Serafina kannte. Fast immer trug sie ein feines Lächeln im Gesicht, doch jetzt sah sie mehr als ernst aus.

«Wir haben gerade für den toten Knaben und seine Eltern gebetet. Ich hätte ohnehin bei dir angeklopft, um dich zu fragen, ob wir gemeinsam hinausgehen wollen. Zumal ich vorhatte, unseren Freunden, den Wilhelmiten, noch ein Büchlein zurückzubringen.»

Erleichtert dankte Serafina ihr, und sie machten sich in bedrücktem Schweigen auf den Weg.

Allmählich wurde es hell. Über dem Burgberg lag ein kalter, rötlicher Schimmer, Wolken waren am Himmel weit und breit keine zu sehen. So würde es also auch heute nicht schneien, und ohne Neuschnee wäre die Wolfshatz ein aussichtsloses Unterfangen. Sie hatte Adalberts nicht gerade hoffnungsfrohe Worte im Ohr: «Wir brauchen schleunigst Schnee oder Tauwetter für die Jagd. Sonst heißt es wieder, die Stadt tue nichts für seine Dorfbewohner.»

Über das Obertor, wo die Wilhelmiten ihr Kloster hatten, war es ein kleiner Umweg zum Hasenbad, aber die Meisterin hielt sich wegen ihres Vorhabens nicht lange an der Klosterpforte auf, obschon Bruder Matthäus, der Prior, ein enger Freund von ihr war. Erst recht nach ihrem letzten gemeinsamen Abenteuer in der Höllenschlucht. Ja mehr noch: Sie kannten sich seit Kinderzeiten und wären ums Haar ein Paar geworden.

Draußen vor dem Stadttor hielt Catharina inne.

«Kennst du eigentlich diesen Hasenbader und seine Familie?»

Serafina schüttelte den Kopf. «Ich weiß nur, dass er die Badstube in der Würi erst seit zwei Jahren führt. Vorher hatte das die Bernerwitwe gemacht, nachdem ihr Mann wegen Aussatz ins Siechenhaus verbracht worden war und dort dann auch qualvoll daran gestorben ist. Da sie aber kinderlos war, hat die Stadt ihr die Gerechtsame entzogen und dem Meister Veit übertragen. Es ist schon fast, als ob ein Fluch auf diesem Bad liegen würde.»

Überrascht sah Catharina sie an. «Dem Bader Veit? Heißt sein Weib Margaretha?»

«Ja. Dann kennst du die beiden also?»

«Flüchtig», erwiderte Catharina. «Veit hat früher die kleine Badstube in der Oberen Au geführt, und auf sein Bitten hin hatte ich damals Margaretha eine Zeitlang geistlichen Trost gespendet, nachdem sie eine Fehlgeburt hatte. Das war vor deiner Zeit bei uns. Ihr Jörgelin muss damals so um die zwei, drei Jahre alt gewesen sein.»

«Erst eine Fehlgeburt», murmelte Serafina traurig, «und nun haben sie ihr einziges Kind verloren.»

Sie überquerten die Dreisambrücke und fanden am Eingang zum Oberdorf trotz der frühen Morgenstunde gut eine halbe Hundertschaft an Menschen versammelt. Neugierig traten sie näher heran und beobachteten erstaunt, wie einige Männer unter dem anfeuernden Geschrei der Zuschauer ins vereiste Geäst der wenigen noch nicht abgeholzten Bäume der Uferwiesen kletterten und dort Ketten mit gezackten Eisenhaken befestigten. Erst bei genauerem Hinsehen erkannte Serafina, dass auf die Widerhaken der Eisen Fleischbrocken aufgespießt waren.

«Was machen die Männer dort?», fragte Serafina eine alte Frau neben ihr.

«Das sind Wolfsangeln. Damit kriegen wir diese Bestien.»

«Aber wohl kaum bei diesem Geschrei», wandte Catharina ein.

«Gleich wird hier keiner mehr sein. Bis auf die Wache.» Sie wies auf zwei Bogenschützen, die nicht weit von der Großen Mühle Aufstellung bezogen hatten. «Zwei Männer werden sich auf die Lauer legen, tags wie nachts. Und wenn wir Glück haben ...»

Ein feister Mann im vornehmen Pelzgewand, unter dessen Saum albern lange Schnabelschuhe hervorlugten, schob die schwatzende Alte nicht gerade freundlich zur Seite.

«Gott zum Gruße, liebe Arme Schwester», wandte er sich zunächst an Catharina, dann an Serafina: «Und Ihr seid, hoffe ich, die Frau des Stadtarztes, die unserer armen Margaretha auf die Beine helfen will. Gaffer aus der Stadt brauchen wir hier nämlich nicht.»

«Ins Schwarze getroffen, guter Mann», kam die Meisterin Serafina zuvor, welche schon zu einer scharfzüngigen Antwort ansetzen wollte. «Und aus Neugierde sind wir wahrlich nicht hergekommen. Dennoch mögt Ihr uns vielleicht erklären, wie Ihr mit diesen Eisenhaken in den Bäumen Wölfe erlegen wollt.»

«Ganz einfach. Der Geruch des Köders lockt den Wolf an. Wenn er danach schnappt, bohrt sich der Haken in den Gaumen, und das Tier bleibt am Haken hängen. In aller Regel verendet er von selbst qualvoll, aber damit wir ihn gefahrlos abhängen können, werden ihm die Pfeile unserer Bogenschützen sicherheitshalber den Rest geben.» Er unterbrach sich und brüllte in Richtung eines Weidenbaums: «Ihr Schafsköpfe! Ihr müsstet die Angeln höher hängen!»

Kopfschüttelnd wandte er sich wieder Serafina und der Meisterin zu. «Wenn man nicht alles selbst macht. Der Köder muss nämlich so hoch hängen, dass der Wolf ein Stück weit springen muss und somit der Haken tiefer in den Rachen getrieben wird. Ach herrje, verzeiht, dass ich mich nicht vorgestellt habe. Ich bin Meister Urban, gewählter Dorfvogt und Pächter der Großen Mühle, die Ihr dort drüben seht.»

«Dann lag der Jörgelin also vor *Eurem* Hoftor, Meister Urban?», fragte Serafina und gab sich Mühe, freundlich zu bleiben.

«Richtig. Meine arme Magd hat den Jungen gefunden. Sie hat sich noch immer nicht von dem Schrecken erholt.»

«Wenn Ihr wollt», schlug Catharina vor, «können wir versuchen, ihr ein wenig Trost zu spenden.»

«Nicht nötig. Sie ist schon wieder bei der Arbeit. Ablenkung ist die beste Arzenei.»

«Nun gut, dann werden wir jetzt das Hasenbad aufsuchen.»

«Tut das. Ihr könnt es nicht verfehlen, es liegt bei der unteren Brücke vor dem Schneckentor.»

«Danke», gab Serafina zurück, «ich kenne mich aus in der Würi.»

Der Müller zuckte die Schultern und wandte sich wieder den beiden Männern am Weidenbaum zu.

«Was für ein überheblicher Mensch, dieser Urban», bemerkte Serafina, während sie auf der stillen Landstraße flussabwärts gingen. Sie mussten bei jedem Schritt achtgeben, nicht wegzurutschen, da die eisige Nacht den festgetretenen Schnee erneut hatte gefrieren lassen.

«Fürwahr», bekräftigte Catharina. «Aber das muss uns nicht kümmern.»

Kapitel 6

Am Hasenbad war das Schild mit dem Zunftzeichen der Bader mit einem Tuch verhängt, die Tür dennoch nur angelehnt, um Nachbarn und Freunden ungehindert Zutritt zu gewähren. Vor dem Gebäude hatte sich eine Gruppe von Frauen versammelt, die sich leise unterhielt. Als sich Serafina und Catharina der Türschwelle näherten, wurden sie angesichts der Beginentracht der Meisterin ehrerbietig gegrüßt.

«Geht nur hinein», sagte eine von ihnen, «die arme Margaretha wird Euren Beistand brauchen. Der Herr Pfarrer ist nämlich da, um den kleinen Jörgelin nach Sankt Einbethen zu bringen, und wir wollen ihn begleiten.»

Die recht junge Frau kam Serafina bekannt vor. Plötzlich erinnerte sie sich: Sie war ihr einige Male bei der Kräuterfrau Gisla begegnet, die Serafina mit ihrem Wissen in der Armenapotheke unterstützte und dabei zur Freundin geworden war.

«Seid Ihr nicht Mia, die Heilerin aus der Oberen Würi?», fragte sie.

«Ja, die bin ich. Jetzt erkenne ich Euch auch. Frau Serafina, nicht wahr? Ihr seid mit der alten Gisla, dem Kräuterweib, befreundet. Gisla war einst meine Lehrmeisterin. Ist das nicht schrecklich mit dem kleinen Jörgelin? Und niemand tut etwas gegen die Wölfe.»

«Na ja, Euer Dorfvorsteher scheint ja die Zügel in die Hand genommen zu haben.»

Die Meisterin öffnete die Haustür. «Nun komm schon, Serafina, gehen wir hinein.»

Tatsächlich fanden sie in der von Kerzenlicht erhellten Stube im Obergeschoss neben einem guten Dutzend Trauergästen den Pfarrer vor, der mit Hilfe seines Messdieners den verhüllten Leichnam auf eine Trage bettete. In der Ecke kauerte auf einem Holzschemel zusammengesunken eine zarte Frau mit wachsbleichem Gesicht, die aus rotgeränderten Augen starr in die Luft sah, als wolle sie nicht wahrhaben, was gerade geschah. Das konnte nur Margaretha, die Baderfrau, sein.

Der Pfarrer, der wie die meisten Freiburger Geistlichen Catharina kannte, erhob sich und begrüßte sie.

«Gut, dass Ihr gekommen seid, Mutter Catharina. Und Ihr, werte Frau Stadtärztin, habt wohl etwas zur Stärkung mitgebracht?»

Serafina konnte nur nicken. Der Anblick der Mutter und des kleinen Leichenbündels schnitt ihr tief ins Herz.

«So bringt Ihr den Jungen jetzt zur Kirche, lieber Pfarrer Burkhard?», fragte Catharina.

«Ja. Die Sonntagsmesse beginnt bald. Die heute leider eine Totenmesse sein wird.» Er warf einen Blick auf die Baderin. «Margaretha ist zu schwach, um mitzukommen, aber vielleicht könntet Ihr wenigstens den Veit überreden?»

«Ich versuche es. Wann wird der Junge bestattet?»

«Ich denke, morgen Vormittag. Sofern der Totengräber bis dahin das Grab fertig ausgehoben hat. Eine Knochenarbeit bei dem gefrorenen Boden. Aber wir werden den Jörgelin auf jeden Fall so lange in der Kirche aufgebahrt lassen.»

Dann versprengte der Pfarrer ein letztes Mal Weihwasser, während alle gemeinsam das Paternoster beteten. Serafina sah sich um. Bis auf Pfarrer Burkhard und seinen Messdiener waren ausnahmslos Frauen im Raum.

«Wo ist eigentlich der Hasenbader?», fragte sie im Flüsterton die zahnlose Alte neben sich, als das Gebet beendet war.

«Draußen im Hof», kam es ebenso leise zurück. «Er will wohl allein sein.»

Als unter Glöckchenläuten die Bahre aus der Stube getragen wurde, entfuhr der Mutter ein Aufschrei, der alle zusammenzucken ließ.

«Mein Kind! Mein Jörgelin!»

Mit einem Ruck, der den Schemel umkippen ließ, schnellte Margaretha in die Höhe. Mit schwankenden Schritten versuchte sie, ihrem geliebten Sohn nachzueilen. Sofort war Catharina bei ihr. Sie legte der laut schluchzenden Frau den Arm um die Schulter und drückte sie an sich. Mit ihrer weichen, warmen Stimme stimmte sie einen Totenpsalm an, und ganz allmählich schien sich Margaretha zu beruhigen.

Bis auf ein junges Ding mit zusammengebundenem Kraushaar hatte sich der Raum geleert. Serafina winkte sie heran.

«Bist du die Magd des Hauses?»

«Ja, die Sanne.» Sie schluckte. «Wie furchtbar ist das alles nur.»

«Das ist es. Und deshalb bitte ich dich, Sanne: Du musst den armen Eltern die nächsten Tage nach Kräften zur Seite stehen. Gibt es denn noch weitere Angehörige?»

«Nur noch eine Schwester der Herrin. Die begleitet Jörgelin jetzt zur Messe, kommt aber hernach wieder zurück.»

«Das ist gut. Dann würde ich jetzt gern in die Küche gehen

und einen stärkenden Kräutertrank für deine Herrin zubereiten.»

Sie folgte Sanne durch die offene Tür in die Küche, wo das Herdfeuer spärliches Licht spendete. Sie hatte Rosmarin und Weißdorn zur Stärkung des Herzens mitgebracht, dazu Melisse zur Beruhigung. Das Wasser im Kessel, der an einer Kette über dem Herd hing, war bereits heiß genug. So konnte sie gleich einen Teil davon in den Krug abgießen, den die Magd ihr reichte. Dahinein streute sie unter Rühren ihre Kräuter, nicht ohne dabei ein dreimaliges Ave Maria zu sprechen.

«Der Sud muss noch ein wenig abkühlen», erklärte sie schließlich, während sie den Fensterladen eine Handbreit zur Seite schob, um den Krug dort auf dem schmalen Brett abzustellen. Ein Streifen Morgensonne fiel herein, vom Hof her hörte sie eine heisere Stimme.

Sie spähte hinaus. Drunten, zwischen Holzschuppen und Stall, wanderte ein zusammengekrümmter Mann ruhelos auf und ab und redete unablässig vor sich hin. Dabei hinkte er stark. Plötzlich reckte er die Arme gen Himmel und rief in jammervollem Tonfall: «Warum, warum, warum? Warum, Allmächtiger, tust du uns das an?»

Mit einem unterdrückten Seufzer trat Serafina vom Fenster weg.

«So geht das schon die ganze Zeit.» Sannes Augen füllten sich mit Tränen. «Mein Herr tut mir so unendlich leid.»

«Ich werde ihn hereinholen, damit er sich um seine Ehegefährtin kümmert», erwiderte Serafina und wunderte sich ein wenig, dass die Magd den Bader offensichtlich mehr bedauerte als dessen Weib.

«Das kann *ich* doch machen», bot Sanne sich sofort an.

«Wisst Ihr, es ist ja nicht das erste Unglück, das ihn getroffen hat. Schon zwei Totgeburten hatte die Baderin nach Jörgelin gehabt», sie bekreuzigte sich flüchtig, «und hernach ist sie nie wieder guter Hoffnung gewesen. Hat immer wieder nur geblutet, und das war's dann auch schon gewesen. Und dann war ja auch noch ...»

«Gib bitte acht darauf», unterbrach Serafina ihren Redefluss, «dass die Baderin zu jeder Stunde von dem Kräutertrank nimmt. Das wird ab jetzt deine Aufgabe sein.»

In diesem Augenblick rief die Meisterin aus der benachbarten Stube nach ihr. «Serafina, hilfst du mir, die Baderin in ihre Schlafkammer zu bringen?»

«Ich komme.»

Der Magd beschied sie, in strengerem Tonfall als beabsichtigt: «Hol Meister Veit herein, und dann bring uns den Kräutersud nach oben.»

«Sehr wohl, Frau Stadtärztin.»

Kurz darauf hatten sie die völlig kraftlose Margaretha zu zweit die schmale Stiege hinaufgeschleppt und zu Bett gebracht. Als sie ihr im Dämmerlicht der Tranlampe Schuhe und Strümpfe ausgezogen hatten, hatte Serafina dicke Warzen auf Margarethas Fußsohlen entdeckt, ein ganzes Nest davon. Sie würde ihr morgen eine Salbe dagegen mitbringen.

Reglos und mit geschlossenen Augen lag die Baderin nun da, und Serafina strich ihr übers Haar.

«Ich habe die Magd nach Eurem Mann geschickt. Sie bringt auch gleich einen stärkenden Trank mit. Davon trinkt Ihr zu jedem Stundenschlag ein paar kleine Schlucke. Versprecht Ihr mir das?»

Doch die Frau rührte sich nicht, noch antwortete sie ihr.

Ratlos sah Serafina die Meisterin an. «Wollen wir noch ein wenig bei ihr bleiben?»

«Geh du nur, ich bleibe. Wenn du dich beeilst, bist du noch rechtzeitig zur Messe im Münster.»

«Danke, Catharina.»

In diesem Moment betrat Meister Veit die Kammer, zusammen mit der Magd, die Krug und Becher hereinbrachte. Er selbst blieb unschlüssig im Türrahmen stehen. Wie es schien, hatte er sich ein wenig gefasst, auch wenn er äußerst mitgenommen aussah. Sein Gesicht mit den klar geschnittenen Zügen und dem gepflegten Spitzbart hatte etwas Ansprechendes, wie Serafina fand, doch unter den Augen lagen dunkle Schatten, und um die Mundwinkel hatten sich tiefe Falten eingegraben. Beides ließ ihn älter erscheinen, als er wahrscheinlich in Wirklichkeit war.

«Lieber Meister Veit», begann Catharina, «wir trauern von ganzem Herzen mit Euch und wissen um Euren Schmerz. Aber jetzt solltet Ihr trotzdem stark sein und Eurem Weib zur Seite stehen. Wollt Ihr vielleicht an der Totenmesse Eures Sohnes teilnehmen? Ich bleibe ohnehin noch eine Weile hier.»

«Nein, Schwester.» Er schüttelte entschieden den Kopf.

«Wie Ihr meint. Dann beten wir also hier zum Herrn, auf dass er Euer Kind alsbald zu sich ins Himmelreich nimmt und Euch als Eltern Kraft und Glauben zurückgibt. Setzt Euch hierzu bitte ans Bett und nehmt Margarethas Hände in Eure.»

«Zu dem, der uns alles genommen hat, soll ich auch noch beten?», entfuhr es ihm.

«Ich verstehe, dass Euer Herz voller Gram ist. Aber ich verspreche Euch, im Zwiegespräch mit Gott werdet Ihr zur Ruhe zurückfinden. Denn Jörgelin ist gut aufgehoben an Gottes Seite.»

Immerhin trat er nun neben das Bett. Mit kummervollem Blick betrachtete er sein Weib.

«Auch von mir mein tiefstes Mitgefühl, Meister Veit.» Serafina legte ihm die Hand auf die Schulter. «Ich bin Serafina, die Frau von Stadtarzt Achaz.»

«Muss sie … muss sie nun auch sterben?», fragte er so leise, dass sie ihn kaum verstand.

«Aber nein. Ein, zwei Tage noch, dann wird sie wieder zu Kräften kommen.» Serafina wies auf den Krug. «Diese Kräutermischung hat noch immer geholfen. Aber ich schaue auf jeden Fall morgen früh wieder nach ihr, wenn es Euch recht ist. Bleibt nur, so oft es geht, bei ihr. Das wird ihr guttun.»

Doch Meister Veit hörte ihr schon nicht mehr zu. Er ließ sich auf den Bettrand sinken und begann still zu weinen.

Catharina nickte ihr auffordernd zu, und so verließ Serafina die Kammer. Die Magd brachte sie nach unten zur Haustür.

«Hat die Meisterin eigentlich in letzter Zeit über Schmerzen in den Füßen geklagt?», fragte Serafina sie.

«Nein, warum?»

«Weil sie alles voller Warzen hat.»

«Ach herrje!» Sanne riss erstaunt die großen, dunklen Augen auf. Überhaupt war sie ein ausnehmend hübsches Mädchen, wenn auch vielleicht nicht die Hellste. «Aber die Warzen waren doch längst verschwunden! Der Schäfer Nickel hat sie weggebetet.»

«Schäfer Nickel?»

«Das ist unser Dorfschäfer. Der kann nämlich Warzen und Furunkel wegbeten. Aber Meister Veit hält nichts davon.»

«Ich auch nicht, Sanne, ich auch nicht. Eine Paste aus Knoblauchöl und Schöllkraut ist da weitaus wirkungsvoller. Ich bringe morgen einen Tiegel davon mit, damit reibst du ihr morgens und abends die Füße ein und wickelst hernach ein sauberes Tuch drum. Und vergiss nicht, dir hinterher die Hände zu waschen. Hast du das verstanden?»

Sie nickte heftig. «Mein Herr hat schon immer gesagt, dass der Nickel ein Scharlatan und Quacksalber ist, auch wenn die meisten im Dorf ihm Zauberkräfte nachsagen. Jetzt weiß ich, dass Meister Veit wieder einmal recht behalten hat.»

Täuschte Serafina sich, oder begannen Sannes Augen jedes Mal zu leuchten, wenn die Sprache auf ihren Herrn und Meister kam? War das junge Ding womöglich verliebt in den Hasenbader?

«Der Nickel», fuhr Sanne derweil fort, «ist nämlich nur ein Dummkopf. Aber der Müller Urban, der ...»

Sie biss sich auf die Lippen.

«Was ist mit dem Müller?», hakte Serafina nach.

«Meister Veit sagt, der wär mit Dämonen im Bunde. Nachts, wenn das Mühlrad besonders laut ächzt, hörte man sie manchmal zwischendurch stöhnen und schreien. Aber andere sagen», sie begann zu flüstern, «das wären die Wanderhuren, die sich dort feilbieten.»

«Ach, Mädchen, solcherlei Geschichten werden so manchem Müller nachgesagt. Man sollte nicht alles glauben.»

Als Serafina auf der nun leergefegten Straße stand, holte sie erst einmal tief Luft. So schwer ihr Herz sich auch anfühlte, war sie mehr als froh, dass sie diesen ersten Besuch bei den Baderleuten hinter sich gebracht hatte. Sie schlug den kürzesten Weg über das Schneckentor ein. Morgen früh, sagte sie sich, würden sich die unglückseligen Eheleute gewiss schon ein wenig gefasst haben

Kapitel 7

Am nächsten Morgen machte sich Serafina erneut auf den Weg in die nahe Würi, diesmal mit Grethe an ihrer Seite.

Dass sie wiederum nicht allein gehen musste, hatte sie Catharina zu verdanken. Gestern Mittag war sie noch einmal vorbeigekommen, um zu berichten, dass es der Baderin leider um keinen Deut besser ging.

«Grethe wird dich begleiten und dich gleich nach unserer Frühmesse abholen», hatte sie ihr eröffnet. «Ich denke, es ist besser, wenn ihr zu zweit seid. Ich merke doch, wie sehr dich das alles mitnimmt.»

Und Serafina war tatsächlich mehr als froh um Grethes Gesellschaft.

Auf Serafinas Drängen hin nahmen sie wiederum den kleinen Umweg über die obere Dreisambrücke, da sie wissen wollte, ob man mittels dieser Eisenanker bereits einen Wolf erlegt hatte. Während sie nun die Salzgasse in Richtung Obertor entlangmarschierten, klangen die Worte der Meisterin wieder in Serafinas Ohr, und sie fragte sich selbst, warum ihr der Tod des Jungen so sehr zusetzte. In ihrer Zeit als Begine hatte sie genügend Unglück und Leid zu Gesicht bekommen, doch das hier war viel schlimmer. Weil es sich bei dem Opfer um ein Kind handelte? Das sicherlich auch, aber noch schwerwiegender war, dass Jörgelin das einzige Kind der Baderleute gewesen war. Wie unerträglich wäre es für sie, wenn ihrem Vitus etwas zustoßen würde!

Sie musste den Namen ihres Sohnes halblaut vor sich hingemurmelt haben, denn Grethe fasst sie beim Arm.

«Machst du dir Sorgen um Vitus?», fragte sie.

Nicht nur Adalbert, auch Grethe, Catharina und seit letztem Jahr Irmla wussten, dass Vitus ihr leiblicher Sohn war – Frucht einer Notzucht, die sie mit nur vierzehn Jahren erlitten hatte. Trotz der Umstände der Zeugung liebte sie ihren mittlerweile achtzehnjährigen Jungen mehr als alles auf der Welt. Für die übrigen Freunde und Bekannten in Freiburg war Vitus der Sohn ihrer Schwester Elisabeth im fernen Radolfzell und zugleich ihr Patenkind.

«Ein wenig sorge ich mich schon um ihn», entgegnete sie zögernd. «Schließlich weiß ich nicht, wo er gerade mit seiner Gauklerkarre unterwegs ist. Vielleicht stecken sie ja in einem eingeschneiten Dorf in den Vogesen fest.»

«Wo es von Wölfen natürlich nur so wimmelt.» Grethe lächelte. «Ach Serafina, dein Vitus ist inzwischen erwachsen, er wird schon auf sich aufpassen. Außerdem ist er nie allein unterwegs. Hat er nicht auch noch seine Braut Madlena? Wirst sehen, wahrscheinlich wirst du bald schon Großmutter, wo doch gerade in den langen Winternächten die meisten Kinder gezeugt werden.»

Serafina musste lachen. «Als Großmutter fühle ich mich wahrhaftig noch nicht alt genug mit meinen gerade mal dreiunddreißig Jahren!»

«Siehst du, jetzt lachst du wenigstens, zum ersten Mal heute Morgen. Aber du hast schon recht, du bist zu jung. Du solltest selbst noch einmal ein Kind bekommen.»

«Jetzt hör aber auf! Dazu bin ich wiederum zu alt.»

«Wieso? Ich kenne einige Frauen, die in deinem Alter nochmals guter Hoffnung waren.»

«Ja, weil sie durchgehend Kinder in die Welt gesetzt haben, nur deshalb. Das liegt nun einmal in der Natur der Sache. Und jetzt hör auf», Serafina setzte eine gespielt empörte Miene auf, «einen solchen Unsinn zu reden.»

In Wirklichkeit war sie froh, dass sie nach Vitus nie wieder schwanger geworden war. Nicht einmal zu ihrer Zeit im Konstanzer Hurenhaus, in das widrigste Umstände sie gezwungen hatten. Nein, der Herrgott hatte das schon richtig entschieden, dass er ihr fortan Unfruchtbarkeit auferlegt hatte.

Sie waren inzwischen bei der Oberen Dreisambrücke angelangt und sahen, dass vor der Großen Mühle helle Aufregung herrschte. Als sie sich dort durch die Menschenmenge drängten, mussten sie nicht lange fragen, was geschehen war – sie sahen es mit eigenen Augen: Ein Wolf war erlegt!

Mitten auf der Dorfstraße lag er, ein großes Tier, dennoch mager und mit räudigem, zerrupftem Fell. In seinem aufgesperrten Fang steckte noch der Eisenhaken an der Kette, und am Brustkorb klaffte eine tiefe Wunde. Es war nicht der erste tote Wolf, den Serafina zu Gesicht bekam, aber es schauderte sie dennoch.

Müller Urban kauerte am Schädel des Kadavers und war dabei, das Eisen zu entfernen. Dann legte er die Schlinge eines starken Seils um den Hals. Dabei entdeckte er Serafina.

«Ah, die Frau Stadtärztin!» Er grinste breit und erhob sich.

«Kommt nur näher, diese Bestie schnappt nie wieder zu. Und jetzt seht, was wir mit ihr machen.»

Unter den anfeuernden Rufen der Leute begann er, den erlegten Wolf am Strick hinter sich herzuschleifen, gefolgt von einem Knecht mit einem Bündel alter Kleider auf dem Arm. Sofort setzte sich die ganze Prozession in Bewegung.

Selbstredend wollte auch Serafina erfahren, was der Müller vorhatte, und zog die sich sträubende Grethe mit sich.

«So lass die doch», maulte ihre Freundin. «Ich will hier nicht stundenlang in der Kälte herumlaufen.»

Das mussten sie indessen auch nicht. Hinter dem ersten Haus am Dorfeingang hielt Müller Urban auf eine kahle Eiche zu, die dem Wegesrand am nächsten stand. Dort blieb er stehen, versetzte dem toten Tier einen Tritt in die Kehle und rief: «Nickel, walte deines Amtes!»

Nickel? Hieß so nicht dieser Schäfer, der Warzen gesundbetete? Da trat auch schon ein schmächtiger, ein wenig krumm gewachsener Mann im wadenlangen und reichlich zerschlissenen Mantel hervor, mit strohblonden Locken unter dem Filzhut und einem Bart, der ihm fast bis zum Gürtel reichte. Er mochte nicht viel älter als Serafina sein. Als er jetzt zu ihr herüberschaute, wurde ihr fast ein wenig unheimlich zumute unter seinem stechenden Blick aus ungewöhnlich hellen Augen.

Rundum trat Stille ein. Nickel legte seinen Hirtenstab zu Boden und streckte den Arm nach dem verwaschenen, alten Leinenhemd aus, das der Knecht ihm reichte, streifte es dem Kadaver über den Kopf, steckte die Vorderbeine durch die Ärmel und zog den Hemdsaum bis über die Hüfte. Als Nächstes war eine weite, bäuerliche Hose mit Kordelzug an der Reihe, mit der er den Hinterleib des Wolfes bedeckte, nicht ohne vorher mit seinem spitzen Dolch ein Loch in den Hosenboden zu schneiden, durch das er den buschigen Schwanz zog. All das verrichtete Nickel mit einer Ruhe und Gelassenheit, als würde er jeden Tag tote Wölfe bekleiden.

Am Ende zog er noch eine ärmellose rote Weste über das Hemd und streifte eine Kragenkapuze über den Schädel, sodass nur noch Stirn und Schnauze herausragten. Erneut lief Serafina ein Schauer über den Rücken: Was da vor ihr ausgestreckt am eisigen Wegesrand lag, hätte aus der Ferne auch ein klapperdürrer, graubärtiger Mann sein können. Oder auch einer dieser Werwölfe, die immer mal wieder auf den Bildtafeln der Jahrmarktsänger zu sehen waren.

Doch damit hatte der Schäfer die Sache noch nicht vollendet. Er griff in seine aufgenähte Manteltasche und streute in Form eines Kreuzes Salz über den Kadaver.

«*Hax pax max, deus adimax!*», rief er mit lauter Stimme. «Auf dass dich der Satan hole, dich und deine Artgenossen!»

«Auf dass dich der Satan hole!», wiederholten die Dorfbewohner in donnerndem Chor.

Nickel hob den Arm. «Jetzt könnt ihr ihn aufziehen!»

Geschickt wie ein Eichkätzchen kletterte ein junger Bursche auf einen starken Ast der Eiche und hievte den Kadaver mit Hilfe einiger Männer in die Luft, gerade eben so hoch, dass die Hinterbeine des Tieres, die nun wie haarige Waden aus den Hosenbeinen ragten, zwei Ellen über dem Boden baumelten.

Mit seinem Hirtenstab zeichnete der Schäfer einen Drudenfuß in den schmutzigen Schnee und wiederholte noch einmal die Zauberworte von zuvor. Die Dörfler klatschten lautstark Beifall.

«Seht Ihr?», wandte sich der Müller an Serafina. «Wir haben

es geschafft, ganz ohne Hilfe der Freiburger Ratsherren. Fortan wird kein Wolf es mehr wagen, unser Dorf zu betreten.»

«So Gott will – ich wünsche es Euch von Herzen», erwiderte sie. Dann wandte sie sich ab und nahm Grethe beim Arm: «Gehen wir.»

Kapitel 8

«Glaubst du, dass dieser Abwehrzauber hilft?», fragte Grethe zweifelnd, nachdem sie den Dörflern den Rücken zugekehrt hatten.

«Ich weiß es nicht», gab Serafina wahrheitsgemäß zur Antwort. «Aber einen Versuch ist es vielleicht wert. Was sollen die armen Leute schließlich sonst tun?»

In diesem Moment sah sie Meister Veit heranhumpeln. Ihr fiel Catharinas Bemerkung von gestern Mittag ein, dass der Hasenbader noch bis vor drei Jahren nicht gehinkt hatte. Vielleicht sollte sie die schwatzhafte Magd bei Gelegenheit danach fragen.

Doch der Bader eilte nicht auf Serafina zu, sondern er stolperte an ihr vorbei, geradewegs auf den Wolfskadaver zu, warf die Arme in die Luft und begann zu schreien: «Du gottverdammte Bestie – du hast mir meinen einzigen Sohn geraubt!»

Er entriss dem Schäfer den Stab und begann laut heulend auf das tote Tier einzudreschen, bis es hin- und herzuschwingen begann. Urban stieß ihn grob in die Seite.

«Bist du von Sinnen? Der Wolfsmann schützt unser Dorf vor weiteren Angriffen.»

«Das bringt mir meinen Sohn auch nicht zurück», brüllte Veit ihn an.

«Das stimmt, Meister Veit», versuchte Serafina ihn zu beruhigen. «Und dennoch werdet Ihr eines Tages Euren inneren Frieden wiederfinden. Ihr müsst nur dem Allmächtigen vertrauen, er kann Euch Kraft und Zuversicht geben.»

Veit schluchzte auf und ließ den Stock zu Boden fallen. Sein Spitzbart bebte vor unterdrücktem Zorn.

«Wer seid Ihr überhaupt?», stieß er mühevoll hervor und ballte die Fäuste. «Und wer ist diese fromme Schwester da?»

Er wirkte vollkommen verwirrt.

«Erinnert Ihr Euch denn nicht? Ich bin Serafina, die Frau des Stadtarztes. Zusammen mit Mutter Catharina, der Meisterin der Christoffelsschwestern, war ich gestern bei Euch. Und das hier ist Schwester Grethe. Am besten begleitet Ihr uns jetzt zu Eurer Frau nach Hause.»

«Margaretha will niemanden sehen», fauchte er sie an.

Der Müller schlug ihm auf die Schulter. «Los, Veit, geh heim zu deinem Weib.»

«Du hast mir gar nichts zu sagen, du elendes Großmaul», brauste Veit sofort wieder auf, setzte sich dann aber in Bewegung und schlurfte gebückt neben Grethe und Serafina her. Dabei schluchzte er immer wieder leise auf.

Das Badzeichen über der Eingangstür war noch immer verhängt, was aber nichts mit dem Trauerfall zu tun haben musste. Auch in der Stadt waren bis auf das Spitalbad alle Badstuben wegen Holzmangels geschlossen.

«Geht es denn Eurem Weib ein wenig besser?», fragte Grethe mitfühlend, als sie das Haus betraten.

«Besser? Die rührt sich nicht mehr und spricht nicht mehr.»

«Hat sie denn von Frau Serafinas Kräutersud getrunken?»

Er zuckte die Achseln. «Da kümmert sich die Magd drum.»

Immerhin war Margaretha bei sich. Sie lag rücklings ausgestreckt auf dem Bett und hielt ein Kruzifix umklammert, als Meister Veit die Besucherinnen in die stickige Schlafkammer führte. Aus der Küche war das Klappern von Kochtöpfen zu hören.

«Gott zum Gruße, Baderin.» Serafina setzte sich zu ihr ans Bett und spürte, wie ihr das Mitleiden mit der Mutter, die ihr einziges Kind verloren hatte, wie schon am Vortag schier die Luft nahm. «Wie geht es Euch heute? Habt Ihr ein wenig schlafen können in der Nacht?»

Margaretha schüttelte den Kopf und starrte weiter auf die Deckenbalken. Ein Blick auf den Krug verriet Serafina, dass die Magd ihren Pflichten nachkam: Er war fast leer.

«Ich werde einen neuen Kräutersud ansetzen.» Sie tauschte mit Grethe den Platz. «Schwester Grethe wird so lange mit Euch beten. Und danach werde ich Eure Füße mit meiner Warzensalbe einreiben. Ihr werdet sehen, das hilft.»

Margaretha presste die Lippen zusammen und schloss die Augen. Zwei dicke Tränen quollen unter den geröteten Lidern hervor. Da trat plötzlich der Bader zu ihr ans Bett und packte sie grob bei den Schultern.

«Wann redest du endlich wieder?», schrie er sie an. «Willst du mich jetzt auch noch im Stich lassen?»

«So beruhigt Euch doch, Meister.» Sanft, aber bestimmt zog Grethe ihn von seiner Frau weg. «Ihr müsst Geduld mit ihr haben.»

Doch Serafina konnte ihn in seinem Schmerz gut verstehen. Sogar, dass er sich nun hartnäckig dem Gebet verweigerte.

«Wird Euer Jörgelin heute bestattet?», fragte Serafina ihn,

nachdem sie und Grethe nur zu zweit ihr Vaterunser beendet hatten.

«Zur zwölften Stunde, ja. Aber was geht Euch das an?»

Ohne sich von seinem barschen Tonfall verunsichern zu lassen, fuhr sie fort: «Wollt Ihr denn nicht bei ihm sein, in seinen letzten Stunden auf Erden?»

Er schien nachzudenken, dann nickte er stumm. Seine Miene war starr, als er sich im Türrahmen nochmals umdrehte.

«Ihr braucht übrigens nicht wieder herzukommen. Auf mitleidige Betschwestern können wir verzichten.»

Sein Herz ist hart wie Stein geworden, dachte Serafina und bückte sich nach dem Krug mit dem Kräutertrank. Aber wer konnte ihm das verdenken?

In der Küche fand sie die junge Magd beim Vorbereiten des Mittagessens.

«Ich hab der Herrin wie versprochen von Euren Kräutern gegeben, aber es hilft wohl nicht», fing Sanne sogleich an, wie um sich zu rechtfertigen.

«Die Zeit wird es schon richten», gab Serafina zurück. Und daran glaubte sie felsenfest, hatte sie doch selbst etliche Schicksalsschläge überwunden.

Während sie einen neuen Kräutertrank zubereitete, strich sich das Mädchen verstohlen über die Augen.

«Fast noch mehr Sorgen mach ich mir um den Herrn.» Sannes Stimme klang weinerlich. «Seit dem Tod von Jörgelin hat er nichts mehr gegessen. Eigentlich koche ich nur noch für den Knecht und mich.»

«Auch das gehört zum Trauern dazu, Sanne. Mach einfach deine Arbeit, halte das Haus reinlich und schaue regelmäßig nach deiner Meisterin. Damit hilfst du schon viel.»

Die Magd blickte niedergeschlagen zu Boden. «Der Herr hat sie wieder angeschrien, nicht wahr? Das hat er nicht zum ersten Mal getan.»

«Du meinst, auch schon *vor* Jörgelins Tod?»

«Ja. Er glaubt nämlich, dass sie sich hat verzaubern lassen. Dass sie deshalb keine Kinder mehr bekommen kann. Ganz oft hatten sie deshalb Streit.»

Verdutzt sah Serafina sie an. «Verzaubern lassen? Von wem?»

«Ich weiß nicht ... Vielleicht doch von unserem Schäfer Nickel. Oder auch vom Müller Urban.»

«Das ist doch Unsinn. Es gibt so viele Gründe, warum ein Paar keine Kinder mehr bekommt. Das hat rein gar nichts mit Schadenzauber zu tun. Und du, du solltest besser achtgeben, was du sagst – so etwas nennt man üble Nachrede.»

Kapitel 9

Als sie keine Stunde später das Hasenbad verließen, war Serafina fast froh drum, dass sie Margaretha nicht mehr besuchen sollten, und auch Grethe wirkte erleichtert.

«Puh!», stieß sie hervor. «Da drinnen ist's ja ein bisschen, als würde man in der Hölle schmoren! Ich versteh gar nicht, warum du dieser Sanne versprochen hast, ihr nochmals von deinen Kräutern und der Warzensalbe vorbeizubringen.»

«Na ja, die Margaretha tut mir halt leid. Außerdem verlangt sie sonst möglicherweise wieder nach dem angeblich wundertätigen Schäfer.»

Draußen hatte sich der Himmel zugezogen, die Morgensonne war verschwunden. Neben der unteren Dreisambrücke, die nahe des Hasenbads zur ummauerten Schneckenvorstadt führte, hatten sich ein paar Halbwüchsige am Flussufer versammelt und schlugen mit Stangen Löcher ins Eis. Sie hofften wohl, auf diese Weise Fische fangen zu können. Aber wahrscheinlich würden ihre Versuche ebenso scheitern wie damals Serafinas, als sie in Kinderzeiten zusammen mit ihrem Bruder Peter genau dies tagelang probiert hatte.

Der Gedanke daran versetzte ihr einen kleinen Stich. So lange schon hatte sie nicht mehr an ihren Bruder im fernen Bodenseeland gedacht, der Adalbert und sie im Mai letzten Jahres in

Teufels Küche gebracht hatte. Ob er sich wohl wieder gefangen hatte und mit seiner Pferdezucht auf die Beine gekommen war? Nein, gram war sie ihm nicht mehr, aber sie verstand immer noch nicht so ganz, warum er sie ums Haar ins Verderben gestürzt hatte.

Hinter der Brücke hielt Grethe inne und reckte ihre Nase in die Luft. «Findest du nicht, dass es nach Schnee riecht? Es ist auch nicht mehr ganz so bitterkalt wie in den letzten Tagen.»

«Du hast recht», stimmte Serafina ihr zerstreut zu. «Sag mal, Grethe, kommst du noch auf einen Sprung mit zu Gisla? Ich will fragen, ob sie noch Johanniskraut hat. Ich fürchte nämlich, dass die Baderin allmählich in tiefe Schwermut versinkt. Da wird Johanniskraut ihr guttun.»

«Gern, wenn wir nicht allzu lange bleiben. Ich sollte nämlich endlich mit den Vorbereitungen fürs Mittagessen beginnen.»

Die alte Kräuterfrau, mit der Serafina nun schon seit einigen Jahren gut befreundet war, wohnte in der Schneckenvorstadt gleich neben dem Spitalbad, das in diesen Tagen regen Zulauf hatte. Auch jetzt wartete vor dem Eingang ein halbes Dutzend Männer und Frauen geduldig darauf, dass die Gewandmagd sie hereinwinken würde, sobald ein Gast das Bad verließ. Das reiche Heiliggeistspital verfügte anscheinend immer noch über genügend Brennholzvorräte, um im zugehörigen Badhaus Stube und Wasser wohlig warm einzuheizen.

Das bescheidene Holzhäuschen nebenan, in dem Gisla ihre Kammer hatte, gehörte Johann Blattner, dem Pächter des Spitalbads. Er war ein wortkarger, aber gutmütiger Mann, der auch die Christoffelsschwestern betreute, wenn zur Ader gelassen oder geschröpft werden musste. Gegen einen geringen Mietzins an ihn teilte sich Gisla das Häuschen mit den beiden Bademägden:

Jede der Frauen bewohnte eine Kammer im Obergeschoss, die Küche gleich neben der Eingangsdiele nutzen sie gemeinsam.

Normalerweise war die Haustür unverschlossen, denn zu holen gab es bei den dreien ohnehin nichts. Heute indessen hatte jemand von innen den Riegel vorgeschoben.

«Gisla, bist du da?», rief Serafina, nachdem sie gegen die Tür geklopft hatte. «Wir sind's. Serafina und Grethe.»

Schlurfende Schritte waren zu hören, dann sprang die Tür auf.

«Wie schön!» Die Alte verzog ihren fast zahnlosen Mund zu einem Lächeln. «Rasch, in die Küche. Da wird's gerade warm.»

Gisla war für ihr hohes Alter erstaunlich zäh und wendig und mit noch immer scharfen Sinnen gesegnet. In ihrem Leben hatte sie nie länger als einen Tag krank darniedergelegen, was für ihr großes Wissen um die Heilwirkung von Kräutern sprach. Heute indessen wirkte sie kraftlos und verzagt.

Sie schloss die Küchentür hinter ihnen. Im Herd prasselte munter ein Feuer, von den Deckenbalken hingen etliche Kräuterbüschel herab, die sie sonst oben in ihrer Kammer aufbewahrte.

«Setzt Euch», bat sie und zog einen Strohsack von der breiten Bank. «Von meinem guten Würzwein kann ich Euch heute leider nichts anbieten. Und die Suppe ist noch nicht fertig.»

«Wir bleiben nicht lange», beeilte sich Serafina zu versichern. Sie wusste, dass Gisla zur Winterzeit kaum ein paar Pfennige verdiente und sich in allem einschränken musste. «Warum war eigentlich die Haustür abgesperrt?»

«Weil uns sonst noch das letzte Holz aus der Diele geklaut wird.»

Verwundert wies Grethe auf den Strohsack.

«Schläfst du neuerdings etwa in der Küche?»

Gisla seufzte. «Was soll ich machen? Oben in meiner zugigen Kammer gefriert alles zu Eis, selbst der Rotz in der Nase. Leider geht unser Holz langsam zur Neige. Nur noch einmal am Tag feuere ich morgens kräftig an, um mir damit eine Suppe zu kochen. Das muss aber auch reichen. Gegen Mittag zieh ich mir dann eben meinen Wintermantel an, eine gute Wolldecke habe ich auch noch.»

«Und was ist mit deinen beiden Mitbewohnerinnen?», setzte Grethe nach.

«Die wohnen derzeit drüben im Badhaus.»

Besorgt musterte Serafina sie. «Hier kannst du nicht länger bleiben mit deinen alten Knochen. Da wirst du ja krank!»

«Nun ja, der Johann Blattner hat mir schon angeboten, dass ich ebenfalls bei ihm drüben nächtigen kann. Aber ihr wisst ja, wie's dort zugeht: Jetzt erst recht wird abends reichlich getrunken und gefeiert, da wird's dann schon sehr laut. Und manche Mannsbilder schlüpfen zu den Mädchen unter die Decke, auch wenn's streng verboten ist. Das will ich mir nicht antun.»

In schleppenden Schritten trat sie an den Herd und rührte in einem verrußten Kochtopf.

«Es ist schon ein Kreuz mit diesem Winter», fuhr sie bedrückt fort. «Wenn es wenigstens tauen würde. Dann könnte ich hinaus, hätte Bewegung und frische Luft und würde nach heilkräftigen Wurzeln graben. Jetzt aber sitze ich den halben Tag in Mantel und Decke eingewickelt und starre Löcher in die Luft. Aber ich will nicht jammern, andere hat's ja noch viel schlimmer getroffen. Wenn ich da nur an die arme Hasenbaderin und ihren Mann denke... Mia hat mir gestern davon erzählt.»

«Hör zu, Gisla.» Serafina legte ihr den Arm um die Schultern. «Wir packen jetzt Strohsack und Decke in deinen Handwagen, am besten den Suppentopf gleich dazu, und dann kommst du mit zu uns. In unserer Stube ist genug Platz für dich zum Schlafen, und einheizen müssen wir Küche und Stube sowieso.»

«Das ... Das kann ich nicht annehmen. Wenn schon, dann nehme ich eure Gästekammer unterm Dach.»

«Dort ist es viel zu kalt. Und selbstverständlich kannst du das annehmen! Du hast mir schließlich schon oft genug geholfen. Und vielleicht hast du ja auch noch ein wenig Johanniskraut übrig, das bräuchte ich nämlich gegen die Schwermut der Hasenbaderin.»

Irmla, die sich über Veränderungen in ihrem Alltag sonst alles andere als begeistert zeigte, nahm die alte Kräuterfrau, die sie von Anfang an gemocht hatte, mit offenen Armen auf und richtete ihr eine gemütliche Bettstatt in der Wohnstube, gleich beim Kachelofen, der von der Küche aus befüllt und beheizt wurde. Diesen wunderbaren Ofen mit seinen grün glasierten Kacheln und der gemütlichen Ofenbank hatte Adalbert gleich nach Serafinas Einzug bauen lassen – für sündhaft viel Geld wahrscheinlich. In diesem eisigen Winter offenbarte er sich für Serafina als wahrer Trost, wenn sie sich nach der Arbeit in der kalten Eingangsdiele, in der sie ihre kleine Apotheke betrieb, der Länge nach auf der Bank ausgestreckt wieder aufwärmte.

Noch am selben Nachmittag geschah, was Grethe prophezeit hatte: Es fiel Schnee! Serafina freute sich. Sie freute sich vor allem für die Leute der Vorstadt.

Sie war eben dabei, zusammen mit Gisla einen Sud aus Johanniskraut zu kochen, als sie bemerkte, dass die Geräusche von draußen nur noch gedämpft zu hören waren. Sie schob den Laden des Küchenfensters einen Spalt weit auf und sah die weiße Flockenpracht. Im Hof lagen Holzschuppen und Hühnerstall bereits unter einer dicken Schneedecke.

«Sieh nur, es schneit tatsächlich!» Sie reichte Gisla den Kochlöffel. «Ich bin gleich zurück.»

Aufgeregt eilte sie hinunter in Adalberts Behandlungszimmer. Dort fand sie ihren Mann in einer Besprechung mit Laurenz Wetzstein, dem Ratsherrn und Zunftmeister der Bäcker. Mittlerweile war der schmerbauchige kleine Mann zu einem guten Freund der Familie geworden, und gemeinsam mit seiner Frau verabredete man sich hin und wieder zum Sonntagsessen.

Adalbert hob missbilligend die Augenbrauen, als Serafina hereinstürmte und zunächst den Ratsherrn freundlich begrüßte. Sie wusste sehr wohl, dass sie gegen die Abmachung verstieß, ihren Mann bei den Konsultationen möglichst nicht zu stören, wie auch Adalbert sich nicht in ihre Armenapotheke einmischte. Aber das war ihr in diesem Augenblick gleich.

«Entschuldigt die Störung, aber es schneit!», rief sie freudig aus und deutete zum Fenster, das neben dem Wohnstubenfenster als einziges im Haus mit kostbarem Bleiglas statt mit Tierhaut versehen war.

«Das sehe ich», gab Adalbert trocken zurück und stellte das gefüllte Uringlas auf dem Tisch ab.

Ihr Blick wanderte bittend zwischen ihm und Wetzstein hin und her.

«Morgen ist Dienstag, da habt ihr doch wieder eure wöchentliche Ratssitzung, nicht wahr? Ihr müsst euch unbedingt für eine sofortige Wolfsjagd einsetzen. Der Tod des kleinen Jörgelin hat den Eltern solch großes Leid gebracht – was, wenn so etwas wieder geschieht? Kinder sind nun mal die leichteste Beute für hungrige Wölfe.»

Lächelnd rieb sich Wetzstein seinen sorgfältig gestutzten Kinnbart.

«Ihr werdet es kaum glauben, liebe Frau Serafina – aber wir haben gerade darüber gesprochen. Seid versichert: Mit dem Neuschnee wird sich der Rat nicht länger gegen die Jagd sperren können.»

Kapitel 10

Adalbert freute sich, dass er Serafina und den beiden alten Frauen zum Mittagessen gute Nachrichten überbringen konnte. Fast einstimmig hatte der Rat beschlossen, im Stadtwald bei der Dreisam zur Wolfsjagd zu blasen. Die Einzigen, die wieder einmal mehr quergeschossen hatten – aus Trägheit oder Sturheit, wer wusste das schon? –, waren Apotheker Johans, Goldschmiedemeister Quintlin sowie der Gutleuthauspfleger Sachsenheimer. Die hatten leider auch durchgesetzt, dass die Hauptlast der Jagdfron auf den Männern aus der Würi und der Oberen Au liegen sollte – ganz wie zu den Zeiten, als Freiburg noch den Habsburgern unterstand. Die Stadt selbst würde lediglich fünf Armbrustschützen, ein Aufgebot an Freiwilligen sowie die nötigen Gerätschaften zur Verfügung stellen.

«Aber immerhin tut sich was», schloss er seinen Bericht und pickte sich mit der Messerspitze ein Stück Schweineschwarte aus dem Rübeneintopf. «Jetzt zur Mittagsstunde geht es los.»

Irmla, die zeit ihres Lebens immer in der Stadt gewohnt hatte, fragte: «Wie geht das vor sich, so eine Wolfsjagd?»

«Nun ja, selbst mit dabei war ich noch nie. Aber soweit ich weiß, muss anhand von Spuren im Schnee zunächst herausgefunden werden, wo im Wald sich das Rudel zurückgezogen hat. Dann beginnt man mit dem Ausheben der Wolfsgrube, die mindestens sechs Ellen tief sein muss und oben mit Ecksteinen versehen ist, die in die Grube ragen. Dadurch wird verhindert, dass der Wolf wieder herausklettern kann. Am Ende wird die Grube mit einer dünnen Reisigschicht bedeckt, auf der der Fleischköder liegt. Ihr könnt euch denken, was für eine Knochenarbeit es ist, bei diesem harten Boden eine solch große Grube auszuheben. Selbst mit unseren guten Spitzhacken aus der städtischen Rüstkammer.»

Serafina schüttelte den Kopf. «Was für ein Aufwand. Bleibt nur zu hoffen, dass sich genügend Freiwillige gemeldet haben.»

Sofort bekam Adalbert ein schlechtes Gewissen. Hatte Serafina von ihm erwartet, dass er sich für die Jagd zur Verfügung stellte? Aber er war weder ein guter Armbrustschütze, noch vermochte er schnell zu rennen, wenn es gefährlich wurde. Plötzlich kam er sich wie ein elender Feigling vor. Er war Irmla mehr als dankbar, als sie jetzt dazwischenfragte:

«Und wie kommt der Wolf in die Grube? Freiwillig wird er sich wohl kaum hineinplumpsen lassen.»

«Der Rest ist im Grunde nichts anderes als eine Treibjagd. Rund um das Unterholz, wo man das Rudel vermutet, werden Netze und Lappen in die Bäume gespannt, vor denen die Wölfe Angst haben. Dann treibt man sie mit lautem Geschrei und ein jeder gut bewaffnet heraus aus ihrem Versteck. Und zwar immer in Richtung Grube.»

«Ich nehme mal an, die Bauern aus der Würi haben nichts anderes als Mistgabeln oder Dreschflegel», warf Serafina ein, und wieder meldete sich bei Adalbert das schlechte Gewissen. «Das ist nicht gerade wehrhaft, wenn man damit auf einen Wolf trifft, der rasend vor Angst ist.»

«Deshalb sind ja die Armbrustschützen vor Ort. Hoffen wir also, dass niemandem etwas zustößt und dass das gesamte Rudel ausgehoben wird. Bis Einbruch der Dunkelheit sind ja noch gut fünf Stunden Zeit.»

«Das ist nicht allzu lange für eine Jagd», ergriff erstmals die alte Kräuterfrau das Wort. Leichenblass und mit Schatten unter den Augen war sie gestern Vormittag hier eingetroffen, doch jetzt hatte sie bereits wieder Farbe in den Wangen, was Adalbert nicht nur als Arzt ungemein erleichterte.

«Vor vielen Jahren», fuhr sie fast schüchtern fort, «gab es mal droben im Oberrieter Wald eine Wolfsjagd, die ging über Tage und Wochen. Dreihundert Mann, zumeist Bauern und Taglöhner, waren im Einsatz, bis das ganze Rudel erlegt war. Drei der Männer kehrten von der Jagd nicht mehr zurück: Einer war in die Grube eingebrochen, zwei waren von fliehenden Wölfen angegriffen und getötet worden.»

Die beiden Frauen schauten sie erschrocken an, dann klopfte Irmla auf die Tischplatte.

«Genug davon. Haben wir beim Essen nicht noch über andere Dinge zu reden?»

Serafina nickte zustimmend. «Ganz recht. Wie geht es zum Beispiel der Hasenbaderin, Gisla? Ich hab mich noch gar nicht bedankt, dass du mir heute Morgen diesen Weg abgenommen hast.»

«Ach Kindchen, das brauchst du auch nicht. Bin froh, wenn ich mich hier ein wenig nützlich machen kann. Aber du hattest recht, es ist die Schwermut, die über sie gekommen ist. Das braucht seine Zeit, und ich kann nur hoffen, dass diese schwatzhafte Sanne ihrer Pflicht nachkommt und darauf achtgibt, dass die Baderin regelmäßig ihre Arzenei nimmt.»

Serafina musste lachen. «So findest du die Magd also auch schwatzhaft.»

«Und ob! Es braucht keine halbe Stunde bei ihr, und du weißt über das ganze Dorf Bescheid.»

Serafina bekam sofort diesen neugierigen Blick, den Adalbert nur allzu gut an ihr kannte: Die Augen kniff sie dabei leicht zusammen, um ihre fein gezeichneten Lippen spielte ein erwartungsfrohes Lächeln. Und so fragte sie jetzt auch prompt: «Was hast du denn von Sanne erfahren?»

«Nun ja, dass so einige im Dorf nicht gut auf den Müller Urban zu sprechen sind, der nur deshalb so reich sei, weil er vom Mahlgut der Bauern heimlich etwas in die eigenen Säcke abzweigt. Ein selbstgefälliger Prahlhans sei der geworden und führe sich auf wie ein Grundherr, obwohl man doch in einer Reichsstadt lebe und damit nur dem Freiburger Stadtrecht und dem König Sigismund unterstehe. Viele scheinen inzwischen bitterlich zu bereuen, ihn zum Dorfvorsteher gewählt zu haben. Und als Kinderschreck ist er obendrein verschrien, der schon auch mal seine Hofhunde auf laut spielende Kinder hetzt.»

Serafina verzog das Gesicht. «Das kann ich mir bei dem lebhaft vorstellen. Und ich glaube, unser Meister Veit kann ihn ebenfalls nicht besonders gut leiden. Wo er dem Urban doch nachsagt, er würde mit dem Teufel im Bunde stehen.»

Gisla nickte. «Der Bader hat wohl allen Grund, ihn nicht zu mögen, falls man dieser Sanne glauben kann. Die beiden hatten vorletzten Sommer einen heftigen Streit, weil der Müller das Wasser des halbtrockenen Bachs für sein Rad aufgestaut hatte und dem Badhaus damit zu wenig Wasser blieb. Nach diesem Streit hat Urban den Veit angeblich mit seinem vollbeladenen Fuhrwerk angefahren, und dabei wurde dem das Knie zerschmettert.»

«Deshalb humpelt er also. Hat er den Kerl wenigstens vor das Gericht gebracht?»

«Das wird er kaum gewagt haben, wo der Müller doch als Vogt auch der Dorfrichter ist.»

«Aber was soll's? Dann wäre die Sache halt vor das Freiburger Gericht gekommen. Ohnehin darf das dörfliche Vogteigericht seit den Aschekreuzmorden nur noch in minderschweren Streitigkeiten urteilen, nicht wahr, Adalbert?»

Adalbert nickte zerstreut, während Gisla die Schultern zuckte. «Jedenfalls hab ich von der Sanne erfahren, dass der Müller es als Unfall dargestellt hat. Der Veit sei ihm eben nicht schnell genug aus dem Weg gegangen, aber immerhin hat er ihm die Kosten für den Wundarzt beglichen.» Sie grinste. «Übrigens habe ich die Magd Sanne heute gefragt, ob sie guter Hoffnung ist, wovon ich nämlich mehr als überzeugt bin. Ganz rot ist sie geworden und hat was von der guten Kost im Hasenbad gestammelt. Nun ja, das geht mich schließlich nichts an.»

Adalbert hatte dem Tratsch der beiden nur noch mit halbem Ohr und wachsender Unruhe zugehört, da er noch einiges vorhatte. Er wischte seinen Löffel an seinem Mundtuch ab und erhob sich.

«Ich muss wieder an die Arbeit. Übrigens trifft sich der Rat heute zur sechsten Nachmittagsstunde erneut, dann wird uns der Schützenmeister Bericht erstatten über die Jagd.»

Unten in seinem Behandlungszimmer machte er sich mit wenig Begeisterung an die Berechnungen für den Aderlasskalender, den er wie jedes Jahr um Lichtmess für die Bader und Wundärzte der Stadt zu entwerfen hatte. Dieser zeigte die günstigsten oder ungünstigsten Zeitpunkte für das Venenschlagen an. Dafür musste Adalbert einmal im Jahr die Mondphasen und den Lauf der Gestirne neu berechnen. Als Medicus hatte er mit den *artes liberales* auch die Astrologie studiert und wusste, dass die *livores venena*, die schädlichen Giftstoffe, nur dann dem Körper vollständig entzogen werden konnten, wenn der Zeitpunkt präzise getroffen war. Seine Angaben mussten die Freiburger Heilkundigen dann auf ihre Tafeln mit dem Aderlassmännchen übertragen, die sie zu Hause hängen hatten. Darauf war für jede Krankheit die richtige Ader eingezeichnet, jedem Körperteil, jedem inneren Organ ein Tierkreiszeichen zugeordnet. So beherrschte zum Beispiel das Sternzeichen Löwe Magen und Niere, die Jungfrau die übrigen Eingeweide.

Wie immer schob er diese Arbeit bis zum letzten Augenblick hinaus. Ihm war bewusst, dass so mancher Bader keinen Pfifferling auf seine hochwissenschaftlichen Berechnungen gab und sich lieber auf den eigenen Erfahrungsschatz verließ, und Adalbert war jedes Jahrs auf's Neue verärgert darüber. In Freiburg war man leider nicht so streng wie andernorts, wo Bader, Scherer und Wundärzte die rote Lassbinde nur zu den astrologisch günstigen Terminen aushängen durften, um zu zeigen, dass Aderlasstag war. Aber wie dem auch sei, einen solchen Kalender zu erarbeiten war nun einmal von der städtischen Arztverordnung vorgeschrieben, und er als Stadtphysikus hatte dem Folge zu leisten.

Gerade als er anfing, die Mondphasen für den letzten Monat des Jahres auszurechnen, kam Serafina herein.

«Du darfst gleich weiterarbeiten», sagte sie und zog ihn zu seiner Überraschung in die Arme. «Ich wollte dir nur sagen, wie heilfroh ich bin, dass du bei dieser Wolfsjagd nicht dabei sein musst.»

Zu seiner noch größeren Überraschung küsste sie ihn nun

zärtlich. Sein schlechtes Gewissen zerstob zu nichts, und er küsste sie glücklich und erleichtert zurück.

«Ich bin auch froh», sagte er, nachdem sie sich wieder voneinander gelöst hatten. «Du weißt ja, dass ich nicht gerade der wagemutige Recke bin.»

«Das stimmt nicht», erwiderte sie mit einem warmherzigen Blick. «Wenn's darauf ankommt, bist du mutig wie ein Löwe.»

Dann wurde sie ernst.

«Ich habe nachgedacht. Was, wenn Jörgelin nun gar nicht von einem Wolf gerissen wurde, sondern von bösartigen Hunden? Hättest du als Arzt einen Unterschied feststellen können?»

Verdutzt sah er sie an. «Nein, sicherlich nicht. Aber wie kommst du darauf?»

«Der Leichnam lag vor der Großen Mühle, und du hast doch gehört, was Gisla berichtet hat. Vielleicht hatte dieser Urban ja wirklich seine Hunde auf den Knaben gehetzt. Und genau deshalb hat er dann auch so vorschnell seine Hilfe gegen die Wölfe angeboten. Zum einen, um von sich abzulenken, zum anderen, weil er den Tod des Jungen ganz sicher nicht gewollt hatte und vom schlechten Gewissen geplagt war.»

«Ach, Serafina, was du dir da nur zusammenspinnst. Du willst wieder einmal das Unterste zuoberst kehren.» Er schüttelte den Kopf. «Das Ganze war ein furchtbares Unglück, so oder so. Jetzt setz dich her zu mir, meine Liebe, hör auf, an Jörgelin zu denken, und leiste mir ein wenig Gesellschaft bei meiner höchst langweiligen Arbeit.»

Die Treibjagd war leider nicht sehr erfolgreich. Nur drei Wölfe landeten in der Grube, bevor ein plötzliches Schneegestöber der Jagd ein Ende machte. Als die Armbrustschützen dann bei

Einbruch der Dunkelheit ihre Beute bergen wollten, waren es derer nur noch zwei: Ein Wolf hatte wohl lebend entkommen können. Das alles erfuhr Adalbert auf der Ratszusammenkunft am Abend. Nun ja, dachte er sich, als er von der Sitzung nach Hause zurückkehrte, besser als die tödlichen Jagdunfälle damals in den Oberrieter Bergen war das allemal, und möglicherweise reichten die beiden toten Wölfe schon aus, um die Gemüter halbwegs zu beruhigen. Erst recht mit dem ausgestellten Kadaver am Dorfeingang der Würi. Wobei Adalbert keineswegs an solcherlei Abwehrzauber glaubte. Aber Wölfe, so hatte er einmal gehört, vermochten ihre toten Artgenossen auf weite Entfernung zu riechen: Sie mieden sie wie der Teufel das Weihwasser.

Kapitel 11

Am nächsten Morgen wurde Adalbert unsanft aus einem schönen Traum gerissen. Er hatte sich gerade neben Serafina im warmen Sonnenschein auf einer Wiese ausgestreckt, über ihnen, im Geäst des blühenden Birnbaums, zwitscherten die Amseln, als ein plötzliches Donnergrollen der Beschaulichkeit ein Ende machte und ihn aus dem Schlaf auffahren ließ. Es brauchte ein Ave Maria lang, bis er begriff: Da war kein Gewitter im Anzug, er lag auch auf keiner saftig grünen Wiese, sondern in seiner kalten, dunklen Schlafkammer. Und unten polterte es erneut gegen die Haustür.

«Wer stört uns zur halben Nacht?», hörte er Irmla grimmig durchs Treppenhaus rufen.

«Ich bin's, der Bannwart Eppe aus der Würi.»

«Nein, nicht schon wieder», murmelte Adalbert, als sich Serafina auch schon neben ihm rührte.

«Was ist los?», fragte sie verschlafen. «Wer hat da geklopft?»

«Der Bannwart aus der Würi. Ich fürchte, ich muss hinunter.»

Er sprang aus dem Bett und schlüpfte in seine geliebten venezianischen Seidenpantoffeln, die der Bischof von Basel ihm einst geschenkt hatte, und den blauen Hausmantel.

«Warte, Adalbert, ich komme mit dir.»

«Nein, du schläfst schön weiter. Vielleicht will er mir bloß etwas mitteilen. Ansonsten sehen wir uns dann beim Morgenessen.»

Er kam sich vor wie ein Lügner bei diesen Worten, denn er war sich sicher, dass etwas Schlimmes geschehen war. Warum sonst hätte sich Eppe zu so früher Stunde zu ihm auf den Weg gemacht? Aber er wollte Serafina nicht beunruhigen; es reichte, wenn er es war. So zog er sich vorsichtshalber im Stockdunklen seine Beinkleider über und nahm Wams und Obergewand mit nach unten.

Irmla hatte den guten Mann bereits in die Diele gebeten. Sein trockener Umhang verriet, dass es draußen nicht mehr schneite. Ganz so früh konnte es auch nicht mehr sein, denn Irmla hatte bereits in der Küche eingeheizt.

«Was gibt's, Eppe?»

«Ihr müsst mit mir in die Obere Würi, Herr Medicus. Wir haben …», er warf einen unsicheren Blick auf die Magd, «wir haben ein weiteres Unglück.»

«Ihr könnt es ruhig aussprechen», knurrte Irmla. «Ich erfahre es ohnehin.»

Doch der Bannwart schwieg.

Rasch schlüpfte Adalbert aus seinem Morgenmantel, reichte ihn Irmla und kleidete sich fertig an. Dann griff er nach seiner Ledertasche, die immer griffbereit vor dem Behandlungszimmer stand.

«Ich fürchte, viel ausrichten könnt Ihr auch diesmal nicht mehr», bemerkte Eppe mit Blick auf die Arzttasche.

Adalbert zog es für einen Augenblick die Brust zusammen. Hatten sich die Wölfe also ein zweites Opfer geholt?

«Gehen wir», sagte er mit belegter Stimme und nahm die

vielbenutzte, speckige Tasche, die er auf jeden Fall brauchen würde.

Die Barfüßergasse lag still und verlassen da, auf der frischen Schneedecke war nach dem gestrigen Schneegestöber nur eine einzelne Spur zu sehen. Bald würde die Stadt erwachen, denn über dem Burgberg kündete ein fahler Lichtschein bereits die Morgendämmerung an.

Sie überquerten die Große Gass, wo sich knarrend die ersten Hoftore und Türen öffneten. Neben dem Heiliggeistspital leerte jemand den Inhalt der Nachttöpfe aus dem Fenster, eine Unsitte, die wohl auch die strengsten Vorschriften nicht würden unterbinden können. Nicht jeder hatte nämlich eine Abortgrube im Hof, und so landeten Küchenabfälle, Exkremente und Aderlassblut eben kurzerhand in der Gosse – ein Paradies für Ratten, umherstreunende Schweine und Hunde.

«Jetzt sagt schon – was ist geschehen?», bedrängte Adalbert den Bannwart.

«Die Mia vom Oberdorf – ich hab sie heute früh bei meinem ersten Rundgang gefunden. Tot in ihrem Kräutergarten.»

«Ihr seid sicher, dass sie tot ist?»

«Ganz sicher, sonst hätte ich ja zuerst den Hasenbader geholt. Sie hat schreckliche Wunden und ist wohl verblutet. Ich sage Euch, Medicus: Die Wölfe waren wieder da. Ganz nah hab ich sie heut Nacht heulen hören.»

«Ihr kennt also das Opfer?»

«Aber ja.» Eppes Stimme begann zu zittern. «Jeder in der Würi kennt die Mia. Sie ist eine begnadete Heilerin, sogar bei Euch in der Vorstadt kennt man sie. *War*, muss ich jetzt wohl sagen ...»

Er wirkte sichtlich erschüttert.

Adalbert biss sich auf die Lippen. Eine Winkelheilerin also war diese Mia gewesen. Als geschworener Stadtarzt durfte er eigentlich nicht zulassen, dass selbsternannte Heilerinnen und Heiler ihrem heimlichen Handwerk nachgingen. Aber im Grunde genommen behandelte sogar seine eigene Frau mittellose Kranke mit ihren Kräutern und Salben, genau wie Gisla. Es gab also nicht nur Scharlatane unter diesen Leuten, die zumeist weiblichen Geschlechts waren. Dazu kam, dass einen Wundarzt oder gar einen studierten Medicus sich viele nun einmal nicht leisten konnten.

«Liegt diese Mia noch so, wie Ihr sie gefunden habt, im Kräutergarten?», fragte er, während sie die Dreisam überquerten – er selbst mit bleischweren Beinen, ahnte er doch, was für ein Anblick ihn erwartete.

«Wo denkt Ihr hin?», kam es fast empört zurück. «Ich konnte die Arme doch nicht schutzlos in der Kälte lassen, sie war schon ganz vollgeschneit. Nein, ich habe sie ins Haus gebracht und auf ihr Bett gelegt.»

Trotz der frühen Stunde hatte sich der Tod der Heilerin herumgesprochen, und so waren vor dem eher armseligen Häuschen am oberen Dorfrand, gleich bei der Eiche mit dem aufgehängten Wolf in Menschenkleidern, bereits Dutzende Menschen versammelt. Als Adalbert an der Seite des Bannwarts dort eintraf, wandten sich ihm alle Gesichter zu. Viele hatten verweinte Augen, die meisten aber blickten wütend drein.

«Mit gerade einmal zehn Freiwilligen und einer Handvoll erbärmlicher Armbrustschützen wollte die Stadt also den Wölfen den Garaus machen», höhnte ein älterer Ackermann. «Das haben wir jetzt davon!»

Ein rothaariger, hochaufgeschossener junger Bursche im

einfachen Gewand eines Knechts stieß Adalbert reichlich unverschämt in die Seite: «Gestern ein kleines, wehrloses Kind, heute ein gestandenes Weib. Wer von uns ist morgen dran?»

«Halt's Maul, Cunzi, und lass den Stadtarzt in Ruh.» Eppe versetzte dem Burschen eine derbe Kopfnuss. «Als ob Meister Achaz etwas dafür kann.»

Wie schon am vergangenen Samstag hatte Adalbert den Eindruck, als würde sich der Kreis enger um ihn schließen. Er fühlte sich unwohl.

«Eppe hat recht», vernahm er nun hinter sich eine bekannte Stimme. «Nicht der Medicus ist schuld an der missglückten Jagd, sondern der Freiburger Rat in seiner Trägheit und Blindheit.»

«Sieh da, unser hochverehrter Dorfvogt», spottete eben jener Cunzi. «Auch schon aus den Federn? Dein seltsamer Werwolf dort drüben am Baum hat uns ja wunderbar beschützt! Am besten gehst gradwegs wieder heim, wir brauchen deine besserwisserischen Ratschläge nicht.»

Da wurde es Adalbert zu bunt. Er war nicht gekommen, um mit den verstörten Dorfbewohnern herumzustreiten, sondern um seine Arbeit zu machen.

«Geht jetzt endlich zur Seite und lasst mich durch!», befahl er mit donnernder Stimme, und zu seinem Erstaunen machte man ihm den Weg frei.

«Gebt acht», flüsterte ihm der Bannwart zu, als er die Tür aufschob, «da drin ist unser Schäfer Nickel und geht auf jeden los, der sich seiner Mia nähert.»

Kapitel 12

Drinnen im Häuschen brauchte Adalbert einen Moment, um sich an das Dämmerlicht zu gewöhnen. Dafür vernahm er sofort ein herzergreifendes Schluchzen, das aus der hinteren Ecke zu ihm herüberdrang.

Zu seiner Erleichterung ging Eppe mit einer Handlampe voraus. Das Innere der Wohnstatt, die eher eine Hütte zu nennen war, bestand aus einem einzigen, nur kärglich eingerichteten Raum mit festgestampftem Lehmboden und einer offenen Herdstelle an der Rückwand, wo die Glut des Feuers gerade erlosch. Immer wieder war Adalbert erschüttert darüber, wie ärmlich viele Menschen lebten. Aber hier wirkte wenigstens alles aufgeräumt und sauber, das auf dem Fußboden verteilte Strohhäcksel war frisch eingestreut und ohne feuchte Flecken. Die zahllosen Kräuterbüschel, die von der Decke hingen, verrieten, dass hier eine Heilerin lebte, ebenso die vielen Tiegel und Krüglein auf einer Kiste mit Holzspänen zum Anfeuern. Was ihn indessen verwunderte: Neben einem schmalen Türchen, das wahrscheinlich in den Garten führte, war an der gesamten Rückwand teures Scheitholz bis unter die Decke gestapelt.

Ein löchriger Vorhang zu seiner Rechten trennte einen Teil des Raumes ab. Dahinter wurde das Schluchzen jetzt leiser.

«Hör, Nickel», rief Eppe beschwörend, «ich bring dir den Stadtarzt Achaz, er soll die Mia untersuchen.»

«Er braucht sie nicht zu untersuchen. Sie ist tot!»

Der Vorhang wurde zur Seite gerissen. Ein schmächtiger, langbärtiger Mann hielt Adalbert drohend den Hirtenstab entgegen, als wolle er damit den Satan selbst abwehren.

«Keinen Schritt weiter», fauchte er unter Tränen. Er war barhäuptig, die strohblonden Locken, die ihm wirr ins Gesicht hingen, und der flackernde Blick verliehen ihm etwas Wildes, Unberechenbares.

«Es tut mir sehr leid, lieber Schäfer, was Eurer Mia zugestoßen ist», sagte Adalbert so ruhig, wie es ihm möglich war, und schlug angesichts der Toten, die er schemenhaft auf dem Bett liegen sah, das Kreuzzeichen. «War sie denn Eure Braut?»

Nickel starrte ihn nur feindselig an, während der Bannwart neben ihm kaum merklich den Kopf schüttelte.

«Ich mache Euch einen Vorschlag», fuhr Adalbert fort. «Ihr schürt das Herdfeuer an, damit Mia nicht in der Kälte liegen muss, bis der Pfarrer kommt, und ich sehe mir so lange an, was mit ihr geschehen ist. Danach dürft Ihr wieder bei ihr sein.»

Der Schäfer schien mit sich zu kämpfen, schließlich trat er zur Seite und entfernte sich mit schleppenden Schritten.

«Wenn Ihr mir nun bitte leuchten würdet», bat Adalbert den Bannwart.

Bevor er die Wolldecke zurückschlug, die der Toten bis zum Kinn hochgezogen war, betrachtete er ein stummes Vaterunser lang das fast unversehrte Gesicht. Die Augen hatte bereits jemand geschlossen, an der linken Stirnseite klaffte eine Platzwunde, mit einer breiten, angetrockneten Blutspur zur Schläfe und zum Ohr hin. Er schluckte. Mia war eine hübsche, noch recht junge Frau gewesen, mit feinen Gesichtszügen. Und dieser Nickel hatte sie wohl von ganzem Herzen geliebt.

Er ließ sich von Eppe einen Lappen und eine Schale mit Wasser bringen. Wie schon bei dem kleinen Jörgelin kostete es ihn einige Überwindung, die schützende Decke wegzuziehen. Er gab sich schließlich aber einen Ruck und zwang sich, genau hinzusehen.

Wieder gab es da den Biss in die Kehle, das einfache Leinengewand der Frau war über und über blutgetränkt, hie und da klebten Fellbüschel, die wie bei dem Knaben von graugelber Farbe waren. Dazu fanden sich noch kleinere Blutflecke an anderen Stellen, etwa an den Handgelenken, am Nacken, auf dem linken Schlüsselbein. Doch augenscheinlich ohne zugehörige Wunden, wie er feststellen konnte, nachdem er das geronnene Blut mit dem feuchten Lappen abgewischt hatte.

Mit seiner scharfen Schere, die er immer in der Arzttasche bei sich trug, schnitt er kurzerhand den blutigen Kleiderstoff von oben bis unten auf, um den Oberkörper freizulegen. Hatte er an Busen und Bauch der Toten zerfleischtes Gewebe erwartet, so fand er nun zu seiner Überraschung eine kaum befleckte, glatte Haut vor, mit lediglich zwei Löchern im Abstand zweier Fangzähne – jenes genau über dem Herzen schien sehr tief zu sein, das andere mehr an der Oberfläche. Innerlich schüttelte er den Kopf. Wenn ein Wolf oder auch ein kräftiger Hund zubiss, dann konnte er das nur gleichmäßig tun. Außer, wenn einer der Zähne schwer beschädigt war. Und der Abdruck des Raubtiergebisses an der Kehle war zwar deutlich auszumachen, doch allzu viel Blut war auch aus dieser Reißwunde nicht ausgetreten. Woher kam also das ganze Blut auf dem Leinenkleid?

Es konnte nicht von den Wunden stammen, und die Wunden selbst kamen ihm erst recht merkwürdig vor.

Sein Gespür sagte ihm, dass hier irgendetwas nicht zusammenpasste. Außerdem fragte er sich, wann Mia zu Tode gekommen war. Der Leichnam war bereits halbwegs starr, bei Kälte dauerte das Einsetzen der Totenstarre indessen länger. Sie musste also auf jeden Fall schon gestern Abend gestorben sein und nicht in der Nacht, wo alle schliefen. Wenn es gestern Abend geschehen war, und das musste so sein, warum hatte dann niemand hier im Dorf ihre Schmerzensschreie während des Wolfsangriffs draußen im Garten gehört? Auch wenn Mias Hütte etwas abseits am Dorfrand lag, hätte man sie zumindest bis zur Großen Mühle hören müssen.

«Ihr habt gesagt», wandte er sich an Eppe, der tapfer die Laterne über den Leichnam hielt, «die Mia sei voller Schnee gewesen, als Ihr sie heute Morgen gefunden habt. Wisst Ihr denn zufällig, wann es gestern zu schneien aufgehört hat?»

Der Bannwart rieb sich den dunklen Bart. «Na ja, als ich zu Bett ging, hatte der Himmel schon wieder aufgeklart. Und Neuschnee gab es heut Nacht keinen mehr. Das wäre mir aufgefallen.»

Adalbert nickte. «Dann ist sie mit Sicherheit schon am Abend verstorben. Habt Ihr denn nichts gehört, bevor Ihr zu Bett seid? Schreie vielleicht?»

«Nein, aber ich wohne auch ein gutes Stück weiter flussabwärts, auf das Gutleuthaus zu. Aber wie gesagt, ich hab die Wölfe heulen hören, und zwar laut und deutlich.»

«Wer ist denn Mias nächster Nachbar?»

«Müller Urban von schräg gegenüber. Und hier auf Mias Seite, nur einen Steinwurf entfernt, der Nickel.»

«Aber neben Mias Garten steht doch erst mal nur eine Scheune?»

«Ganz recht, das ist der Schafstall. Im Winter hat der Nickel darin seinen Schäferkarren stehen.»

Adalbert zog dem Leichnam die Decke wieder bis unter das Kinn. Noch immer machte sich der Schäfer am Herd zu schaffen, obwohl es im Raum bereits spürbar wärmer geworden war.

«Trug sie eigentlich einen Mantel oder Umhang, als Ihr sie fandet?», fragte er den Bannwart und erhob sich.

Der schüttelte bestimmt den Kopf. «Nein.»

«Seltsam. Wenn man sich bei dieser Kälte draußen zu schaffen macht, zieht man sich doch etwas Warmes über.»

«Vielleicht hat sie nur was Verdächtiges gehört und ist dann hinaus in den Garten? Ihr müsst wissen, sie ist ... sie war eine wagemutige Frau, die keine Furcht hatte, bei Dunkelheit aus dem Haus zu gehen. Ach ja, draußen lag auch ein Holzscheit neben der Leiche, an dem, wie mir scheint, Blut klebt. Wahrscheinlich hat sie sich damit gegen die Wölfe gewehrt.»

«Gut, gehen wir hinaus. Ich wollte mir zum Abschluss ohnehin den Fundort ansehen.»

Adalbert folgte dem Bannwart zu dem schmalen Türchen. Dort hielt er inne und sagte zu Nickel: «Ihr könnt nun wieder zu ihr.»

Der Schäfer hatte sich augenscheinlich einigermaßen gefasst, und so fragte Adalbert auch ihn: «Habt *Ihr* gestern Abend Schreie gehört? Oder ein lautes Poltern? Ihr seid ja in Eurer Scheune nicht allzu weit weg von hier.»

Sofort füllten sich Nickels Augen wieder mit Tränen. «Nein, nichts. Sonst wär ich doch gleich herübergelaufen! Und ein rechter Wind ging ja gestern auch. Der hat laut um den Stall gepfiffen und den Schnee durch die Ritzen gedrückt. Dann fingen die Wölfe an, und vor Angst haben meine Schafe laut zu blöken begonnen.»

«Wann war das?»

«Ich weiß nicht, es war schon einige Zeit dunkel gewesen. Vielleicht zur neunten Stunde?»

Adalbert sah den Bannwart fragend an.

«Ja, das würde ich auch meinen», bestätigte der.

«Gut. So werde ich das gleich auf dem Heimweg in der Kanzlei vermelden. Und Ihr, lieber Schäfer, könnt Euch sicher sein: Die Stadt wird noch heute die Wolfshatz fortsetzen.»

Aber Nickel hörte ihn nicht mehr. Er kauerte bereits wieder an Mias Bett, und nur seine zuckenden Schultern verrieten, dass er weinte.

«Ist Pfarrer Burkhard schon unterwegs?», fragte Adalbert leise.

«Ja», erwiderte der Bannwart ebenfalls im Flüsterton. «Aber trösten lässt sich der Nickel von einem Pfaffen ohnehin nicht. Der hat seinen eigenen Götzenglauben.»

Draußen war es inzwischen lichter Tag geworden. Wieder pfiff ein scharfer Wind, doch wie es Adalbert schien, war es wärmer als am Vortag. Bis auf den Holzprügel, an dem wahrhaftig Blut und Fellreste klebten, sowie einer Schleifspur neben breiten Fußstapfen war nichts Auffälliges in dem verschneiten Kräutergarten zu entdecken.

Adalbert deutete auf die klobigen Stiefel des Bannwarts.

«Ich nehme an, dass die Spuren dort im Schnee von Euch stammen.»

«Ja, ich hab die Mia ja heut früh ins Haus geschleift. Sie war doch schon so stocksteif und schwer. Und nach Wolfsspuren brauchen wir erst gar nicht zu suchen, es hat ja noch geschneit, als ich das Wolfsgeheul gehört hab.»

Nachdenklich betrachtete Adalbert die Schleifspur. Plötzlich ging ihm auf, dass der Schneefall auch menschliche Spuren verdeckt haben könnte. Nicht nur Fußabdrücke oder Ähnliches um den Leichnam herum, sondern beispielsweise auch eine Schleifspur vom Haus hinaus in den Garten.

Konnte sich möglicherweise alles ganz anders zugetragen haben? Er fragte sich nämlich inzwischen auch, wie Mia zu der Platzwunde an der Stirn gekommen war. Einen Baum mit starkem Geäst gab es weit und breit nicht. Gewiss, sie könnte mit dem Holzscheit in ihrer Angst um sich geschlagen und sich dabei die Stirn gestoßen haben. Aber dann wäre ihr das Blut über Auge und Wange gelaufen, während sie sich weiterhin gegen den Wolfsangriff gewehrt hatte. Dass die Spur seitlich zum Ohr hin verlief, deutete doch viel eher darauf hin, dass sie gleich darauf zu Boden gegangen war. Ein kraftvoller Schlag also, wie er nur von einem menschlichen Angreifer stammen konnte, und zwar drinnen im Haus, wo ihre Schreie nur gedämpft zu hören gewesen waren. Und dieser menschliche Angreifer hatte sie dann ins Freie geschleift und einen Wolfsangriff vorgetäuscht, unter lautem Heulen! Vorgetäuscht auch deshalb, weil Wölfe ihr mit Sicherheit das Gewand zerrissen hätten. Und was das Heulen anbetraf: Als kleiner Junge hatte ihn ein Nachbarsbub jedes Mal zu Tode erschreckt, indem er bei Einbruch der Dunkelheit ein täuschend echtes Wolfsgeheul anstimmte …

«Was ist mit Euch, Medicus? Ihr schaut so verwirrt drein?», riss ihn der Bannwart aus seinen Gedanken.

«Nichts, gar nichts», erwiderte Adalbert. Innerlich schalt er sich einen Narren. Genau wie Serafina sah er schon überall Gespenster. Dabei waren all seine Überlegungen nur rein theoretischer Natur, schließlich hatte er *vor* Jörgelin noch nie ein Wolfsopfer vor Augen gehabt. Aber trotzdem, beruhigen konnte ihn dieser Gedanke nicht.

Kapitel 13

«Nein!», stieß die alte Kräuterfrau entsetzt hervor und schlug sich die Hände vor das Gesicht. «Nicht meine Mia!»

«Das tut mir sehr leid», murmelte Adalbert betroffen. «Dann kennt Ihr das Opfer also?»

Doch Gisla antwortete nicht. Sie ließ sich auf die Küchenbank sinken, wo sie nun leise vor sich hin schluchzte. Serafina nahm sie tröstend in den Arm und warf ihm einen etwas vorwurfsvollen Blick zu.

«Mia ist einst ihre Lehrtochter gewesen», erklärte sie ihm.

«Das wusste ich nicht.»

Er biss sich auf die Lippen. Warum nur war er gleich mit der Tür ins Haus gefallen, als er nach seinem Gang zur Ratskanzlei, die er kurz entschlossen in der Wolfssache besucht hatte, heimgekehrt war? Kaum hatte er die Küche betreten, hatte er herausposaunt, dass es mit der Heilerin Mia nun ein zweites Wolfsopfer gab. Dabei hätte er sich denken können, dass Gisla mit sämtlichen heilkundigen Frauen der Stadt gut bekannt war.

Die Kräuterfrau hob den Kopf. «Hat sie denn arg leiden müssen? Ihr als Medicus wisst das doch sicherlich.»

«Das kann ich Euch leider nicht sagen», gab er wahrheitsgemäß zur Antwort. «Aber wenn Ihr wollt, liebe Gisla, könnt

Ihr Euch jetzt von ihr verabschieden gehen. Der Adelhauser Pfarrer ist bereits bei ihr.»

Gisla nickte, dann sank sie kraftlos in sich zusammen und drohte von der Bank zu kippen.

«Ach herrje, sie hat einen Schwächeanfall!», rief Irmla erschrocken.

Adalbert war sofort bei ihr und fühlte ihr den Puls. Er war kaum noch zu spüren. «Bringen wir sie in die Stube auf ihre Bettstatt.»

Gemeinsam mit der Magd schleppte er die kleine, zierliche Frau, die sichtlich um Luft rang, nach nebenan, wo er sie mit der warmen Wolldecke zudeckte und beruhigend auf sie einredete, bis ihr Atem wieder ruhiger ging.

Währenddessen hatte Serafina in der Küche einen stärkenden Trank aus Rotwein, Eigelb und Honig zubereitet und brachte einen Becher davon in die Stube. Sie half der immer noch zittrigen Alten, sich aufzurichten, und setzte ihr den Becher an die Lippen.

«Trink davon, Gisla. Das bringt dich wieder auf die Beine.»

Leise sagte sie zu Adalbert: «Womit haben die armen Leute in der Würi das nur verdient?»

Adalbert zuckte hilflos die Achseln.

«Übrigens», sagte er leise, «habe ich mich eben gerade in der Ratskanzlei als Freiwilliger zur Jagd angeboten, die, wie ich doch sehr hoffe, heute fortgesetzt wird.»

Jetzt war es seine Frau, die ihn fassungslos anstarrte.

«Du?»

«Warum nicht? Wir können die Dorfbewohner nicht allein lassen mit dieser Gefahr.»

Denn wenn er sich, im Gegensatz zu Serafina, in einem sicher war, dann, dass zumindest der kleine Jörgelin durch einen Wolfsbiss zu Tode gekommen war. Seine Zweifel im Falle der Heilerin, die ihn immer noch beschäftigten, behielt er indessen vorerst lieber für sich.

Keine Stunde später, zur neunten Vormittagsstunde, rief die Sturmglocke alle wehrfähigen Männer der Bürgerwache zusammen. Adalbert war erleichtert, hatte er sein vorschnelles Angebot zuvor in der Kanzlei doch fast schon bereut. Nun aber waren sämtliche Bürger zur Jagd verpflichtet, niemand, der gesund, männlich und mündig war, würde sich drücken können. Das hatte, wie er fand, etwas Beruhigendes.

Serafina half ihm in den eisernen Leibschutz, der ihm seit der letzten Wehrübung der Zünfte ein wenig eng geworden war, und band ihm ein rotes Wolltuch zum Schutz gegen die Kälte um den Hals. Dann reichte sie ihm Eisenhut und Langspieß und gab ihm mit sorgenvoller Miene einen Kuss auf die Wange.

«Ich werde keine ruhige Stunde haben, bis du wohlbehalten zurück bist.»

Er versuchte sich an einem unbekümmerten Lächeln. «Unkraut vergeht nicht.»

Draußen auf den verschneiten Gassen sammelten sich, gleichermaßen gewappnet wie Adalbert, auch die anderen Bürger. Manch einer schimpfte lautstark vor sich hin, was für ein alberner Kriegsaufzug dies sei wegen ein paar heulender Wölfe, andere warfen sich aufmunternde Scherzworte zu, doch ihren Mienen war anzusehen, wie mulmig allen zumute war.

Als Adalbert den Markt überquerte, gesellte sich Bäckermeister Laurenz Wetzstein zu ihm.

«Stimmt es, dass letzte Nacht ein gestandenes Weib zum Wolfsopfer wurde? Du bist doch sicher hinzugerufen worden.»

«Es sieht zumindest ganz nach einem Wolfsangriff aus», gab Adalbert ausweichend zur Antwort. «Diesmal hat es eine noch recht junge Heilerin aus dem Oberdorf getroffen. Ihr Häuschen steht etwas abseits am Dorfrand.»

«Wie furchtbar. Gut, dass wir nun Nägel mit Köpfen machen.»

Wetzstein blickte sich auf der Großen Gass um, die sich zusehends mit gerüsteten Männern füllte, die Richtung Münster strömten. Einige trugen Schwerter statt Spieße, die Weiber und Kinder am Straßenrand wünschten ihnen Glück und gesunde Heimkehr.

«Wenn wir die üblichen Drückeberger abziehen», fuhr Wetzstein fort, «werden wir ein paar hundert Mann sein. Das sollte genügen, um den Wölfen zu Leibe zu rücken.»

«Hoffen wir es. Dennoch sollten wir die Dörfler zusätzlich mit einer Nachtwache unterstützen.»

Wetzstein nickte. «Daran habe ich auch schon gedacht. Besprechen wir es später mit dem Bürgermeister.»

Auf dem Kirchplatz mussten sich die beiden Freunde trennen, da Adalbert als Stadtarzt der Metzgerzunft angehörte. Wie im Kriegs- und Verteidigungsfall bildeten sich auch zu dieser Jagdfron die einzelnen Rotten nach den achtzehn Zünften aus. Den Oberbefehl hatte Obristzunftmeister Ulrich Kreideweiss von der Tucherzunft inne. Als sich Adalbert dem Banner mit dem Stierkopf und den gekreuzten Beilen näherte, eilte der überaus schwergewichtige Eberhart Grieswirth auf ihn zu. Er war nicht nur Zunftmeister der Metzger, sondern auch bei Adalbert in Dauerbehandlung wegen seiner ständigen Verdauungsprobleme. Für Adalbert eindeutig die Folge mangelnder Bewegung und zu fetter Speisen.

«Lieber Medicus», nahm Grieswirth ihn zur Seite und schnaufte schwer in seinem Brustpanzer. «Könnt Ihr als mein Arzt beim Obristzunftmeister nicht ein gutes Wort für mich einlegen? Der steile Aufstieg in den Wald tut meinem Herzen mit Sicherheit nicht gut.»

«Macht einfach langsam, lieber Metzgermeister. Das wird Euch jeder nachsehen.»

Hufgetrappel verkündete die Ankunft der Edlen der Stadt, die, wie auch einige Kaufherren, hoch zu Ross erschienen. Einer der Reiter brachte eine Meute Jagdhunde mit, zum Schutz gegen die gefürchteten Wolfsbisse in die Kehle trugen sie breite Stachelhalsbänder.

«Reiht Euch bitte ein, Zunftmeister und Medicus», rief der Bannerträger ihnen zu. «Es geht los.»

Tatsächlich nahmen nun vor der Portalhalle des Münsterturms Bürgermeister Abrecht von Kippenheim, Obristzunftmeister Ulrich Kreideweiss sowie der Schultheiß und oberste Stadtrichter Paulus von Riehen Aufstellung. Nach einer kurzen Begrüßung der Bürgerwehr durch den Schultheißen und der Verlesung der einzelnen Rottmeister übernahm der Bürgermeister das Wort.

«Wir haben unsere Armbrustschützen mitsamt den Feld- und Waldhütern bereits als Vorhut und Spurenleser vorausgeschickt. Sie werden uns das Gebiet weisen, in dem sich das Rudel aufhält. Wenn wir Glück haben, befindet es sich in der Nähe unserer Wolfsgrube, ansonsten werden wir die Bestien mit Lappen und Netzen den Schützen zutreiben. Wie immer ist den Befehlen des Obristzunftmeisters unbedingt Folge zu leisten. Und nun, liebe Männer, nehmt noch den Segen unseres Münsterpfarrers entgegen.»

Zwei Knechte halfen dem behäbigen Heinrich Swartz auf eine eilends herbeigeschaffte Holzkiste, auf dass er von allen gesehen wurde.

«Wie sprach schon unser hochverehrter Kirchenvater Augustinus? *Wer ist der Wolf, wenn nicht der Teufel?* Aber ich will es kurz machen, angesichts der Dringlichkeit der Lage.» Er hob die Hände gen Himmel. «Der Herr segne und behüte euch, ihr tapferen Freiburger Männer, und bringe uns den ersehnten Erfolg im Kampf gegen dieses teuflische Geschwür unserer Wälder. So lasst uns jetzt noch gemeinsam das Vaterunser beten.»

Nach dem Amen reihte sich Adalbert bei seinen Zunftgenossen ein. Ihr Rottmeister war ein breitschultriger Fischer aus der Schneckenvorstadt. Als sie durch das Obertor auszogen, eine Wehr von gut fünfhundert Mann, wie Adalbert schätzte, stimmte jemand das Lied *Vöglein hört man nicht mehr singen* an, und die meisten fielen ein, um sich der aufsteigenden Furcht zu entledigen. Auch Adalbert sang mit, dem umso unwohler wurde, je näher sie dem Wald kamen. Außerdem klumpte ihm der feuchte Schnee der Landstraße an den Stiefeln und ihn fröstelte trotz des wollenen Hemds unter dem Brustpanzer. Über ihnen hatte sich der Himmel grau und kalt zusammengezogen. War das ein Omen für das Dunkle, das da kommen mochte?

Nein, er war schlichtweg nicht zum Helden geboren.

Kapitel 14

Die Landstraße nach Schwaben, die quer durch das Schwarzwaldgebirge führte, verlief hier ein wenig erhöht links des Dreisamflusses, da die Talsohle auf der anderen Seite ziemlich sumpfig war, und so säumte bald schon der dunkle Tannwald ihren Weg. Kurz zuvor waren die Männer aus der Oberen Au und der Würi zu ihnen gestoßen, und Adalbert ließ sich ein wenig zurückfallen. Wie erwartet, fand er den Hasenbader unter den Dörflern. Sein zertrümmertes Knie hatte ihn also nicht von der Wolfsjagd abgehalten.

Er lief Seite an Seite mit jenem dreisten Rotschopf namens Cunzi, der Adalbert prompt erkannte.

«Ah, der Herr Stadtarzt! So habt Ihr hohen Herren vom Rat Euch also doch noch herabgelassen, uns zu helfen.»

«Das hat nichts mit Herablassung zu tun, sondern mit Notwendigkeit», gab Adalbert ruhig zurück. Dann wandte er sich mitfühlend an den Bader, während sie gemeinsam weitermarschierten.

«Wie geht es Euch, Meister Veit?»

Der zuckte die Schultern.

«Wie soll's mir schon gehen, wo mir alles genommen ist.»

«Ja, da habt Ihr wahrlich ein schweres Los zu tragen. Aber Euer Weib ist noch recht jung, sie könnte noch einmal gebären.» Adalbert wollte ihm, so gut es ging, Trost spenden, auch wenn ihm seine Worte schal vorkamen.

Prompt lief Veits Gesicht rot an.

«Das kann sie eben nicht», stieß er aufgebracht hervor.

Adalbert hätte sich ohrfeigen mögen. Hatte Serafina ihm nicht berichtet, dass die Baderin zwei Totgeburten erlitten und danach nur immer wieder geblutet hatte? Was ein Zeichen dafür war, dass ein Uterus keine Leibesfrucht mehr ausbilden konnte, wie bereits vor langer Zeit der weise griechische Arzt Galenos von Pergamon erkannt hatte, dessen Schriften er aufmerksam studiert hatte.

«Ist Eure Margaretha denn wenigstens wieder auf den Beinen?», fragte er.

Veit schüttelte nur stumm den Kopf.

Um ihn ein wenig abzulenken, wies Adalbert auf eine Hasenfährte, die sich am Wegesrand deutlich im Schnee abzeichnete.

«Die Spuren sind heute sehr gut zu erkennen. Das erleichtert die Jagd.»

«Wir werden sie alle kriegen, diese Bestien», erwiderte Cunzi an Veits Stelle grimmig. «Hör zu, Meister Veit: Wir werden deinen Jörgelin und die Mia rächen. Das ist so sicher wie das Amen in der Kirche.»

«Wenn du nur nicht immer das Maul so voll nehmen würdest», murmelte Veit.

«Der Eppe sagt das aber auch. Der ist nämlich», erklärte Cunzi Adalbert wichtigtuerisch, «schon droben im Wald, zur Spurensuche. Und zwar nicht in so wehrhafter Rüstung wie Ihr Stadtleute.»

Unwillkürlich blickte Adalbert sich unter den Dorfbewohnern um. Nur wenige trugen ein schützendes Kettenhemd und einen kurzen Spieß, die meisten indessen sahen nicht anders aus, als würden sie zur Feldarbeit gehen mit ihren Sicheln, Mistgabeln oder Dreschflegeln. Doch der Kampfgeist stand ihnen ins Gesicht geschrieben. Auch waren etliche sehr junge Burschen darunter, halbe Knaben noch. Den Müller Urban konnte er zu seiner Verwunderung nicht entdecken.

«Ist Euer Dorfvorsteher ebenfalls schon vorausgegangen?»

«Pah!» Der Knecht verzog abschätzig sein kantiges Gesicht. «Der liegt angeblich mit Leibkrämpfen zu Hause. In Wirklichkeit hat er Angst, dass ihn seine eigenen Dorfgenossen in einen Hinterhalt locken könnten. Es heißt nämlich, dass ...»

«So halt endlich dein Maul, verdammt!», fuhr Veit schroff dazwischen.

Adalbert hätte liebend gerne mehr über Urban erfahren, doch Cunzi biss sich jetzt beleidigt auf die Lippen.

«Ihr müsst ihn entschuldigen, Medicus», fuhr Veit ruhiger fort. «Mein Knecht ist ein rechter Heißsporn, aber ansonsten ein guter Mann.»

Adalbert nickte besänftigend. «Wo ist eigentlich Schäfer Nickel? Ich hatte heute früh den Eindruck, dass ihn der Tod der Heilerin tief getroffen hat.»

«Ich glaube, er wollte die Totenwache halten.»

«Waren die beiden denn ein Paar?», setzte Adalbert nach und kam sich schon vor wie Serafina.

«Ich kümmere mich nicht um das Leben andrer Leute. Da hätt ich als Badstubenpächter viel zu tun.» Veit blickte angestrengt zu Boden, sein Hinken wurde stärker. «Ihr ... Ihr habt Mias Leichnam untersucht, nicht wahr? Eppe sagt, es waren eindeutig wieder die Wölfe.»

«Es sieht ganz danach aus, ja.»

«Warum sagst du ihm nicht, Meister», mischte sich Cunzi ein, «dass der Nickel sich regelrecht zum Narren gemacht hat wegen der Mia? Der wollte sie zur Frau, aber die Mia war unnahbar. Die hat keinen an sich rangelassen.»

Veit warf ihm einen bösen Blick zu und schwieg. Adalbert schwieg ebenfalls, machte sich aber seine ganz eigenen Gedanken. Er gab nichts auf Gerede, aber diese Information würde er sich merken. Wer weiß, wozu sie noch gut war.

Sie waren noch keine halbe Stunde marschiert, als sie am Fuße des Hirzbergs anlangten, wo sie von zwei Waldhütern und Bannwart Eppe erwartet wurden. Sofort gab der Obristzunftmeister den Befehl, hinter den jeweiligen Rottmeistern dicht aufzuschließen, während sich die Dorfbewohner um Eppe zu scharen hatten. Nachdem sich Ulrich Kreideweiss kurz mit den Waldhütern besprochen hatte, wandte er sich wieder an die Bürgerwehr.

«Man hat das restliche Rudel ausgemacht, oben bei der Hirzberglichtung. Es sind die beiden Alten und drei Jungtiere. Die Lappen und Netze liegen schon bereit, unsere Armbrustschützen haben Stellung bezogen.»

«Da hätten wir uns die Fronarbeit mit der Grube ja sparen können», rief jemand von den Dorfbewohnern.

«Kerl, du vergisst, dass wir damit bereits zwei Wölfe gefangen haben», schnauzte einer der Waldhüter zurück.

«Wir werden die Tiere nun», fuhr der Obristzunftmeister ungerührt fort, «in einem großen Bogen einkreisen und auf die Lichtung zutreiben, vor die Armbrüste unserer Schützen. Ihr, Edler Herman von Todtnau, bleibt mit Euren Hunden an meiner Seite, ebenso wie alle übrigen Berittenen. Wir nehmen vorerst Aufstellung bei den Schützen an der Talseite der Lichtung. Ihr anderen teilt euch in drei Gruppen auf, die sich von den drei oberen Seiten nähern. Aufgabe der Dorfbewohner wird sein, die Wolfslappen in die Bäume zu hängen und gegebenenfalls zu verhindern, dass fliehende Tiere durch die Lappen gehen. Die Aufgabe der gut bewaffneten Bürgerwehr indessen ist es, von dort aus die Wölfe zur Lichtung zu drücken. Alsdann: Dem Waldhüter Heiri folgen die Rotten der Küfer, der Gerber, der Maler, der Metzger ...»

So wurden denn alle achtzehn Zünfte auf drei Mannschaften verteilt, die nun auf verschiedenen Pfaden den Berg erklommen, wobei ihnen vorerst strenges Stillschweigen verordnet war. Adalbert sah sich immer wieder besorgt nach dem dicken Grieswirth um, der mit seiner schweren gepanzerten Rüstung sichtlich langsamer wurde, nachdem sich der anfänglich breite Waldweg zu einem steilen Pfad durchs Unterholz verengt hatte. Schließlich geriet Adalbert selbst ins Schnaufen und musste achtgeben, dass er im Tiefschnee nicht wegrutschte. Stiefel und Beinkleider waren schon völlig durchnässt, dafür begann er nun vor Anstrengung zu schwitzen. Adalbert, du wirst alt, dachte er bekümmert.

Er war heilfroh, als ihr Rottmeister auf halber Höhe des Berghangs die Hand hob, damit sie anhielten, und Adalbert kam wieder zu Atem. Zwischen tiefhängenden Zweigen und Unterholz konnte man besagte Lichtung zumindest erahnen. Doch wo versteckten sich die Wölfe? Metzgermeister Grieswirth war jedenfalls verschwunden, hatte sich wahrscheinlich klammheimlich davongestohlen, und Adalbert konnte es ihm nicht einmal übelnehmen.

Was nun folgte, hatte zum Glück rein gar nichts von einer

Treibjagd, vorerst jedenfalls. Sie bildeten eine Menschenkette schräg den Hang hinauf, was angesichts des dichten Bewuchses gar nicht so einfach war. Das Rascheln und Knacken in der Ferne verriet, dass die anderen dasselbe taten. Ein dreimaliger Pfiff verkündete ihnen schließlich, dass der Kreis geschlossen war. Doch auch dann geschah erst einmal nichts, außer dass ein Nachbar dem anderen im Flüsterton den Befehl weitergab, die Waffen zum Angriff bereitzuhalten, während hinter ihnen noch immer die Lappen in die Bäume gehängt wurden, um die Wölfe an der Flucht zu hindern.

Das Horn, das ertönte, ließ Adalbert zusammenfahren. Schritt für Schritt ging es nun vorwärts, in dichter Reihe über Wurzeln und Steine und quer durch Gebüsch und unwegsames Gelände. Trotz der eisernen Krempe seines Helms peitschten ihm immer wieder Zweige ins Gesicht. Auf einer kleinen Lichtung hielt der Mann neben ihm, ein älterer Geselle von der Niederen Metzig, kurz inne. «Seht nur», flüsterte er und deutete auf die Schneedecke. «Eine Wolfsspur!»

Adalbert spürte, wie ihm der Angstschweiß auf die Stirn trat. Die gradlinige Spur teilt sich zum Ende der kleinen Lichtung in zwei Spuren auf, deutlich waren die vier Zehen mit den Krallen zu erkennen. Hier also waren zwei der Tiere durchgekommen. Seine Hände krampften sich um den Spieß, den er abwehrbereit vor sich auf halber Höhe hielt.

Sie hatten sich der großen Hirzberglichtung auf etwa fünfzig Schritt genähert, als von dort wütendes Hundegebell herüberschallte. Mit zusammengekniffenen Augen spähte Adalbert durch die Zweige, sah schemenhaft, wie sich zwei Pferde mit schrillem Wiehern aufbäumten, dann brüllte auch schon eine Stimme: «Da vorne läuft einer! Schießt!»

Nicht nur Adalbert, auch seine Nebenmänner blieben unwillkürlich stehen. «Weitergehen!», kam der ärgerliche Befehl ihres Rottmeisters, doch der Metzgergeselle an seiner Seite hatte sich schon umgedreht und rannte fluchend davon.

Adalbert musste sich zwingen, es ihm nicht nachzutun. Den Blick starr geradeaus ging er weiter, wie die Männer an seiner Seite auch, als er plötzlich über eine Wurzel stolperte und mit Schwung der Länge nach in den Schnee fiel.

Mühsam rappelte er sich wieder auf, während die anderen Treiber tapfer voranschritten. Sein Helm war ihm in den Nacken gerutscht, den Spieß hatte er verloren. Der musste ihm aus der Hand geglitten und irgendwo im Schnee versunken sein.

Sein Blick suchte vergebens den Boden ab. Als er wieder aufsah, stand der Wolf keine drei Schritte vor ihm. Wie konnte das sein? Woher war der so schnell aufgetaucht? Adalberts Herz setzte für einen Moment aus, um dann rasend schnell weiterzuschlagen. Das Tier war ebenso erstarrt wie er, das dichte hellgraue Fell und die aufgestellte buschige Rute ließen es riesig erscheinen.

Aus seinen schräg stehenden gelben Augen starrte der Wolf ihn an, lautlos und regungslos. Dann begann sich dessen Nackenfell zu sträuben, die Lefzen zogen sich zurück und gaben die kräftigen Reißzähne frei.

Adalberts erste Regung war, sich umzudrehen und wegzulaufen, als er eine Stimme wie aus weiter Ferne sagten hörte:

«Nicht wegrennen! Klatsch in die Hände, Mann, und treib ihn auf mich zu! Er soll krepieren, dieser Mörderwolf!»

Hinter dem Raubtier, aus dem Schatten eines Baumstamms, tauchte Veits gebückte Gestalt auf. Angriffsbereit hielt er die Mistgabel vor sich ausgestreckt. Sein Gesicht war voller Hass.

Wagemutig, ja kaltblütig näherte der Bader sich Schritt für Schritt dem Wolf, ohne ihn aus den Augen zu lassen, ohne auch nur einen Moment stehenzubleiben. Wahrscheinlich war ihm sein eigenes Leben nicht mehr viel wert. Dem Wolf war somit der Weg abgeschnitten. jetzt, wo er in die Enge getrieben war, blieb ihm nur der Angriff, und zwar auf ihn, Adalbert. Und er hatte nur noch die bloßen Hände, um sich zu wehren. Nein, er wollte noch nicht sterben!

Er holte tief Luft und begann zu schreien.

«Zu Hilfe! Ein Wolf!»

Obwohl das Raubtier drohend zu knurren begann, verharrte es an seinem Platz. Seine Nase nahm Witterung auf, während es seinen breiten Schädel zur Seite drehte, und Adalbert folgte seinem Blick: Aus einem Haselstrauch traten Cunzi und zwei weitere Männer, alle drei waren sie mit Sensen bewaffnet.

Vorsichtig, ganz vorsichtig trat Adalbert einen kleinen Schritt zurück, dann noch einen, ohne dass das Tier sich bewegt hätte. Schließlich, nach einer gefühlten Ewigkeit, drehte er sich um und begann zu laufen. Bis ihn ein harter Schlag gegen die Stirn traf und völlige Finsternis ihn umfing.

Kapitel 15

Serafina hatte große Angst um Adalbert, zumal sie wusste, wie unbeholfen er mitunter war. Immer wieder fuhr ihr durch den Kopf, was Gisla von der Oberrieter Wolfshatz berichtet hatte: Drei der Männer seien von der Jagd nicht mehr zurückgekehrt.

Vergebens hatte sie an diesem Vormittag versucht, Ordnung in ihre Kräuterapotheke zu bringen, hatte der armen Taglöhnerin, einer Mutter von fünf Kindern, fahrig Auskunft gegeben, wie der Katarrh ihres Mannes zu behandeln sei, um hernach zum dritten Mal an diesem Vormittag den Dielenboden im Erdgeschoss auszukehren, wobei sie am Ende mit dem Besenstiel einen kostbaren Krug umstieß, der prompt zu Boden fiel und in hundert Stücke zerbrach.

Von dem Lärm angelockt, erschien oben auf dem Treppenabsatz Irmlas kräftige Gestalt.

«Ihr lauft hin und her wie ein aufgescheuchtes Huhn, Frau Serafina», brummelte sie. «Euer Achaz wird schon wieder mit heiler Haut heimkommen, glaubt mir. Aber ich mach Euch einen Vorschlag: Die Gisla sitzt bei mir in der Küche, sie hat sich wieder einigermaßen erholt. Begleitet sie doch zur Totenwache der Mia, ich glaube, das wäre ihr eine große Unterstützung. Und Euch würde es ablenken.»

«Vielleicht habt Ihr recht, Irmla.» Dankbar blickte Serafina hinauf zu der alten Magd. «Packt bitte dafür ein wenig Brot und Käse in den Korb und einen Krug mit Most. Ich warte hier auf Gisla.»

Wenig später machten sich Serafina und die alte Kräuterfrau auf den Weg in die nahe Würi. Gisla war glücklicherweise wieder ganz bei Kräften, obschon noch immer ganz bleich um die Nase und mit vom Weinen geröteten Augen.

Als sie sich der oberen Dreisambrücke näherten, ging Serafinas Blick unwillkürlich hinüber zu den Bergen. Mit bangem Herzen fragte sie sich, wie es wohl droben im Wald stand.

«Wie gut kanntest du eigentlich die Mia?», fragte sie die Kräuterfrau, um sich von ihrer Sorge abzulenken.

«Ach, eigentlich von Kind auf. Sie war die ledige Tochter einer Magd auf den Gütern des Klosters Güntersthal. Sie hat es zeitlebens nicht leicht gehabt.» Sie seufzte. «Bis heute weiß niemand, wer ihr Vater war. Mal hieß es, der Großbauer habe ihre Mutter geschwängert, mal der Vogt der Zisterzienserinnen. Ja, sogar vom Abt von Tennenbach, der die Aufsicht über das Frauenkloster hat, ging die Rede. Als Bastard hatte es sie nicht gut zu Hause, und so ist sie immer wieder ausgebüxt.»

«Mir hat sie noch vor ein paar Tagen erzählt, du seist ihre Lehrmeisterin gewesen.»

Gisla schluckte sichtlich. «Das stimmt. Zum ersten Mal war ich ihr beim Kräutersammeln auf der Leime begegnet, da war sie vielleicht zehn. Sie sammelte ganz allein Brennnesseln am Bachufer, und so hatte ich sie angesprochen und später meine Brotzeit mit ihr geteilt. Ihr offenes, unerschrockenes Wesen hatte mir auf Anhieb gefallen. Und sie war sehr wissbegierig, wollte alles über die Heilkraft der Kräuter erfahren.» Ein wehmütiges

Lächeln zeichnete sich auf dem faltigen Gesicht der Alten ab, als sie sich jetzt Serafina zuwandte. «Sie hatte viel von deiner Art.»

«Und danach seid ihr euch öfter begegnet?»

«O ja. Du weißt ja selbst, wie viele verschiedene Kräuter im Frühjahr auf der Leime wachsen. Ich hab sie unter meine Fittiche genommen, und irgendwann hab ich sie bei mir aufgenommen. Der Mutter war das gar nicht so unrecht. In diesen drei Jahren habe ich festgestellt, dass Mia heilende Hände hat ...» Sie stockte. «Heilende Hände *hatte*. Eine Gabe, die der liebe Gott nur ganz wenigen Menschen verleiht. Als ich merkte, dass ich ihr nichts mehr beibringen konnte, habe ich sie dem Badermeister Berner vermittelt, der früher das Hasenbad geführt hat, damit sie ihn mit frischen Kräutern versorgt. Bald schon hatte sie sich in der Heilkunde einen guten Ruf erworben, vor allem unter den Frauen, und immer mehr Menschen rundum suchten sie um Hilfe auf. Leider haben wir uns in der letzten Zeit ein wenig aus den Augen verloren, da ich nicht mehr allzu große Spaziergänge machen kann mit meinen alten Knochen.»

«Hat sie denn noch Verwandte? Oder einen Bräutigam?»

Gisla schüttelte traurig den Kopf. «Ihre Mutter ist schon lange tot, sonst wüsste ich niemanden. Und von den Mannsbildern hielt sie nicht viel. Na ja, was einen ja auch nicht verwundern muss bei ihren Erfahrungen als Bankert. Aber gemocht hat die Mia wohl fast jeder.»

Sofort traten ihr wieder die Tränen in die Augen, und Serafina nahm sie tröstend beim Arm, während sie die Dreisambrücke überquerten. Diese letzten Schritte zu Mias Hütte fielen Gisla sichtlich schwer.

Auf der inzwischen reichlich matschigen Dorfstraße spielten ein paar Kinder, Erwachsene waren keine zu sehen. Wahrscheinlich bereiteten die Frauen das Mittagessen vor oder hielten bei Mia die Totenwache, und die Männer waren alle auf der Wolfsjagd, wie es Serafina wieder siedend heiß bewusst wurde. Erst recht, als ihr Blick auf den angekleideten Wolfskadaver fiel, der noch immer vor Mias Häuschen im Baum hing.

Drinnen drängten sich gut zwei Dutzend Frauen um den klobigen Holztisch. Einige weinten, andere beteten still vor sich hin. Der Vorhang zur Bettstatt hin war zur Seite gezogen und gab den Blick auf die aufgebahrte Tote frei.

Gisla entfuhr ein unterdrückter Aufschrei, dann stolperte sie auf unsicheren Beinen zum Bett.

«Meine arme Mia», stieß sie unter Schluchzen hervor und ließ sich auf die Knie sinken. «Womit hast du das verdient?»

«Lass uns zusammen beten», flüsterte Serafina, die sich neben ihr auf dem Dielenboden niedergelassen hatte. Der Anblick der Frau, mit der sie noch vor wenigen Tagen anlässlich von Jörgelins Tod so freundliche Worte ausgetauscht hatte, tat auch ihr im Herzen weh. Nach ihrer Einschätzung zählte Mia noch keine dreißig – viel zu früh, um mitten aus dem Leben gerissen zu werden. Von dem mit einem Bahrtuch bedeckten Leichnam war nur das blutleere Gesicht zu sehen, ein Gesicht mit feinen, empfindsamen Zügen, das jetzt ganz und gar friedlich wirkte. Die tiefe Platzwunde an der linken Stirnseite fiel Serafina indessen sofort ins Auge. Hatte sie sich die beim Kampf gegen den Wolf zugezogen oder bereits vorher? Nun, sie würde Adalbert danach fragen.

Gisla schien sich durch die Gebete zu beruhigen. Nach dem letzten Amen hauchte sie ihrer einstigen Lehrtochter noch einen Kuss auf die Stirn, dann wandte sie sich an Serafina.

«Lass mich bitte noch einen Augenblick allein mit ihr, ja?»

Serafina erhob sich. «Ich werde ein bisschen nachfeuern, es ist kalt geworden herinnen.»

Sie ging zurück zu den anderen Frauen am Tisch und packte dort ihren Korb aus.

«Hier ist noch eine kleine Stärkung für euch.»

Dann fragte sie nach dem Pfarrer und der Bestattung.

«Der war schon am Morgen hier», gab ein ältliches, hageres Weib mit großer Warze auf der Nase zur Antwort. «Noch heute Nachmittag wird die Mia unter die Erde kommen, jetzt, wo Tauwetter eingesetzt hat.»

Serafina nickte. «Das ist gut so.»

«Gar nichts ist gut so», brauste eine junge Magd auf. «Wer ist der Nächste von uns, den das Ungeheuer reißt? Wir haben Angst, versteht das bei Euch in der Stadt denn keiner?»

«Beruhige dich, Mädchen. Genau deshalb sind die Männer doch auf der Jagd.»

«Und wenn sie die Falschen jagen?»

Verwundert sah Serafina sie an. «Was meinst du damit?»

«So halt endlich den Mund, Käthe», ging eine andere ruppig dazwischen.

Mit einem Mal war es still, und Serafina sah sich einer Mauer des Schweigens gegenüber.

Achselzuckend trat sie an den Herd, um die schwächer werdende Glut neu anzufachen. Ihr als Städterin trauten die Frauen offensichtlich nicht. Vielleicht würde sie später mehr erfahren, wenn man erst einmal zusammen gegessen, gebetet und gesungen hatte.

Sorgsam legte sie einige Kienspäne auf die Glut, fachte sie an, bis sie Feuer fingen, dann nahm sie größere Scheite von dem kärglichen Holzvorrat neben der Herdstelle. Nun, für den heutigen Tag würde es ausreichen, und das Wasser im Kessel würde auch bald schon heiß werden. Damit konnten sich die Frauen eine Suppe kochen, denn bis Pfarrer Burkhard die Tote abholen kam, mochte es noch einige Stunden dauern.

«Wem gehört eigentlich Mias Hütte? Sie hatte als Kräuterfrau, und dazu noch so jung, doch bestimmt kein Vermögen angehäuft», fragte sie in das Schweigen hinein.

«Der Dorfgemeinschaft», erwiderte die Ältere mit der Warze. Sie war wohl so etwas wie die Sprecherin der Frauen. «Ursprünglich war sie für den Schäfer gedacht, aber der Nickel zieht es ja vor, in seiner Karre zu hausen, selbst im Winter. – Ihr seid die Stadtarztfrau, nicht wahr? So kommt, setzt Euch her zu uns auf die Bank. Ich bin übrigens Marie, die Dorfälteste.»

Doch so weit sollte es nicht kommen. Die Haustür wurde aufgerissen und mit wehenden Rockschößen stürmte ein Mann herein. Es war der Schäfer.

«Hinaus mit euch! Alle hinaus!», schrie er mit hochrotem Kopf. «Ich will mit Mia allein sein!»

Marie schnellte von der Bank auf. «Bist du noch ganz bei Trost, Nickel? Entweder hältst du mit uns gemeinsam die Totenwache, bis der Pfaffe kommt, oder du verschwindest wieder zu deinen Schafen.»

«Das werden wir ja sehen.» Mit seinem Hirtenstab fegte er die Becher vom Tisch. «Der nächste Streich gilt euch!»

Dann stutzte er. Er hatte die am Bett kauernde Gisla entdeckt, die voller Missbilligung zu ihm herübersah.

«Du solltest dich was schämen, Nickel», sagte sie ruhig. «Dich vor der toten Mia solchermaßen aufzuführen.»

Der Schäfer heulte auf. «Hände weg von meiner Braut, Kräuterweib!»

Mit einem Satz war er bei ihr, zerrte sie grob in die Höhe und stieß sie fort. Dann begann er, mit seinem Stecken um sich zu schlagen.

«Alle hinaus!», brüllte er noch lauter als zuvor, während ihm die Tränen über das bärtige Gesicht liefen.

Die Frauen waren längst von der Bank aufgesprungen und drängten sich zusammen.

«Er hat tatsächlich den Verstand verloren», sagte Marie entgeistert. «Lassen wir ihn besser erst einmal allein. Wenn der Nickel außer sich ist, ist mit ihm nicht gut Kirschen essen.»

«Hinaus!», schallte es ihr prompt entgegen.

«Gehen wir», beschied Marie, «und kommen wir zurück, wenn der Herr Pfarrer da ist. Damit wir die Mia auf ihrem letzten Gang begleiten.»

Verunsichert packte Serafina die Brotzeit wieder in ihren Korb zurück.

«Ist die Wolfsjagd etwa schon zu Ende, dass der Schäfer wieder da ist?», fragte sie Marie.

Die zog sie mit sich hinaus.

«Er durfte hierbleiben», erklärte sie ihr. «Wegen der Totenwache, und weil zwei seiner Schafe Lämmer erwarten, jetzt mitten im Winter.» Leiser fügte sie noch hinzu: «Auch der Urban ist übrigens nicht mit, angeblich wegen heftiger Leibschmerzen, aber das nimmt ihm keiner ab.»

Draußen wehte ein scharfer, wenngleich fast schon warmer Wind.

«So hast du dir den Abschied von Mia sicher nicht vorgestellt», sagte Serafina leise zu Gisla, die wie sie selbst vor der

Türschwelle verharrte, während die Dörflerinnen sich auf der anderen Straßenseite sammelten.

«Nein, aber die Totenwache ist für mich hiermit nicht zu Ende. So schnell wird der Nickel mich nicht los.»

«Das heißt, du willst wieder hinein?», fragte Serafina verblüfft.

«Genau das. Er wollte einfach diese ganze Horde los sein, und ein wenig kann ich ihn verstehen. Du musst wissen, dass Mia die Frau seines Herzens war, auch wenn sie ihn immer wieder entschieden zurückgewiesen hat. Das geht schon seit Jahren so. Manchmal war er regelrecht aufdringlich geworden, wie sie mir gesagt hat. Aber ein Leid hat er ihr nie angetan. Hat stattdessen wie ein sturer Esel daran festgehalten, dass sie ihn eines Tages erhören würde. Er kennt mich recht gut, und ich bin sicher, er wird es zulassen, dass ich gemeinsam mit ihm bei der Toten bleibe. Und ich ihm dafür bei der Bestattung heute Nachmittag zur Seite stehe.»

«Wie du meinst, Gisla.» Sie reichte ihr den Korb. «Vielleicht bekommt ihr ja Hunger. Bist du mir böse, wenn ich nicht bis zum Eintreffen des Pfarrers warte? Ich möchte zu Hause sein, wenn die Jagd zu Ende ist.»

«Aber sicher, geh du nur.»

Nachdem die Kräuterfrau wieder in Mias Hütte verschwunden war, blieb Serafina noch eine Weile unschlüssig stehen. Es konnte bis Einbruch der Dunkelheit dauern, dass Adalbert zurückkehrte, und daheim würde ihr nur die Decke auf den Kopf fallen. Genauso gut konnte sie noch einmal bei der Baderin vorbeischauen, jetzt, wo deren Mann noch bei der Jagd war.

Vorsichtig öffnete sie noch einmal die Tür zu Mias Hütte und spähte ins Dämmerlicht hinein. Das Bild, das sich ihr in der Schlafecke bot, beruhigte sie: Beiderseits des Bettes knieten Nickel und Gisla und beteten gemeinsam den Rosenkranz, den die Kräuterfrau seit einiger Zeit immer bei sich trug.

Erleichtert machte sie sich auf den Weg zum Hasenbad. Auf der anderen Straßenseite standen noch immer die Dorfbewohnerinnen beisammen, hinter dem verschlossenen Hoftor der Großen Mühle schlugen die Hunde an. Kurz hielt sie inne, da ihr der Gedanke kam, zu den Frauen hinüberzugehen. Sie hätte sie gern gefragt, warum sie glaubten, dass die Männer die falschen Wölfe jagten. Aber dann besann sie sich darauf, wie deutlich man sie hatten spüren lassen, dass sie eine Städterin war und somit keine von ihnen. Ihre Neugier hätte auf die armen Frauen, die von ihren Ängsten geplagt waren, zu Recht aufdringlich gewirkt. Vielleicht konnte ihr ja Gisla später mehr berichten. Oder sie würde es von der schwatzhaften Badermagd erfahren.

So setzte sie ihren Weg über die Dorfstraße fort, und bald standen die Häuser der losen Streusiedlung wieder enger beieinander. Überall begannen die dicken Eiszapfen an den Dachrändern zu tauen und tropften wie Tränen zu Boden.

Was für ein Elend war nur über dieses Dorf gekommen!

Kapitel 16

Die Haustür des Hasenbads war verschlossen, und Serafina musste mehrfach klopfen, bis die junge Magd ihr öffnete. Verstohlen musterte Serafina sie und musste Gisla recht geben: Unter dem leichten Leinengewand rundete sich deutlich ein kleiner Bauch. Wer wohl der Kindsvater war?

«Ach, Ihr seid das?», tat Sanne reichlich erstaunt. «Ich dachte, Ihr kommt nicht mehr her zu uns, wo mein Herr Euch doch hinausgewiesen hat.»

«Nun, Meister Veit ist auf der Jagd, und jetzt bin ich hier», gab Serafina schnippischer als gewollt zurück. Die junge Magd war ihr doch einiges zu keck. «Lässt du mich herein? Ich möchte nach der Baderin sehen.»

«Aber ja, sie liegt oben in ihrer Kammer.»

Während Sanne weiterplapperte, folgte Serafina ihr die Stiege hinauf.

«Stellt Euch nur vor, Frau Stadtärztin, meine Herrin redet immer noch nicht. Und essen will sie auch nichts.»

«Nimmt sie denn regelmäßig den Kräutertrank?»

«Das schon, und da könnt Ihr Euch auch voll und ganz auf mich verlassen, Frau Stadtärztin. Und die Füße salbe ich ihr auch, wie Ihr es mir gesagt habt.»

Auf halber Treppe hielt Sanne inne und begann zu flüstern:

«Wisst Ihr, was Meister Veit heute früh zu mir und dem Knecht gesagt hat? Ihr wäre nicht mehr zu helfen. Es wäre besser, der Herrgott würde sie ebenfalls zu sich nehmen.»

Wie verzweifelt muss der Mann sein, dachte sich Serafina, wenn er so etwas vor seinem Gesinde ausspricht. Laut sagte sie: «Das hat er mit Sicherheit nicht so gemeint. Vielleicht kannst du ihm ja, wo du so gut mit deinem Herrn stehst, ins Gewissen reden. An ihm vor allem und an seiner Fürsorge liegt es, ob sein Weib wieder auf die Beine kommt.»

Sanne nickte eifrig und schob die Schlafkammertür auf. «Ich werd's versuchen.»

Im blakenden Licht einer Talgkerze sah Serafina die Baderin auf dem Bett liegen, rücklings und mit geschlossenen Augen. Der Krug auf dem Schemel war halb gefüllt.

«Hast du noch genug von den Kräutern?», fragte sie die Magd.

«Ja, Eure Freundin, die Kräuterfrau, hatte uns gestern einen großen Vorrat mitgebracht. Und wie gesagt, ich gebe der Herrin tagsüber jede Stunde davon, und falls sie zu tief schläft, dann eben danach ein wenig mehr.»

Serafina runzelte die Stirn. Vielleicht war es doch nicht so gut, die Behandlung dieser Magd zu überlassen.

«Niemals mehr als einen halben Becher auf einmal, hörst du?», sagte sie streng und setzte sich an den Bettrand. «Margaretha, könnt Ihr mich verstehen? Ich bin's, Serafina. Die Frau des Stadtarztes.»

Die Baderin öffnete die Augen und nickte leicht. Sie schien ihren Gast erkannt zu haben.

Die Luft in der Schlafkammer war zum Schneiden, und so bat Serafina die Magd, das Fenster zu öffnen. Derweil bettete sie die Sieche so, dass sie mit Hilfe eines zweiten Kissens fast aufrecht sitzen konnte, und schützte sie mit der Decke ihres Ehegefährten gegen die einströmende Kälte.

Täuschte sich Serafina, oder bekamen Margarethas Wangen wieder Farbe? Zumindest behielt sie die Augen offen und wirkte wacher und bei sich.

«Ist vom Morgenessen noch ein wenig Brei übrig?», wandte sie sich an Sanne. «Wir sollten es wenigstens versuchen, ob sie ein wenig davon isst.»

«Ja, ich gehe ein Schälchen holen.»

Tatsächlich nahm Margaretha nicht nur den Kräutertrank zu sich, sondern hernach auch noch einige Löffel Hafermus.

«Glaubt Ihr, liebe Baderin, Ihr könntet an meiner Seite ein paar Schritte gehen?», fragte Serafina sie. «Das bringt das Blut wieder zum Fließen.»

Die Baderin nickte.

Innerlich musste Serafina lächeln. Genau das hätte Adalbert als Arzt der inneren Medizin jetzt vorgeschlagen. Ihrem Gefühl nach war Mittag längst vorbei, bald würde er hoffentlich wohlbehalten von der Jagd nach Hause zurückkehren.

Mit Sannes Unterstützung gelang es Serafina, der Kranken aus dem Bett zu helfen und mit ihr mehrmals in der Schlafkammer auf und ab zu gehen. Woraufhin Margarethas Wangen tatsächlich eine gesunde, rötliche Färbung annahmen.

Zurück im Bett, schloss sie erschöpft die Augen, doch das beunruhigte Serafina nicht. Dass die Baderin so kraftlos darniederlag, war ja kein Wunder, schließlich hatte sie erst vier Tage zuvor ihr einziges Kind verloren. Nein, Serafina hatte ein gutes Gefühl. Diese Frau würde bald schon wieder aufstehen, auch wenn sie fortan niemals mehr die Alte sein würde. Sie und Veit taten ihr wirklich von Herzen leid.

Nachdem sie sich von Margaretha verabschiedet hatte, brachte Sanne sie hinunter zur Haustür. Serafina musste nicht lange warten, bis ihr der neueste Tratsch zu Ohren kam.

«Wisst Ihr, was ich glaube, Frau Stadtärztin? Dass das mit Jörgelin und Mia gar kein Wolf war. Sondern ein menschliches Ungeheuer... Das glauben so einige hier im Dorf!»

Serafina horchte auf. «Was meinst du damit? Denkst du etwa an einen Werwolf?»

«Ach, ich will nichts gesagt haben. Sonst heißt es wieder, die Sanne tratscht den lieben langen Tag.»

Damit machte sie auf dem Absatz kehrt und schloss die Tür. Nun, mit deinem letzten Satz hast du leider Gottes recht, dachte sich Serafina. Aber immerhin wusste sie nun, dass die Dorffrauen einen Werwolf für den Übeltäter hielten. Der Aberglaube, dass sich ein Mensch mittels dämonischer Kräfte in einen reißenden Wolf zu verwandeln vermochte, war nicht auszurotten.

Eigentlich hatte sie auf dem kürzesten Weg durch die Schneckenvorstadt heimkehren wollen, doch vom Oberdorf her hörte sie aufgeregte Rufe. Waren die Männer etwa schon von der Jagd heimgekehrt? So eilte sie die Straße zurück, wo sie vor der Oberen Mühle einen großen Auflauf von Weibern und Kindern erkannte.

«Urban, komm raus!», riefen sie zornig. «Zeig dich, du Feigling!» – «Du bist nicht länger unser Dorfvogt, damit du's nur weißt!»

Doch kaum hatte sich Serafina ihnen genähert, verstummten sie. Einige schauten regelrecht feindselig zu ihr herüber.

So schwer es ihr fiel – sie ließ es bleiben, neugierige Fragen zu stellen. Wahrscheinlich waren die Frauen so aufgebracht, weil sich der Müller vor der Wolfsjagd gedrückt hatte. Ohnehin waren die Leute hier, wie sie ja erst gestern von Gisla erfahren hatte, auf diesen dünkelhaften Mann nicht gut zu sprechen.

Ohne Eile, da sie zu Hause ganz bestimmt nur weitere Stunden an Warterei hinter sich bringen musste, überquerte sie die Dreisam, in deren Mitte wieder das Wasser floss. Da entdeckte sie am anderen Ufer etwas Dunkles zwischen den abgebrochenen Eisschollen. Der Schreck fuhr ihr in alle Glieder: War das etwa erneut ein Kinderleichnam, eingehüllt in einen Mantel?

Mit weichen Knien kletterte sie hinter der Brücke das rutschige Ufer hinab, quer durch das Gestrüpp, und wäre dabei ums Haar ausgeglitten und der Länge nach hingefallen. Endlich fand sie die Stelle, die sie von der Brücke aus gesichtet hatte. Zu ihrer unsagbaren Erleichterung war es kein Kinderleichnam, der sich da zwischen dem Eis verhakt hatte, doch der Anblick war kaum weniger grausig: Vor ihr lag ein Wolf, dem jemand Schwanz und Kopf abgeschlagen hatte! Offensichtlich war der Kadaver angeschwemmt worden. Lange konnte das Tier oder was davon übrig war, noch nicht tot sein, da die Wunden am Rumpf frisch aussahen und der Leib noch nicht aufgedunsen war.

Verwirrt stand sie da. Was hatte das zu bedeuten? Hatte sich da wieder jemand an Abwehrzauber versucht? Handelte es sich womöglich um das Tier, das bei der ersten Jagd entkommen war? Aber wer hatte es dann erlegt und warum in aller Heimlichkeit?

Sie beschloss, ihren Fund der Dorfgemeinschaft zu zeigen, und überwand ihren Abscheu. Gerade als sie sich bückte, um nach einem der Hinterläufe zu greifen, kam Bewegung in den Leib. Mit einem Schreckensschrei fuhr sie zurück, da löste sich der Kadaver auch schon aus dem Eis und trieb mit der Strömung davon.

Um sich zu beruhigen, atmete sie dreimal tief durch, als sie von der nahen Grafenmühle her das Schnauben von Pferden hörte. Rasch kehrte sie auf den Weg zurück und kniff die Augen zusammen. Nein, das konnte nicht die Jagdgesellschaft sein, lediglich drei Reiter mit einem Packpferd hielten auf das Obertor zu. Wahrscheinlich reisende Kaufleute, auch wenn das bei diesem Wetter eher ungewöhnlich war.

In dem vordersten Reiter erkannte sie Abrecht von Kippenheim, den Freiburger Bürgermeister, auf den zweiten Blick schließlich, dass das Packpferd keine Ware mit sich schleppte, sondern einen in sich zusammengesunkenen, gerüsteten Mann. Und diesem Mann war Adalberts rotes Wolltuch um den Kopf geschlungen!

Kapitel 17

«Achaz, Achaz – Ihr macht ja Sachen», brummelte Irmla ein ums andere Mal, während Adalbert heißhungrig den aufgewärmten Fleischeintopf verschlang.

Zu seinem großen Glück war er mit ein paar Kratzern und einer kinderfaustgroßen Beule an der Stirn davongekommen, die Serafina sogleich mit einer ihrer Salben behandelt hatte. Reichlich verlegen hatte er den beiden Frauen berichtet, wie er in seiner Unachtsamkeit gegen einen starken Ast gerannt sei und von dem Schlag kurzzeitig bewusstlos geworden war. «Wieso gerannt?», hatte Serafina ihn verständnislos gefragt. «Nun, wir mussten eben ein Stück weit schneller laufen, auf Befehl des Rottmeisters», hatte er sie angeflunkert.

Nein, er brachte es nicht über sich, ihr zu verraten, dass er einem leibhaftigen Wolf gegenübergestanden hatte und hierüber in Todesangst geraten war. Vielleicht war er ja auch vor lauter Schreck in Ohnmacht gefallen, denn die Wunde an seinem Kopf war nicht allzu schlimm. Wäre indessen Veit nicht gewesen – er säße wohl nicht mehr hier in der warmen Küche, Seite an Seite mit seiner geliebten Frau und seiner treuen Hausmagd. Er verspürte eine große Dankbarkeit gegenüber diesem schroffen, verbitterten Mann und wollte sich ihm gerne erkenntlich zeigen.

«Du hast ausgesehen wie tot auf diesem Pferd!» begann Serafina erneut, nachdem er den Löffel zur Seite gelegt hatte. «Du glaubst gar nicht, wie sehr ich mich erschrocken habe. Das Herz ist mir stehen geblieben.»

«Nun ja ...» Er lächelte schief, «Du weißt doch, wie schlecht es um meine Reitkünste bestellt ist. Außerdem hatte ich mir bei dem Sturz auch noch gehörig das Knie auf einem Stein angeschlagen. Ich konnte mich kaum im Sattel halten.»

Fast schämte er sich jetzt, wie ungeschickt er sich bei dieser Jagd, die für ihn vorzeitig zu Ende gegangen war, angestellt hatte.

Er lehnte sich zurück und streckte, ein wenig schläfrig geworden, die immer noch schmerzenden Beine aus. «Ich würde später gerne beim Hasenbader Veit vorbeischauen. Vielleicht kann ich ja doch noch etwas für sein armes Weib tun.»

«In deinem Zustand?» Serafina schüttelte entschieden den Kopf. «Nein, für heute bleibst du im Haus! Außerdem war ich selbst bei ihr, heute Mittag. Es geht ihr zumindest nicht schlechter.»

Woraufhin sie ihm kurz von der durch Nickel gestörten Totenwache berichtete und von ihrem Besuch im Hasenbad.

«Ich denke, die Baderin hat den allergrößten Schmerz überwunden. Übrigens war vor Urbans Mühle ein ziemlicher Aufruhr. Die Dörflerinnen wollten, dass er zu ihnen herauskommt, und sie waren reichlich aufgebracht. Wahrscheinlich, weil er sich vor der Wolfshatz gedrückt hat.»

Nachdenklich sah Adalbert sie an. «Ich fürchte, da steckt mehr dahinter. Dieser Urban hat wohl irgendwelche Zipperlein vorgeschoben, aber von Veits Knecht habe ich unterwegs erfahren, dass er in Wirklichkeit Angst vor seinen eigenen Dorfgenossen hat.»

«Könnte es sein», sagte Serafina bedächtig, «dass die Dörfler ihn als Schuldigen an Jörgelins Tod sehen?»

«Möglicherweise.»

«Da ist noch etwas.» Serafina zögerte. «Etwas ganz und gar Seltsames hab ich vorhin am Ufer der Dreisam gefunden: einen toten Wolf ohne Kopf und Schwanz.» Sie berichtete ihm, wie sie den Kadaver bemerkt und sich ihm genähert hatte.

«Wie?» Sofort war Adalbert wieder hellwach. «Was sagst du da? Bist du sicher? Einen kopflosen Wolf? Wir müssen sofort an die Dreisam und ihn bergen.»

«Das hatte ich versucht, aber die Strömung hat ihn mit sich fortgenommen. Aber es besteht kein Zweifel, es war der Leib eines Wolfes.»

Mit grimmiger Miene nahm Irmla den Fleischeintopf vom Tisch und stellte ihn zurück auf den Herd.

«Diese ganzen Wolfsgeschichten kann ich bald nicht mehr hören», knurrte sie. «Wisst Ihr, was heute in der Metzgerlaube geschwatzt wurde? Dass ein leibhaftiger Werwolf umgehe, der sich in mondhellen Nächten wie diesen verwandelt und sich Kinder und junge Frauen holt. Außerdem schätze ich, dass Gisla demnächst von ihrer Totenwache zurückkehrt, und dann stelle ich zum dritten Mal heute das Essen auf den Tisch.»

«Ach, Irmla», erwiderte Adalbert nur fahrig, denn er war in Gedanken ganz woanders. War bei der ersten Jagd nicht einer der Wölfe aus der Grube entkommen? Was, wenn der gar nicht aus eigener Kraft geflohen, sondern in seinem Erdloch bereits tot war? Und ihn jemand während des Schneesturms herausgezerrt hatte, weil ihm ein Wolfskadaver mehr als gelegen kam? Genauer gesagt, weil ihm dessen Gebiss gelegen kam?

Adalbert hatte große Bedenken, Serafina seine insgeheimen Schlussfolgerungen bezüglich Mias Leiche mitzuteilen, denn damit würde er Serafinas Fürwitz und Neugierde nur noch mehr anstacheln. Und wo das enden konnte, hatte er zur Genüge erfahren. Aber dann besann er sich darauf, was sie beide sich beim letzten Mal, nach der Sache mit der Toten in der Henkersgasse, geschworen hatten: sich in allem offen abzusprechen. Gegebenenfalls auch mit Irmla.

«Wieso sagst du gar nichts mehr?», fragte Serafina ihn in diesem ganz besonderen Tonfall, der ihm verdeutlichte, dass sie genau spürte, dass er etwas zurückhielt.

Da rückte er mit der Sprache heraus.

«Nun, es ist schlichtweg so, dass mir Mias Leiche seltsam vorkam. Zwar gab es da wiederum einen Biss in der Kehle, und an ihrem blutgetränkten Gewand klebten auch wie bei Jörgelin diese graugelben Fellbüschel, die gut von einem Wolf stammen können. Aber was mich stutzig werden ließ: Weder am Hals noch an der Brust noch sonstwo war allzu viel Blut ausgetreten. Wie kann dann ihr Kleid voller Blutflecken gewesen sein?»

«Wieso hätte die Brust blutig sein sollen?», unterbrach Serafina ihn.

«Dort fanden sich zwei Löcher, im Abstand zweier Fangzähne, aber nur das eine, das über dem Herzen, war wirklich tief, und selbst da war nicht viel Blut ausgetreten. Obendrein hatte sie an der Stirn eine Platzwunde, wie von einem Prügel. Das kam mir auch sehr merkwürdig vor.»

«Genau!» Sie nickte eifrig. «Das habe ich selbst gesehen bei der Totenwache. Und es hat mich ziemlich gewundert.»

«Ich hab's.» Er tippte sich gegen die Stirn. «Ein Dolchstoß, das muss es gewesen sein! Ein Stich ins Herz mit einem spitzen

Dolch oder mit einem Sauspieß, wie man ihn bei der Jagd verwendet. Der wäre tödlich, und die Blutungen sind dann vor allem innerlich. Der Fangzahn eines Wolfs würde zwar eine ähnliche Wunde hinterlassen, wäre aber niemals tief genug. Zuvor indessen wurde Mia mit einem Prügel oder Holzscheit niedergeschlagen.»

«Wie könnt Ihr Euch so etwas nur ausdenken», rief Irmla vom Herd herüber. Sie war ganz blass geworden.

«Allem Anschein nach will also jemand einen Wolfsangriff nur vortäuschen», stellte Serafina ruhig fest, und das war inzwischen auch seine Meinung.

Er nickte.

«Hat man ein Wolfsgebiss zur Hand, lässt sich das Vortäuschen gut bewerkstelligen, zumal an einer so empfindlichen Stelle wie am Hals, an der man die Haut gut verletzen kann. Und dieser Jemand hat zur Bekräftigung auch noch lautes Wolfsgeheul ertönen lassen.» Er spürte, wie aufgeregt er wurde. «Von welcher Farbe war das Fell des Tieres am Fluss?»

«Das konnte ich nicht feststellen, es war völlig durchnässt. Deshalb vermutlich heller als im nassen Zustand. Aber doch schon eher grau, würde ich sagen.»

«So hat unser Mörder also wahrscheinlich einen Wolfskadaver zerlegt, mutmaßlich den aus der Grube, um an sein Mordwerkzeug zu kommen. Mitsamt Fellresten und Blut.»

«Das ist ja ekelhaft.» Serafina starrte ihn aus großen Augen an. «Da fällt mir ein, was Sanne mir heute zugesteckt hat. Dass das mit Jörgelin und Mia gar kein Wolf gewesen sei, sondern ein menschliches Ungeheuer. Und dass so mancher im Dorf das denken würde.»

«Seltsam, auch Cunzi hat im Wald so eine Andeutung gemacht, und zwar über den Müller Urban. Aber Veit war ihm sogleich über den Mund gefahren.»

Serafina zog die Stirn kraus, wie immer, wenn sie überlegte. «Dann hatten sich die Dorfweiber vor der Mühle möglicherweise deshalb zusammengerottet, weil sie Urban für einen Werwolf halten.» Sie schüttelte den Kopf. «Wie kann man nur glauben, dass sich ein Mensch in ein Ungeheuer verwandelt und seine Opfer totbeißt?»

«Also haben die Leute doch recht mit ihrem Werwolfgeschwätz!», ließ sich prompt die Magd vernehmen.

«An diesen abergläubischen Unsinn glaubt Ihr doch wohl selbst nicht, Irmla», erwiderte Serafina fast tadelnd. Sie wandte sich wieder Adalbert zu. «Könnten denn die Bisswunden des Jungen ebenfalls nur vorgetäuscht sein?»

Er schüttelte den Kopf. «Ganz sicher nicht, dazu sind die Wunden an den beiden Leichnamen zu unterschiedlich. Jörgelin ist mit großer Sicherheit zu Tode *gebissen* worden, wenn nicht von einem Wolf, dann von einem Hund. Außerdem nehme ich an, dass der geköpfte Wolf, den du gesehen hast, einer der drei Wölfe aus der Grube ist, und die wurden erst *nach* Jörgelins Tod gefangen.»

Wieder zog sie ihre Stirn in Falten. Schließlich klopfte sie auf die Tischplatte. «Ich hab's. Das ist es!»

«Was meinst du?» Der Eifer, mit dem sie bei der Sache war, machte ihm fast schon wieder Angst.

«Hör zu, Adalbert. Das Geschwätz mit dem Werwolf können wir selbstredend vergessen. Aber womöglich liegen die Dörfler gar nicht so falsch, und Urban hat tatsächlich seine Hunde auf den Knaben gehetzt. Weil Mia ihn dabei beobachtet hatte – schließlich wohnt sie ganz in seiner Nähe –, musste er sie beiseiteschaffen. Und da kamen ihm die Wölfe vor Freiburg gerade recht!»

«Aber wenn dem so war, dann hätte Urban die Heilerin doch viel eher getötet und nicht erst drei Tage später.»

«Vielleicht wusste er zunächst gar nicht, dass er beobachtet worden war? Sondern erst, nachdem Mia ihn auszupressen versuchte?»

«Gar nicht dumm, der Gedanke. Schweigen gegen Mehl und Holz, und von Letzterem hat Mia erstaunlich viel in der Hütte gestapelt. Nachdem ihre Forderungen dann immer dreister wurden, hatte er sich nicht anders zu helfen gewusst, als sie zu töten.»

Serafina sah ihn verdutzt an. «Heute Vormittag war nicht mehr viel Holz übrig.»

«Dann hat sich inzwischen wohl jemand gütlich daran getan. Vielleicht sogar Urban selbst.»

«Oder aber der Schäfer, der fast die ganze Zeit bei Mias Leichnam war.»

«Stimmt. So ein Schäfer gehört gemeinhin zu den Ärmsten im Dorf. Weißt du was, Serafina? Ich wüsste zu gern, ob es sich bei dem einen tieferen Einstich über Mias Herzen tatsächlich um den Hieb einer Stichwaffe handeln könnte. Und deshalb gehe ich jetzt doch noch einmal hinüber in die Würi und sehe mir Mias Wunden genauer an.»

In diesem Augenblick betrat Gisla die Küche. «Dazu ist es zu spät, Medicus. Mia liegt unter der Erde.»

Sie bekreuzigte sich und ließ sich müde auf die Bank sinken.

«Ach herrje.» Serafina nahm ihre Hand. «War es schlimm für dich?»

«Nein, es geht schon wieder. Pfarrer Burkhard hat eine sehr schöne Totenmesse gehalten, mit viel Gesang, und viele Weiber und Kinder haben ihr das letzte Geleit gegeben. Mich quält nur immer wieder der Gedanke: Warum lässt der Herrgott eine so junge Frau so schrecklich sterben? Warum einen Knaben? Hätte es ein altes Weib wie mich getroffen, dann wäre das ja zu verstehen. Ich habe meine Lebenszeit gehabt, und die wäre dann halt zu Ende gegangen. Aber die Mia …» Sie stutzte. «Wieso, lieber Medicus, wolltet Ihr die Mia nochmals untersuchen?»

Innerlich wand sich Adalbert bei dem Gedanken, was er der alten Kräuterfrau zur Antwort geben sollte.

«Nun sag es ihr schon, Adalbert.» Serafina nickte ihm zu. «Gisla ist meine Freundin, sie wohnt hier, und da sollten wir keine Geheimnisse vor ihr haben. Erst recht nicht, wo Mia ihr so nahestand. Und Gisla hat schon so viel in ihrem Leben erlebt, da werden sie deine Worte nicht über Gebühr erschrecken.»

In vorsichtigen Worten, ohne allzu sehr in die Einzelheiten zu gehen, teilte er ihr also seine Vermutungen mit. Dennoch war Gisla natürlich überrascht, wenn nicht sogar entsetzt.

«Aber immerhin», sagte sie, nachdem sie sich wieder gefasst hatte, «wäre ein tödlicher Stich ein schnellerer und damit gnädigerer Tod gewesen. Aber wer um Himmels willen sollte so etwas Widerwärtiges getan haben? Und warum?»

«Nun ja, wir haben da so einen Verdacht», erwiderte Serafina, noch bevor er selbst antworten konnte. «Mia könnte den Müller Urban dabei beobachtet haben, wie er seine Hunde auf den Knaben gehetzt hat. Aber bis jetzt gibt es dafür keinerlei Beweise, und deshalb muss das unter uns bleiben. Versprichst du das, Gisla?»

«Du weißt, dass ich schweigen kann wie ein Grab. Vielleicht

aber sollte man auch dem Schäfer mal auf den Zahn fühlen. Sein Verhalten heute war schon reichlich auffallend. Da war nicht nur große Trauer und Verzweiflung in ihm, sondern noch etwas anderes. *Ich bin schuld*, hat er gerufen, als Mia am Ende der Erde übergeben wurde. Und dann: *Es hätte mich treffen sollen, mich allein.*»

Kapitel 18

Bei Einbruch der Dämmerung bekamen sie Besuch. Serafina hatte sich mit Adalbert in die Wohnstube zurückgezogen, während die beiden Alten die Küche aufräumten, als es gegen die Haustür klopfte und Irmla öffnen ging. Es waren Adalberts Freunde und Ratskollegen Laurenz Wetzstein und Magnus Pfefferkorn, die sich nach seinem Befinden erkundigten. Sie mussten unmittelbar von der Jagd zurückgekehrt sein, denn ihre Stiefel und Beinkleider waren schlammbespritzt.

«Wie geht es dir, lieber Freund?», rief Wetzstein, kaum dass er über die Schwelle der Stube getreten war. «Wir alle haben uns solch große Sorgen um dich gemacht.»

«Halb so schlimm», winkte Adalbert eilends ab und wirkte dabei zu Serafinas Verwunderung reichlich verlegen. «War die Jagd wenigstens erfolgreich?»

«Und ob.» Pfefferkorn strahlte, als sei er aus einer siegreichen Schlacht heimgekehrt. «Alle fünf gesichteten Tiere sind erlegt.»

«Dem Himmel sei Dank», stießen Serafina und Adalbert fast gleichzeitig hervor.

«Ja, das ist ein schöner Erfolg», ergriff Wetzstein wieder das Wort. «Leider gab es noch einen weiteren Zwischenfall mit einem Wolf, der nicht so glimpflich ablief wie bei dir. Auch ein Bauer aus der Oberen Au wurde angegriffen und an Armen und Beinen verletzt. Aber er wird durchkommen, sagt Wundarzt Henslin.»

Serafina schnellte aus ihrem Lehnstuhl hoch. Sie glaubte, sich verhört zu haben. «Wie war das? Dich hat ein Wolf angegriffen?»

«Oh!» Wetzstein errötete. «Dann hat Euer Mann gar nichts davon erzählt, Frau Serafina?»

Ihr lief es eiskalt über den Rücken. «Nein, das hat er nicht», erwiderte sie barscher als beabsichtigt.

«Liebe Freunde», ging Adalbert rasch dazwischen, «wollen wir nicht mit einem Becher Burgunderwein auf diesen Erfolg anstoßen?»

«Liebend gerne», gab Wetzstein zurück, «aber wir waren noch nicht einmal zu Hause. Wir wollten als Allererstes nach unserem tapferen Adalbert sehen. Aber zum siebten Glockenschlag gibt es einen Umtrunk für alle Ratsmitglieder, die mit dabei waren. Der Bürgermeister selbst hat dazu eingeladen. Wir würden uns freuen, wenn du kommst.»

In einer Mischung aus Ärger über Adalberts Unaufrichtigkeit und nachträglichem Entsetzen wartete Serafina ab, bis sich die beiden Männer verabschiedet und das Haus verlassen hatten. Dann baute sie sich mit verschränkten Armen vor ihm auf.

«Und?»

Er stieß einen tiefen Seufzer aus. «Ach, Serafina, was hätte ich dich beunruhigen sollen? Es ist doch nichts weiter geschehen, als dass ich in meinem Schrecken gegen einen dicken Ast gerannt bin.»

«Der Wolf! Was war mit dem Wolf?», setzte sie hartnäckig nach.

«Der stand eben plötzlich vor mir. Kurz zuvor war ich gestolpert und hatte dabei meinen Spieß verloren. Ich wusste nicht, was tun, wie das Tier vor mir auftauchte, aber da waren auch schon Veit, sein Knecht Cunzi und zwei weitere Männer zur Stelle. Die haben es mit ihren Mistgabeln und Sensen in Schach gehalten, bis ein Armbrustschütze es erlegte. Das habe ich aber schon nicht mehr mitbekommen, weil ich wie gesagt mit dem Kopf gegen einen Ast gerannt und ohnmächtig geworden bin.»

In ihrem Inneren zog es sich schmerzhaft zusammen. Sie durfte gar nicht weiter darüber nachdenken, wie diese Jagd für ihn ausgegangen wäre, hätte er nicht so beherzte Retter gehabt. Mit einem tiefen Seufzer schlang sie ihm die Arme um den Hals.

«Wenn ich dich verloren hätte ...», flüsterte sie und drückte sich an ihn. «Ich weiß nicht, was ich dann getan hätte. Ich liebe dich so sehr.»

«Ich dich auch, Serafina. Ich dich auch.»

So standen sie eine Weile fest umschlungen mitten in der Stube, bis Adalbert sich von ihr löste.

«Ich weiß, ich hätte es dir gleich sagen sollen. Aber ein Stück weit habe ich mich auch geschämt für mein Missgeschick. Nur deshalb habe ich dich angeflunkert.»

Immer noch kummervoll schüttelte sie den Kopf. «Ach Adalbert, am liebsten wäre mir, du hättest immer einen Leibwächter um dich, wenn du aus dem Haus gehst.»

Da begann er, wie ein Gassenbub zu grinsen.

«Das musst gerade du sagen! Nun ja, jedenfalls wollte ich aus diesem Grund heute noch ins Hasenbad. Weil ich mich nämlich bei Veit und seinem Knecht bedanken wollte. Aber jetzt ist es zu spät geworden.» Zärtlich strich er ihr über die Wange. «Weißt du was? Wir beide könnten doch gleich morgen früh gemeinsam einen Spaziergang machen. Du zeigst mir die Stelle, wo du den Wolfsrumpf gesehen hast, dann bringe ich einen geräucherten Schinken ins Badhaus, und du hörst dich derweil ein wenig unter den Dorfbewohnern um. Jetzt, wo die Wölfe erlegt sind, werden sie uns Stadtbewohnern wohl nicht mehr allzu feindselig begegnen.»

Da konnte auch Serafina nicht mehr anders als lächeln.

«Das ist mal ein wirklich gutes Vorhaben, Adalbert. Weißt du was? Es fühlt sich schön an, wenn wir beide so Seite an Seite zusammenarbeiten.»

Kapitel 19

Gisla ließ es sich nicht nehmen, Serafina und Adalbert am nächsten Morgen zu begleiten.

«Wenn du dich umhorchen willst, dann besser zusammen mit mir», beschied sie Serafina in der Eingangsdiele und schnallte sich kurzerhand ebenfalls Holztrippen unter ihre Schuhe. «Mich kennen die Leute, zu mir sind sie offener als zu dir. Du bist die vornehme, fremde Stadtarztgattin für sie – wenn ich das mal so sagen darf.»

Zwar hatte sich Serafina schon auf einen Ausflug ganz allein mit Adalbert gefreut, da dies selten genug vorkam, doch wo die Kräuterfrau recht hatte, hatte sie recht. Auch Adalbert schien das so zu sehen, denn er nickte zustimmend. So zogen sie also zu dritt los, nicht ohne Irmla zu versprechen, pünktlich zum Zwölfuhrläuten zurück zu sein, und zwar alle gemeinsam.

In der Nacht hatte es noch einmal kräftig geschneit, aber der Wind war zu warm, als dass der Schnee liegen blieb. Schon jetzt, am frühen Vormittag, begann er zu tauen und sich mit dem Straßendreck zu schmutziggrauem Morast zu verbinden. Bald würde sich in den Löchern auf den Gassen eine stinkende Brühe sammeln, und so manch Vornehmer würde sich in der Sänfte durch die Stadt tragen lassen.

Während sie die Schneckenvorstadt durchquerten, schwirrte Serafina immer wieder durch den Kopf, was Adalbert ums Haar zugestoßen wäre. Hätte der Wolf ihn erwischt – nicht nur sein, sondern auch ihr Leben wäre ganz und gar verwirkt gewesen. Nutzlos und leer wäre es ohne ihn. Denn selbst ihr Sohn Vitus, den sie ohnehin viel zu selten traf, war erwachsen und brauchte sie nicht mehr. So war sie dem Hasenbader mehr als dankbar für dessen beherztes Eingreifen, genau wie Adalbert. Der hatte in seiner Arzttasche ein großes Stück geräucherten Schinkens für seinen Retter und dessen Knecht verstaut, dazu ein Beutelchen Rappenpfennige.

«Ich glaube nicht, dass Meister Veit dein Geld annehmen wird», sagte sie ihm, nachdem sie das Schneckentor hinter sich gelassen hatten. Sie waren ein wenig langsamer unterwegs heute, und das nicht etwa wegen der alten Kräuterfrau, die mit Hilfe ihres Gehstocks erstaunlich flink ausschreiten konnte, sondern wegen Adalbert. Er humpelte noch sichtlich, aber Mannsbilder waren eben einfach wehleidiger als Frauen, wie Serafina aus Erfahrung wusste.

Vorsichtshalber hakte sie ihn auf der Dreisambrücke unter, wo der Schneematsch auf den hölzernen Planken doch ziemlich rutschig war. Mit ihrem freien Arm wies sie auf die nächste Brücke flussaufwärts.

«Dort drüben lag der Wolfskadaver, links im Ufergestrüpp.»

Adalbert nickte. «Ich schlage vor, wir treffen uns nachher an der Oberen Brücke, so etwa in einer Stunde, und du zeigst mir die genaue Stelle. Vielleicht finden sich ja noch irgendwo Fellreste im Gebüsch.»

Vor dem Badhaus verabschiedeten sich Serafina und Gisla von ihm. Sie beide wollten vor allem herausfinden, wie die Heilerin Mia und der Getreidemüller zueinander gestanden hatten.

Und ob die beiden seit Jörgelins Tod vor fünf Tagen öfters zusammen gesehen worden waren.

«Schau, Gisla.» Serafina zeigte auf die Schleifmühle auf der anderen Seite des Würibachs, wo das Mühlrad laut knarrte und ächzte. «Das Rad dreht sich wieder. Wie schön!»

«Hm. Sie haben wohl das letzte Eis abgeschlagen. Und der Bach führt auch wieder Wasser. Vielleicht ist der strenge Winter damit endgültig vorbei.»

Serafina nickte. Es war nur zu hoffen, dass das Leben nach diesen eiskalten Wochen nun endlich wieder in Gang kam. Tatsächlich tippelte eine Schar Hühner über die Straße, aus den zum Lüften geöffneten Fenstern roch es nach Kohl und Rüben, die fürs Mittagessen abgekocht wurden. Und doch war irgendetwas seltsam.

Es brauchte ein Ave Maria, bis Serafina klar wurde, was es war: Für einen gewöhnlichen Donnerstag war es viel zu still. Aus den Häusern und Werkstätten drangen keine Arbeitsgeräusche, auf der Dorfstraße war keine Menschenseele zu entdecken.

«Wo stecken die wohl alle?», murmelte Gisla und blickte sich ebenfalls um.

«Vielleicht sind die Frauen in der Spinnstube? In dem Dorf, wo ich aufgewachsen bin, haben die Hausfrauen und Mägde dort im Winter den halben Tag verbracht, um bei ihren Handarbeiten Licht und Holz zu sparen.»

«Die Männer werden ihnen dabei wohl kaum Gesellschaft leisten», gab Gisla zweifelnd zurück.

In diesem Moment traten aus der Schleifmühle gegenüber zwei Mägde und begannen, Wasser aus dem abgetauten Bach zu schöpfen.

Gisla stupste sie an: «Komm!»

Mit einem freundlichen Lächeln eilte sie auf die Frauen zu.

«Grüß dich Gott, liebe Tine», begrüßt sie die Ältere der beiden Mägde. «Haben meine Kräuter deiner Kleinen geholfen?»

«O ja, die hustet fast gar nicht mehr und kann nachts endlich wieder schlafen.»

«Das freut mich. So hat sie den Katarrh wohl überstanden. Und ihr im Dorf seid jetzt sicher alle erleichtert, dass die Wölfe erlegt sind.»

«Und wie! Die Männer haben gestern die halbe Nacht gefeiert. Sogar der Veit, der ja die letzten Tage halb rasend vor Wut und Trauer war.»

Aha, dachte sich Serafina, und deshalb kommen die Mannsbilder heute Morgen nicht aus den Federn. Wohlweislich überließ sie das weitere Gespräch aber der Kräuterfrau.

Die nickte verständnisvoll.

«Ja, ja, für den Veit und sein Weib wird es schwer zu überwinden sein. Das einzige Kind zu verlieren, ist mehr als grausam.»

«Als Mutter wie ich», fuhr Tine mit einem argwöhnischen Blick in Serafinas Richtung fort, «hat man ja doch große Angst gehabt, dass es als Nächstes das eigene Kind trifft. Wobei das mit der Mia aber auch schlimm genug ist. Du hast sie ja gekannt – jeder hat sie gerngehabt.»

«Ich kann's auch noch immer nicht glauben, Tine.» Gislas Stimme zitterte ein wenig, doch sie fasste sich schnell wieder. «Sag mal, warum mögt ihr den Urban eigentlich nicht? Er hat euch doch geholfen, den ersten Wolf zu erlegen. Den, der jetzt zur Abwehr an der Eiche hängt.» Sie deutete mit ihrem Krückstock in Richtung Obere Würi.

«Pah! Auf diesen Einfall war vorher schon der Nickel gekommen. Aber der Urban hat wie immer die Zügel an sich gerissen.»

«Der Urban ist ein Großmaul und scheucht alle herum», mischte sich erstmals die jüngere Magd ein. «Der ist inzwischen reicher als der Dorfschmied, der lebt in Saus und Braus in diesen schweren Zeiten, während wir darben. Ich sag euch auch warum: weil er nämlich die Leute betrügt.»

Innerlich schüttelte Serafina den Kopf. Sie war weit genug herumgekommen, um zu wissen, dass die Getreidemüller allerorten gegen solcherlei Vorurteile zu kämpfen hatten. Durch den Mühlenzwang und die Auflage, täglich zu mahlen, auch an den Sonn- und Feiertagen, waren sie vom städtischen Kriegs- und Wachdienst befreit und hatten ein mehr als sicheres Einkommen. Sie bekamen stets ausreichend Holz von der Stadt, hatten das Fischrecht am Mühlbach und bewohnten ein fast herrschaftliches Anwesen. All dies fachte den Neid an. Dass die Müller aber im Gegenzug eine hohe Pacht leisten mussten und sich krumm arbeiteten, vergaßen die Leute allzu leicht. Und obendrein wurde ihnen allen, nicht nur dem Urban, nachgesagt, dass ihre Mühlen Schauplatz von Spuk, Verbrechen und Unzucht seien. Auch wenn Serafina diesen Urban alles andere als angenehm fand – mit solchem Gerede, wie es ja auch Sanne schon im Munde geführt hatte, tat man ihm gewiss unrecht.

Prompt senkte die jüngere Magd nun ihre Stimme und beugte sich so dicht an Gislas Ohr, dass Serafina ihre Worte gerade noch verstehen konnte: «Beim Urban geht es nicht mit rechten Dingen zu!»

«Wie meinst du das?», fragte Gisla, doch sie bekam keine Antwort. Aus der Tür zur Schleifmühle war nämlich ein rotgesichtiger Mann herausgetreten und brüllte zu ihnen herüber: «Was habt ihr beide hier zu schwatzen? Los, an die Arbeit!»

Rasch griffen sich die Mägde ihre gefüllten Ledereimer und verschwanden eilends durch ein geöffnetes Hoftor.

Gisla wirkte enttäuscht. «Das war es dann wohl. Ich glaube kaum, dass wir hier noch mehr erfahren werden.»

«Versuchen wir es im Oberdorf», schlug Serafina vor. «Und fragen wir als Erstes den Schäfer, was er über Urban und Mia weiß. Der hat doch bestimmt jeden ihrer Schritte verfolgt. Außerdem wüsste ich gerne, was er an ihrem Grab mit seiner Schuld gemeint hat.»

«Er wird dir gegenüber kein Wort herausrücken, Serafina. Aber gut, einen Versuch soll es wert sein.»

Kapitel 20

Zwischen den Häusern rund um das Hasenbad und der Oberen Würi war die Dorfstraße ein gutes Stück weit unbebaut. Gesäumt wurde sie von brachliegenden Feldern und verschneiten Gärten, umzäunten Viehweiden und zwei reichlich baufälligen Scheunen. Der nasse Schnee schmatzte unter ihren Trippen, Serafinas Fußlappen in den Schuhen waren schon ganz feucht geworden. Kein gutes Wetter, dachte sie, um draußen herumzustapfen, und sehnte sich danach, mit Adalbert in ihr warmes, trockenes Zuhause zurückzukehren.

Als sie die obere Dreisambrücke erreichten, hörten sie aufgeregte Stimmen. Sie kamen vom Dorfausgang, wo sich unter der Eiche mit dem ausgestellten Wolfsmann etliche Leute versammelt hatten.

«Dort also stecken sie», sagte sie zu Gisla. «Beschwören die jetzt wieder ihren Abwehrzauber?»

Ihre Freundin zuckte die Achseln. «Vielleicht hilft es ja. Unsereins hängt sich eben Mistel-, Wermut- oder Rosmarinzweige über die Tür, um Unglück und böse Geister abzuhalten.»

Serafina deutete auf den Schafstall, der sich gegenüber der Brücke befand.

«Lass uns erst bei Nickel vorbeigehen, und danach schauen wir, was die Dorfbewohner dort hinten treiben.»

Sie traten zum Scheunentor, auf dessen breiter Schwelle mit Kreide ein fünfzackiger Drudenfuß gezeichnet war. Das Tor war lediglich mit einem einfachen Holzriegel ohne Schloss versperrt. Warum Nickels Schafstall keiner weiteren Schutzmaßnahmen bedurfte, sollten sie erfahren, kaum dass sie das Tor einen Spalt weit aufgeschoben hatten.

Sofort stürmten unter drohendem Gebell zwei riesige Hütehunde auf sie zu, doch zum Glück befand sich noch ein Gatter aus Holz und Binsengeflecht zwischen ihnen und den zähnefletschenden Tieren. Allzu wehrhaft wirkte das Gatter indessen nicht, und so waren sie beide erschrocken hinter das halb offene Scheunentor zurückgewichen.

«Diese Biester hatte ich ganz und gar vergessen», flüsterte Gisla. Dann begann sie mit singender Stimme auf die Hunde einzureden: «Ganz ruhig, ihr braven Hunde. Ihr kennt mich doch vom Kräutersammeln.»

Doch die Hunde beruhigten sich keineswegs. Mit ihren breiten Schädeln und ihrem graucheckigen Fell hatten sie plötzlich etwas erschreckend Wölfisches.

Beherzt steckte Serafina ihren Kopf durch den Torspalt und rief in das Halbdunkel hinein: «Schäfer Nickel, seid Ihr da? Wir sind es, die Kräuterfrau Gisla und Serafina, die Frau des Stadtarztes.»

In der hinteren Ecke des Stalls drängten sich gut drei Dutzend Schafe im Stroh zusammen und blökten leise vor sich hin. Daneben stand Nickels zweirädriger Schäferkarren, der so niedrig war, dass man allenfalls darin sitzen oder schlafen konnte. Die Deichsel war auf einer Kiste mit Brennholz aufgebockt, das dem Schäfer wohl für sein Lagerfeuer hinter der Scheune diente. Schließlich konnte man hier drinnen mit dem ganzen Stroh schlecht ein Feuer entzünden, wollte man nicht alles in Brand setzen.

Wie ärmlich so ein Schäfer doch lebte, dachte Serafina. Erst recht im Winter. Andererseits hatte das Ganze fast etwas Heimeliges: Auf der Deichsel lag ein Brett, das mitsamt einem hellen Leintüchlein darüber als Tisch diente, Krug und Becher standen darauf bereit, und an einem zwischen den Holzbalken gespannten Seil hingen mehrere Lappen und eine Wolldecke ordentlich nebeneinander.

«Er scheint nicht da zu sein», stellte sie ein wenig enttäuscht fest. Da erst entdeckte sie zwischen Karre und Scheunenwand einen riesigen Holzvorrat.

«Sieh mal einer an.» Sie pfiff durch die Zähne, und sofort begannen die Hunde wieder heftiger zu knurren. «Ob er sich all das Brennholz von seiner Mia geholt hat?»

«Das mag sein. Gehen wir, der Nickel ist bestimmt bei den anderen drüben an der Eiche.»

Sie schlossen das Tor und schoben mit vereinten Kräften den schweren Riegel vor, während die Hunde drinnen wie rasend kläfften. Als sie sich umdrehten, stand die junge Magd Sanne vor ihnen.

«Was wolltet Ihr vom Schäfer?», fragte sie mit argwöhnischem Blick. Dann stieß sie einen hohen, schrillen Pfiff aus, und die Hunde verstummten augenblicklich.

«Nun, das könnten wir dich gleichfalls fragen», gab Serafina lächelnd zurück und fuhr scherzhaft fort: «Wolltest du vielleicht zu einem Stelldichein mit Schäfer Nickel?»

Sanne tat empört.

«Glaubt Ihr im Ernst, der Nickel und ich …?» Geziert strich sie sich durch ihre krausen Locken. «Dem tät das vielleicht gefallen, aber diesen Krummbuckel will eh keine von uns zum Mann. Nein, ich wollte Euch nur warnen, hineinzugehen. Seine Hunde würden jeden Fremden in Stücke reißen.»

Sofort schoss Serafina der Gedanke durch den Kopf, Nickel könnte der Vater ihres Ungeborenen sein. Hatte Sanne deshalb so empört getan auf ihre Frage nach einem Stelldichein mit dem Schäfer? Getroffene Hunde bellten bekanntlich. Obendrein: Warum waren die Hütehunde so vertraut mit Sanne, dass ein einziger Pfiff von ihr genügte, sie zum Schweigen zu bringen?

«Wie freundlich von dir, liebe Sanne», bemerkte Gisla mit einem leicht spöttischen Unterton, dem anzumerken war, dass auch sie nicht allzu viel auf Sannes Geschwätz gab.

«Gern geschehen. Und wenn Ihr den Nickel sucht – der ist wie alle anderen drüben bei der Eiche. Kommt also nur mit mir.»

Der näher rückende Lärm der aufgebrachten Stimmen verriet indessen, dass das nicht mehr nötig war.

Kapitel 21

«Jetzt holen wir dich, du Teufelsknecht!», schallte es über die Dorfstraße.

Der Menschenauflauf, der sich zuvor unter der alten Eiche versammelt hatte, belagerte nun das Hoftor zur Großen Mühle und war noch größer geworden. Männer, Weiber, Kinder – das ganze Dorf schien auf den Beinen.

Der Hasenbader war nicht darunter, wohl aber der Schäfer, dazu noch einige andere, die Serafina vom Sehen kannte. Als sie Marie, die freundliche Alte mit der Warze auf der Nase, entdeckte, eilte sie im Laufschritt das kurze Stück hinüber und berührte sie beim Arm.

«Was geschieht hier, Marie?», fragte sie sie durch das Geschrei hindurch. «Warum lasst Ihr den Müller nicht in Ruhe?»

«Weil wir jetzt wissen, dass er mit dem Satan im Bunde ist! Der Gottseibeiuns selbst», sie bekreuzigte sich hastig, «hat ihm befohlen, dem Wolfsmann drüben an der Eiche die Rute abzuschneiden, um einen Gürtel daraus zu machen.»

Verständnislos sah Serafina sie an. «Einen Gürtel? Wie kommt Ihr auf solch einen Unsinn?»

«Das ist kein Unsinn, Frau Stadtärztin, glaubt mir. Kraft eines solchen Wolfsgürtels vermag sich der Urban in einen Werwolf zu verwandeln und geht dann gemeinsam mit seinen beiden Kötern auf Menschenhatz. Jederzeit und nicht nur in Vollmondnächten.»

«Genau!», bekräftigte das Weib neben ihr und spuckte gegen die Mauer des Anwesens. «Und wir wollen verhindern, dass es ein drittes Opfer gibt.»

Das also steckte hinter der Feindseligkeit gegen den Müller. Die Leute hier glaubten allen Ernstes, Urban könne sich mit Hilfe des Satans in einen blutrünstigen Werwolf verwandeln! Jetzt sah Serafina auch, dass sich etliche der Weiber und Kinder ein Kruzifix vor die Brust hielten, zum Schutz vor dem vermeintlichen Bösen.

In diesem Augenblick schleppte eine Gruppe von Männern, allen voran ein hochaufgeschossener Kerl mit feuerrotem Haar und kantigem Gesicht, einen mindestens fünf Ellen langen Balken an, ein anderer trug brennende Fackeln. Sofort öffneten die Dörfler ihnen eine Gasse.

«Urban!», brüllte der Rotschopf. «Komm heraus aus freien Stücken, sonst schlagen wir das Tor ein und setzen die Mühle in Brand. Mitsamt deinem Weib, deinen Kindern und deinem Gesinde.»

Der kahle Schädel des Müllers erschien an einem der oberen Fenster. Das Gesicht war wutverzerrt.

«Ich tret dir gleich in den Arsch, Cunzi! Hast du vergessen, wen du vor dir hast? Außerdem brecht ihr den königlichen Mühlenfrieden, ihr Erzschelme! Das werdet ihr bitter büßen!»

«Scheiß auf deinen Mühlenfrieden. Wir wollen endlich wieder ein sicheres Dorf. Also heraus mit dir, sonst holen wir dich.»

«Ha! Meine Hunde lassen keinen von euch rein. Und wer's doch schafft, dem spaltet meine Streitaxt das Hirn.»

Wie zum Beweis reckte er ein Beil in die Höhe.

Der Rothaarige namens Cunzi drehte sich zu seinen Helfern um. «Auf drei geht's gegen das Tor. Hanman, bist du bereit?»

Der Kerl neben ihm, der in jeder Faust eine brennende Fackel hielt, nickte.

Da wurde es Serafina zu dumm. Mit ausgebreiteten Armen stellte sie sich vor das Hoftor und damit den Männern in den Weg.

«Seid ihr noch ganz bei Trost?», rief sie aufgebracht. «Wie könnt ihr diesem unsinnigen Aberglauben anhängen? Mia und der kleine Jörgelin sind durch einen Wolfsangriff ums Leben gekommen, und diese Wölfe habt ihr selbst gestern besiegt.»

«Wer's glaubt, wird selig und kommt ins Himmelreich», höhnte der mit den Fackeln. «Sanne, sag dieser naseweisen Stadtbürgerin, was du heut in aller Früh mit eigenen Augen gesehen hast.»

Die Magd stellte sich vor sie hin, reckte ihr kleines Kinn in die Höhe und erwiderte fast trotzig: «Der Müller hat dem toten Wolf den Schwanz abgeschlagen.»

«Du lügst, du Hurenbalg!», brüllte es von oben, dann verschwand die massige Gestalt des Müllers vom Fenster.

Cunzi hob den Holzbalken auf, und die anderen taten es ihm nach.

«Ich sag's nur noch einmal, Weib.» Er kniff drohend die Augen zusammen. «Aus dem Weg jetzt!»

So schnell gab Serafina nicht klein bei. Suchend sah sie sich nach ihrer Gefährtin Gisla um, doch die war nirgends zu entdecken. Dafür war der Schäfer herangeeilt. Wollte er ihr zu Hilfe kommen? Er schien sie von Mias Totenwache erkannt zu haben.

«Ich bitte Euch, Nickel: Lauft rasch hinüber zum Obertor und holt die städtische Scharwache her.»

Der Schäfer schüttelte fast traurig, wie ihr schien, den Kopf. «Geht besser nach Hause, Frau Stadtärztin. Die Leute hier meinen es ernst.»

Er wandte sich Sanne zu und nahm sie beim Arm: «Und du solltest auch besser heimgehen.»

«Nimm deine dreckigen Pfoten weg!», fauchte die ihn an und schüttelte ihn ab.

«Alle Weiber und Kinder hinfort vom Tor», brüllte Cunzi in diesem Moment, und Sanne und die anderen Frauen gehorchten. Nur Serafina blieb eisern stehen.

«Eins!», fing Cunzi zu zählen an.

«Zwei!»

Serafinas Herz schlug ihr bis zum Hals, als ein donnerndes «Halt!» die angespannte Stille zerriss.

«Lasst das bleiben, ihr Dummköpfe!» Ein Mannsbild mit dunklem Vollbart und langem Zottelhaar schlug dem, der Hanman hieß, mit einem Prügel die Fackeln aus der Hand und trat das brennende Pech mit den Stiefeln aus. «Oder wollt ihr alle am Galgen landen?»

Serafina atmete auf. Die Gefahr einer Feuersbrunst war zumindest vorerst gebannt. Dafür traf sie ein zorniger Blick ihres Retters in der Not.

«Was habt Ihr hier zu schaffen, Frau Stadtärztin? Wolltet Ihr im Ernst diese wildgewordene Horde aufhalten?»

«Wenn's sonst niemand tut – ja. Kennen wir uns?»

«Verzeiht.» Die Stimme des Schwarzbärtigen wurde milder. «Ich bin Eppe, Bannwart in der Würi und Sprecher des Dorfvogtes Urban. Eure Freundin, die Kräuterfrau Gisla, kam mir gerade entgegengelaufen und hat mit berichtet, was hier im Gange ist.»

«Da seid Ihr grad noch zur rechten Zeit gekommen.»

«Das will ich doch hoffen. Jetzt geht nach Hause, Frau Stadtärztin, und überlasst die Sache mir.»

Mit sanftem Druck schob er sie vom Tor weg, als ein ohrenbetäubendes Krachen Serafina zusammenfahren ließ. Hinter ihr und dem Bannwart splitterte das Holz des Hoftores, ein zweiter Schlag mit dem Balken hob es aus den Angeln, und der Weg zur Mühle war frei.

«Verdammt, bleibt ihr wohl stehen!», brüllte Eppe, indessen vergebens.

Sämtliche Männer stürmten unter Kampfgeschrei in den Hof des Anwesens, drei Dutzend waren es bestimmt, während Serafina wie angewurzelt beim Tor stand und hineinstarrte. Drinnen im Hof gleich hinter der Mauer befand sich links das prächtige Haupthaus, rechts davon schloss sich, etwas nach hinten versetzt, das Nebengebäude mit Stallungen und Schuppen an.

Von dort kamen jetzt die beiden Hunde angerast, doch den ersten traf der Balken am Kopf, den zweiten ein schwerer Prügel im Genick, beide blieben sie reglos im Schneematsch liegen, der sich langsam rot färbte.

Da flog das Beil aus dem Fenster und streifte Cunzi an der Schulter. Der brüllte auf, wohl ebenso vor Wut wie vor Schmerz. «Stürmt das Haus!»

«Nein!» Der Bannwart rannte zur Eingangstür der Mühle und versuchte verzweifelt, Ruhe zu bewahren. «So hört mir doch wenigstens zu, ihr Männer!»

Ein weißhaariger Alter eilte an seine Seite. «Haltet ein. Der

Eppe ist immerhin Bannwart und der Sprecher des Dorfvogts und damit auch ein städtischer Amtmann.»

«Dann rede halt», rief ein Bauersmann, und Serafina atmete auf. «Aber mach's kurz.»

Eppe stellte sich auf die oberste Treppenstufe, um besser gehört zu werden. «Was hier bei uns im Dorf geschehen ist, ist schlimm genug, aber wollt ihr euch auch noch des Meuchelmordes schuldig machen? An einem möglicherweise Unschuldigen? Ihr alle wisst, dass ich kein Freund des Müllers bin, aber ...»

«Wer mit dem Satan im Bunde ist», unterbrach ihn Cunzi, «der gehört aufgehängt und verbrannt!»

«Jawohl!», bekräftigten die anderen. «An die Eiche mit ihm! Und dort soll er brennen, mitsamt dem toten Wolf!»

Da fasste sich Serafina abermals ein Herz, stieg über das zerschmetterte Hoftor und stellte sich neben Eppe und den Weißhaarigen vor den Eingang. Es gab nur noch einen Ausweg aus dieser bedrohlichen Situation: den Leuten die Wahrheit zu sagen.

«Ich will Euch etwas mitteilen, was bislang noch niemand weiß. Mein Mann, der Stadtarzt, hatte beide Leichname untersucht und zweifelsfrei festgestellt, dass der kleine Jörgelin totgebissen wurde, aber es gibt Hinweise, dass die Heilerin Mia hingegen gemordet wurde. Und zwar erstochen von einem Menschen.»

Ein ungläubiges Raunen war bei dem Wort «gemordet» durch die Menschenmenge gegangen.

«Ihr habt's gehört, Männer», ergriff der Bannwart wieder das Wort. «Mag sein, dass Urbans Hunde schuld sind an Jörgelins Tod. Aber das herauszufinden, ist nicht eure Sache, sondern die der Freiburger Richter. Ebenso, wer die arme Mia getötet hat. Wer jetzt noch an das Werwolfgeschwätz glaubt, dem ist nicht mehr zu helfen.»

Tatsächlich wich ein Großteil der Männer zurück, nach kurzem Zögern sogar der Schäfer Nickel.

«Du willst den Saukerl laufenlassen?», fragte Cunzi, der sich mit zornigem Blick die blutende Schulter hielt.

«Nein. Wir bringen ihn vorerst in unser Arresthäuslein, gefesselt und unter guter Bewachung. Einer von euch läuft derweil hinüber in die Ratskanzlei und gibt dort Bescheid – ich schlage vor, du, Cunzi, und du lässt dir dabei gleich die Schulter verbinden. Die Stadtwache soll den Urban heute noch aus dem Arresthaus abholen und in den Stadtturm bringen, bis die Herren Richter geklärt haben, ob er schuldig ist am Tod des Knaben oder nicht. Ich danke Euch, Frau Stadtärztin, für Euren Mut», wandte er sich an Serafina, «aber jetzt geht bitte schleunigst mit Cunzi zurück in die Stadt. Nicht dass es hier doch noch zu einer Prügelei kommt, wenn Urban sich nicht festsetzen lassen will.»

Sie nickte, wobei auch sie dem plötzlichen Frieden nicht traute. Das Ganze konnte wahrhaftig noch immer aus dem Ruder laufen.

«Ich wünsche Euch viel Glück.» Sie reichte Eppe die Hand.

In diesem Moment öffnete sich hinter ihnen die Tür, und Urban trat heraus, mit erhobenen Armen und marschbereit in Pelzkappe, Mantel und klobigen Stiefeln.

«Ich ergebe mich, Männer! Auf dass ihr nur meine Familie schont.»

Als er nun seine toten Hunde in Hof liegen sah, heulte er jämmerlich auf. Danach ging alles blitzschnell: Er stieß den Bannwart von der obersten Treppenstufe herunter, versetzte dem Weißhaarigen einen Faustschlag und zog einen Dolch aus der Tasche seines Mantels. Den hielt er Serafina von hinten an die Kehle.

«So, Freunde, jetzt sitzt *ihr* in der Zwickmühle, und nicht mehr ich!»

Aus dem Augenwinkel konnte sie sehen, wie Urban siegesgewiss grinste, während die kalte Klinge des Dolches ihren Hals berührte. Dann umschloss die Angst sie wie eine eiserne Faust und raubte ihr schier den Atem.

«Wer sich mir nur einen Schritt nähert», fuhr er fort, «der hat das Leben der Stadtarztgattin auf dem Gewissen!»

In Serafinas Kopf begann es sich zu drehen.

Dass Urban ernst machen würde, bezweifelte sie keinen Atemzug lang.

Kapitel 22

Adalberts Knieschmerz war ganz und gar vergessen. Die alte Kräuterfrau mit ihrem Gehstock kam kaum hinterher, während er in großen Schritten die Straße zum Oberdorf hinaufstürmte, die Arzttasche unter dem Arm geklemmt.

Bis gerade eben war er noch mit Meister Veit gemütlich in dessen warmer Küche gesessen, bei einem Krug starken Apfelmostes, und hatte sich gefreut, dass der Mann endlich ein wenig zur inneren Ruhe gefunden hatte, als Gisla unten gegen die Tür gehämmert hatte. Es hatte geraume Zeit gedauert, bis dem Bader bewusst wurde, dass weder sein Knecht Cunzi noch die junge Magd im Haus waren, um zu öffnen, und so war er endlich selbst zur Tür gegangen.

«Meister Achaz muss sofort zur Großen Mühle kommen!», hatte Adalbert die Kräuterfrau aufgeregt rufen hören. «Die Leute wollen dem Urban das Haus anzünden, weil sie ihn für einen Werwolf halten, und die Stadtarztfrau ist mitten dabei.»

Da hatte Adalbert sich auch schon seinen Umhang geschnappt und war an Veit vorbei auf die Straße gestürmt.

«Kommt Ihr mit?», hatte er ihn noch gefragt.

«Ähm ... nein. Ich kann meine arme Frau doch nicht allein lassen.»

Ziemlich außer Atem hatte Adalbert nur zwei Vaterunser

später die obere Dreisambrücke erreicht. Herrje, in was war Serafina da bloß wieder hineingeraten?

Doch zu seiner großen Erleichterung schossen weder Flammen aus dem Dachstuhl der Getreidemühle, noch war irgendwelches Kampfgeschrei zu hören, als er sich dem Menschenauflauf vor der Mauer des Anwesens näherte.

«Bestimmt hat der Bannwart schon für Ruhe gesorgt», sagte Gisla, die keuchend zu ihm aufschloss.

Es war tatsächlich auffallend ruhig vor der Mühle, fast gar verhängnisvoll ruhig. Die Frauen und Kinder wirkten wie vor Schreck erstarrt, Mannsbilder waren nirgends zu sehen. Und auch von Serafina keine Spur!

Er tippte der nächstbesten Frau auf die Schulter. Sie fuhr herum und sah ihn fast erschrocken an. Auf ihrer Nase prangte eine auffällig große Warze.

«Der Medicus ist da!», rief sie aus, und sämtliche Gesichter wandten sich ihm zu.

«Was ist geschehen?», fragte er in die Runde und hoffte innerlich, sogleich eine harmlose Erklärung zu erhalten.

«So genau wissen wir's nicht, weil wir nicht in den Hof dürfen», gab das Weib mit der Warze zur Antwort. «Aber der Urban hält sich irgendwo da drinnen versteckt und er hat ... Er hat wohl Eure Frau in der Gewalt.»

Adalbert hörte einen unterdrückten Aufschrei, merkte aber sogleich, dass dieser aus seinem eigenen Mund gekommen war. Serafina, in der Gewalt des Müllers? Was hatte das zu bedeuten? Hastig drängte er sich durch die Menge. Hinter dem niedergerissenen Hoftor hielt ein weißhaariger Mann mit blutverschmierter Nase Wache, zu seinen Füßen ein mächtiger Holzbalken, dahinter lagen zwei große, schwarze Hunde regungslos im rotgefärbten Schnee. Ein Stück weit entfernt vom Haupthaus der Mühle, dort, wo sich Stallungen und Gesindekammern befanden, hatte sich eine Schar Männer versammelt, die aufgeregt miteinander flüsterten.

«Niemand darf hier rein», beschied ihm der Alte am Tor.

«Ich bin Achaz, der Stadtarzt, verdammt noch mal, und ich muss wissen, was mit meiner Frau geschehen ist.»

Da kam auch schon der Bannwart quer durch den Hof auf ihn zugerannt.

«Medicus!», rief er. «Wie gut, dass Ihr da seid. Vielleicht könnt *Ihr* ja den Urban zur Vernunft bringen.» Er berichtete dem Medicus in aller Kürze, wie sich die Menge vor dem Haus versammelt hatte, wie die Situation immer brenzliger geworden war, bis Serafina schließlich eingeschritten war und der Müller sie kurzerhand mit sich genommen hatte.

«Und wo ist Serafina jetzt?», stieß Adalbert mühsam hervor, während er an Eppes Seite zu den Männern ging.

«Irgendwo hier im Nebenhaus. Er ist mit ihr durch den Geräteschuppen dorthinein verschwunden.»

«Ist sie verletzt?»

«Nein, ich denke nicht. Es ist ja gerade erst geschehen, als wir den Müller ins Arresthaus abführen wollten.»

«Eine Frau sagte mir eben, dass er sie in seiner *Gewalt* habe. Was hat das zu bedeuten?»

«Nun ja ...» Es war dem Bannwart anzusehen, wie er sich innerlich wand. «Der Müller hat sie bedroht, um der Festsetzung zu entgehen.» Er machte eine erneute Pause. «Er hat ihr ein Messer an die Kehle gehalten.»

Adalbert ließ die Arzttasche zu Boden fallen.

«Ich muss zu ihr!»

Er trat vor das Tor des Geräteschuppens, das indessen von innen verriegelt war. Mit beiden Fäusten trommelte er dagegen, während er fürchtete, gleich den Verstand zu verlieren.

«Urban, ich warne dich! Wenn du meiner Frau ein Leid antust, schlage ich dich zu Brei!»

«Ruhig, Meister, Ihr solltet ihm nicht drohen.» Eppe legte ihm den Arm um die Schultern und zog ihn ein Stück vom Schuppen fort. «Er wird sich schon melden und sich besinnen, schließlich will er heil aus der Sache herauskommen. Aber dann sprecht besser in wohlüberlegten Worten mit ihm, um ihn nicht anzustacheln, doch etwas Unüberlegtes zu tun.» Er sah Adalbert mit Nachdruck an. «Übrigens ist der Baderknecht Cunzi unterwegs in die Stadt, die Scharwache holen.»

Adalbert nickte, obwohl ihn das alles kein bisschen beruhigte. Dann holte er tief Luft und rief: «Serafina, hörst du mich? Ich bin hier, Adalbert. Alles wird gut, hab keine Angst!»

Aber er erhielt keine Antwort.

Dafür kam mit einem Mal Bewegung in die Männer, die sich vor dem Nebengebäude versammelt hatten. Die Tür zur Knechtkammer, in der Adalbert fünf Tage zuvor den kleinen Jörgelin gewaschen hatte, sprang auf, und heraus trat ein pockennarbiger Mann mit strähnigem Langhaar. Mit lautem Knall fiel die Tür hinter ihm wieder ins Schloss. Er drückte den Rücken durch und schaute mit ernster Miene um sich.

«Was sagt der Urban?» – «Was will er?» – «Ist die Arztfrau wohlauf?», bedrängten ihn die Männer, da war Adalbert auch schon bei ihm.

«So sprecht doch! Wer seid Ihr? Was habt Ihr mit dem Urban zu schaffen?»

In seiner Anspannung hatte Adalbert den Mann, der zwar

deutlich kleiner als er selbst, dafür um einiges breitschultriger war, am Kragen gepackt.

«He, lasst mich los, Mann!» Der Kerl schüttelte ihn ab wie eine lästige Fliege.

«Verzeiht.» Achaz kam wieder zu sich. «Ich bin Stadtarzt Achaz, und es ist mein Weib, das Urban zur Geisel genommen hat.»

«Ich weiß, Medicus. Wir sind uns begegnet, als der Knabe vom Hasenbader hier aufgefunden wurde. Ich bin Jonas, Urbans Altgeselle.»

«Wie geht es Serafina? Habt Ihr sie gesehen?»

«Ja, sie ist da drinnen in der Knechtkammer und ihr ist kein Haar gekrümmt.» Er sprach mit Nachdruck, um seine Worte zu bekräftigen. «Aber damit das so bleibt, sollten wir auf Urbans Forderungen eingehen. Ich kenne ihn gut genug: Fühlt er sich in die Enge getrieben, kann er unberechenbar werden.»

«Was also fordert er?», ergriff Eppe das Wort.

«Freies Geleit für sich und seine Familie bis vor den Gerichtsbann der Stadt. Ich selbst soll das Fuhrwerk anspannen, mit drei Säcken Korn und dem nötigsten Hausrat beladen. Auf Haslacher Gemarkung will er Frau Serafina und mich dann freilassen.»

«Was?» Adalbert glaubte, sich verhört zu haben. «Er will Serafina mit sich nehmen?»

Altgeselle Jonas zog die Augenbrauen in die Höhe. «Wie sonst kann er sich freies Geleit zusichern?»

Fieberhaft versuchte Adalbert, Ordnung und Ruhe in seine Gedanken zu bringen. Bestimmt gab es einen Weg, um Serafina aus ihrer schrecklichen Lage zu retten.

«Ist sie allein mit diesem Hundsfott?»

«Nein, sein Weib und seine beiden halbwüchsigen Knaben sind mit dabei. Ebenso seine Magd und der Jungknecht.»

Ein ganz klein wenig beruhigte Adalbert der Gedanke, dass Serafina in Gesellschaft von Frauen und Kindern war.

«Es heißt», fuhr er fort, «Urban sei mit meiner Frau im Geräteschuppen verschwunden. Gibt es von dort eine Verbindung zur Knechtkammer?»

Der Geselle nickte. «Ja, über die Stallungen, aber den Schuppen hat er von innen verriegelt. Jetzt muss ich aber endlich die Maultiere einspannen. Meister Urban will los.»

Adalbert, der spürte, wie ihm die Zornesröte ins Gesicht stieg, packte ihn am Arm. «Er will los und dann springst du einfach? Willst du dich mit deinem Eifer etwa mitschuldig machen an Urbans Flucht? An der Entführung meiner Frau?»

«Der Stadtarzt hat recht, Jonas», mischte sich Eppe ein, und Adalbert ließ den Gesellen wieder los. «Du machst jetzt schön langsam, verstanden? Wir sollten Zeit schinden, zumindest bis die Stadtwache hier ist.»

«Meinetwegen. Aber eines sag ich euch ...» Er sah sich unter den Männern um, schon weitaus weniger selbstsicher als zuvor. «Wer von euch später behauptet, ich hätte gemeinsame Sache mit meinem kopflos gewordenen Herrn gemacht, den bringe ich wegen Ehrverletzung vor Gericht. Ich war nur zufällig im Haus, als das alles anfing.»

«Schon gut, Jonas», beruhigte ihn der Bannwart. «Tu, was du tun musst.»

«Eine Frage noch, Geselle.» Adalbert hatte sich wieder einigermaßen gefasst. «Von der Knechtkammer geht doch, wenn ich mich recht erinnere, eine Tür unmittelbar in den Schweinestall, richtig?»

«Richtig.»

«Lässt sich diese Tür verriegeln?»

«Nein. Aber die vom Schweinestall zum Hof ist natürlich verriegelt. So dumm ist mein Herr jetzt auch wieder nicht.»

Adalbert deutete auf den Dachboden des Nebengebäudes.

«Ich nehme an, oben auf der Bühne lagert ihr euer Heu und Stroh. Und durch eine Luke werft ihr es nach unten zu den Schweinen und Maultieren.»

Der Bannwart starrte ihn an. «Lieber Medicus, Ihr wollt doch nicht etwa …?»

«Genau das. Über die Rampe dort rechts fährt der Heuwagen auf die Bühne. Ich vermute, dass Urban nicht daran gedacht hat, auch dieses Tor zu versperren. Insofern muss das der einzige Weg sein, um unbemerkt hineinzukommen.»

Kapitel 23

Adalbert starrte durch die Öffnung zwischen den Dielenbrettern nach unten. Der Fußboden des Schweinestalls schien ihm unendlich weit weg, wahrscheinlich würde er sich gleich beide Knöchel verstauchen beim Herunterlassen.

Zwar hatten einige von Eppes Männern ihm angeboten, ihn zu begleiten, doch er hatte abgelehnt: Man durfte diesen Hitzkopf von Müller nur ja nicht reizen, wollte man Serafina nicht in noch größere Gefahr bringen, als er sie vermutlich gerade ohnehin brachte. Er durfte sich keine Fehler erlauben, sonst ... Allein der Gedanke daran presste seine Brust wieder schmerzhaft zusammen. Was musste die Arme gerade für eine Höllenangst ausstehen!

Aus der nahen Knechtkammer vernahm er eine erregte Frauenstimme: «Du bringst uns in Teufels Küche, du elender Schwachkopf!» – «Halt's Maul, Weib», tönte es zurück. «Oder willst du mich lieber hängen sehen, mit einem brennenden Scheiterhaufen unter dem Hintern? Denen da draußen ist nicht zu trauen. Sogar meine Hunde haben sie abgeschlachtet!»

Vorsichtig, um nur ja kein Geräusch zu verursachen, ließ sich Adalbert am Rand der Öffnung nieder. Zwei Muttersauen hatten ihn entdeckt und reckten ihm mit hoffnungsfrohem Grunzen die Rüssel entgegen, wohl in Erwartung einer Futtergabe. Bevor die ganze Horde zu quieken begann, musste er springen. Daran, dass das nicht ohne Geräusch vonstattengehen würde, hatte er nicht gedacht. Doch im Grunde war das einerlei – Hauptsache, er würde gleich bei Serafina sein.

Er streckte Arme und Oberkörper aus, bis er mit beiden Händen den gegenüberliegenden Rand der Luke zu fassen bekam, dann ließ er sich in die Tiefe sinken. Nur kurz konnte er sein Gewicht in der Luft halten, bevor er wie ein Mehlsack nach unten plumpste, in einen Haufen feuchten Strohs. Er rutschte weg und fand sich auf der Seite liegend im Schweinemist wieder, woraufhin die Tiere mit lautem Quieken auseinanderspritzten.

«Was war das?», hörte er den Müller von nebenan rufen.

Eilig rappelte er sich auf – zum Glück war er unverletzt! –, als das Türchen vor ihm auch schon aufgerissen wurde.

«Dass mich Donner und Hagel erschlagen!» Urban blieb der Mund offen stehen und kam ihm gefährlich nah. «Du wolltest mir auflauern!»

«Ganz ruhig, Meister Urban. Ich bin allein.» Adalbert streckte beide Hände in die Luft, um zu zeigen, dass er unbewehrt war. «Ich bin gekommen, um Euch einen Vorschlag zur Güte zu machen. Lasst mein Weib frei und nehmt stattdessen mich als Geisel.»

«Salbadert hier nicht herum.» Der feiste Kerl versetzte ihm einen heftigen Stoß gegen den Rücken, der ihn in die Knechtkammer stolpern ließ. Das Bild, das er dort vorfand, ließ ihn schier verzweifeln: Auf dem Strohsack an der linken Wandseite kauerte Serafina, an Händen und Füßen gefesselt, im Mund einen schmutzigen Leinenfetzen als Knebel. Der junge Knecht dicht neben ihr hielt angriffsbereit einen spitzen Dolch in der Faust. Ihnen gegenüber drückten sich auf dem zweiten Strohsack die Frauen und Kinder eng aneinander, alle vier mit mehr oder weniger verheulten Augen.

«Bist du verletzt, Serafina?», stieß Adalbert hervor, während ihm Urban wieselflink die Hände vor die Brust band.

Mit weit aufgerissenen Augen schüttelte sie den Kopf.

«Los, runter auf den Boden! Mit dem Rücken zur Wand», befahl ihm der Müller, und er gehorchte. Schon waren ihm auch die Fußknöchel gebunden. Anschließend riss Urban vom Leintuch des Bettlagers einen schmalen Streifen ab.

«Nein, wartet!», rief Adalbert. «Ich habe Euch etwas Wichtiges zu sagen.»

«Das schert mich einen Dreck, was du zu sagen hast.» Er stopfte den Stoffstreifen zu einem Knäuel zusammen. «Aber eigentlich sollte ich dir sogar dankbar sein: Zwei Geiseln sind allemal mehr wert als eine.»

«Zum Teufel noch mal, Urban – lass den Medicus reden!» brüllte plötzlich die Müllerin los. «Du machst ja alles nur noch schlimmer.»

Verdutzt glotzte Urban sein Weib an, und Adalbert nutze die Gelegenheit.

«Ich sage Euch, wie Ihr heil herauskommt aus der Sache», begann Adalbert hastig, ohne recht zu wissen, wie er fortfahren sollte. «Es ist nämlich so: Die Lage ist eindeutig. Ihr habt schlichtweg in Notwehr gehandelt. Der wildgewordene Pöbel wollte Euch das Dach über dem Kopf anzünden oder womöglich noch Schlimmeres tun, weil er Euch im dumpfen Irrglauben für einen Werwolf hält oder zumindest für denjenigen, der seine Hunde auf den kleinen Jörgelin gehetzt hat. Nur deshalb, nur weil Ihr um Euer Leben und das Eurer Familie gefürchtet habt, habt Ihr mein Weib als Geisel genommen. Das ist nicht recht getan, aber jeder Richter wird einsehen, dass Ihr aus reiner Not und Verzweiflung gehandelt habt. Und ich selbst werde bezeugen, dass Ihr Serafina kein Leid angetan habt.»

Letzteres war gelogen, denn Adalbert sah mit eigenen Augen, welche Angst Serafina ausstand.

«Übergebt Euch also freiwillig den städtischen Richtern. Ich bin überzeugt, dass Euch keine hohe Strafe drohen wird. Ein Sühnegeld an unser Münster vielleicht, mehr wird's nicht sein.»

Der Müller schien nachzudenken.

«Dann könntet Ihr Eure Mühle behalten», setzte Adalbert nach, «und mit Eurer Familie hierbleiben. Irgendwann wird Gras über die Sache gewachsen sein, und Eure Dorfgenossen werden Euch wieder in ihrer Mitte aufnehmen.»

In diesem Augenblick ertönte von draußen Hufgetrappel, Männerstimmen wurden laut.

Sofort sprang Urban zur Hoftür und polterte dagegen.

«Wird's bald da draußen?», schrie er. «Fahr endlich den Wagen vor, Jonas!»

«Bist du das, Urban?», schallte es zurück. «Hör zu: Ich bin's, Hans Paradiesmüller. Die ganze Müllerzunft steht vor deiner Tür, und eine bewaffnete Scharwache obendrein.»

«Und ich hab hier mittlerweile *zwei* Geiseln. Wenn nicht demnächst mein Fuhrwerk vor dieser Tür steht, ergeht es dem Stadtarzt und seiner Ehegefährtin schlecht.»

«Sei doch vernünftig, Urban. Gib endlich auf und lass dich von uns in den Turm führen. Dort bist du fürs Erste in Sicherheit, bis alles geklärt ist.»

«Und das soll ich glauben, Zunftmeister? Nein, mir bleibt keine andere Wahl. Mir glaubt ja doch keiner, dass ich unschuldig bin am Tod des Knaben und der Heilerin! Weißt du, was geschieht, wenn ich mich ergebe? Sie werden mich erschlagen, mitten im Hof, genau wie sie meine armen Hunde erschlagen haben! Weil ich meine Unschuld nämlich nicht beweisen kann ...»

Adalbert stutzte. Die Hunde! Warum war er nicht schon früher darauf gekommen?

Schon packte Urban ihn bei den Haaren, um ihm den Knebel in den Mund zu stopfen, und Adalbert windete den Kopf hin und her.

«Haltet ein, Urban. *Ich* kann Eure Unschuld beweisen!»

Der Mann ließ ihn wahrhaftig los. «Wie das?»

«Es waren nicht Eure Hunde, die den Knaben totgebissen haben, sondern Wölfe. Ich habe die Hunde draußen liegen sehen, ihr Fell ist rabenschwarz! Aber die Haare in Jörgelins Wunden waren hell, graugelb, wie auch die bei Mia. Ich hatte diese Fellreste in meine Arzttasche gesteckt, und dort liegen sie immer noch.»

Ungläubig starrte der Müller ihn an. «Und Ihr sprecht wirklich die Wahrheit? Warum aber sagt Ihr das erst jetzt?», stammelte er schließlich.

«Glaubt mir bitte. Ich hatte das völlig vergessen, verzeiht mir. Außerdem habe ich Eure Hunde heute erstmals mit eigenen Augen gesehen.»

«Wo ist diese Tasche?»

«Ich hab sie draußen im Hof gelassen.»

Sofort spiegelte sich wieder Misstrauen in Urbans Augen. «Das ist doch nur eine List, ein Winkelzug ...»

«Nein. Wir lassen die Tasche hereinholen, am besten von Eurer Magd. Dann zeige ich es Euch. Zuvor aber nehmt meiner Frau den Knebel heraus.»

Bevor der Müller sich rühren konnte, war schon sein Weib auf den Beinen und zog Serafina das Leintuch aus dem Mund. Sie begann zu husten und zu spucken, dann breitete sich auf ihrem Gesicht der Anflug eines Lächelns aus.

«Adalbert! Was bin ich froh, dass du bei mir bist», brachte sie mit heiserer Stimme hervor.

«Alles wird gut, glaub mir.»

Inzwischen war die Magd zur Tür getreten und öffnete sie einen Spaltbreit.

«Wir brauchen die Tasche des Stadtarztes», rief sie unsicher hinaus.

«Ist jemand verletzt?» Das war die besorgte Stimme des Bannwarts.

«Nein, nein, nicht deshalb», rief Adalbert nun selbst. «Der Müller ist unschuldig, und das will ich euch sogleich beweisen. Schiebt die Tasche also durch die Tür, danach kommen wir alle zu euch heraus.»

Jemand schob seine Ledertasche durch den Türspalt. Ihm entging nicht, wie Urbans Finger bebten, als er die Tasche durchwühlte.

«Ich bitte Euch, Meister Urban – bringt mir nicht alles durcheinander. Die Fellstücke sind in ein Tüchlein eingeknotet.»

Dann lagen sie vor ihnen auf dem gestampften Lehmboden, die knappe Handvoll verklebter Fellbüschel in schmutzigem Grau.

«Das ist eindeutig Wolfshaar», stellte Urban fest, und die Erleichterung stand ihm ins Gesicht geschrieben.

Adalbert nickte. «Noch heute werde ich das dem Schultheißen als Beweis übergeben. Wenn Ihr meine Frau und mich jetzt also bitte losbindet ...»

Kaum waren sie ihrer Fesseln ledig, fielen sich Serafina und Adalbert in die Arme.

«Du stinkst nach Schweinegülle», flüsterte sie ihm halb lachend, halb weinend ins Ohr.

«Nun ja, anders war's leider nicht zu bewerkstelligen.»

Der Müller räusperte sich vernehmlich. «Sagt Ihr denen da draußen jetzt, dass ich unschuldig bin? Und dass sie mich vor meinen Dorfgenossen schützen sollen?»

Von seinem großsprecherischen Wesen war nichts mehr geblieben.

«Gerne», erwiderte Adalbert, zog Urban neben sich an die Tür und entriegelte sie. «Zuvor aber noch eine Kleinigkeit.»

Er ballte die rechte Faust, holte aus und ließ sie dem Müller mitten ins Gesicht schnellen.

«Nehmt es als Vergeltung dafür, dass Ihr meine Serafina in Angst und Schrecken versetzt habt.»

Als sie sich auf den Heimweg machten, war von Urban, seinen Zunftgenossen und den Scharwächtern schon nichts mehr zu sehen. Die Müllersfrau hatte Adalbert noch geholfen, von seinen Stiefeln und Beinkleidern den Schweinemist abzubürsten, und sich dabei unentwegt für das Verhalten ihres Mannes entschuldigt. Die Kadaver der Hunde waren verschwunden, als sie den Mühlenhof betraten, wo Gisla ungeduldig auf sie wartete.

«Dem Herrgott im Himmel sei Dank!», rief sie, während sie Serafina umarmte. «Ich habe solche Angst um euch beide gehabt. Nicht auszudenken, wenn dieser toll gewordene Mensch Ernst gemacht hätte.»

«Mit dem Medicus an der Seite kann einem gar nichts Schlimmes geschehen», versuchte Serafina zu scherzen und warf

Adalbert einen liebevollen Blick zu. Doch die Erschöpfung war ihr deutlich anzusehen.

Er strich ihr über die Wange. «Wie konntest du dich nur so in Gefahr begeben? Noch dazu für einen Menschen, den du gar nicht kennst.»

Sie lächelte. «Ich wüsste da jemanden, der genau das vor langer Zeit auch einmal getan hat.»

Selbstredend wusste er, worauf sie anspielte, und er hätte ihr gerne gesagt, dass er sie damals im Konstanzer Frauenhaus zwar nicht gekannt, dafür vom ersten Augenblick an sein Herz an sie verloren hatte. Doch da Gisla neben ihr stand, drückte er ihr nur fest und innig die Hand.

Als sie auf die Dorfstraße zurückkehrten, standen dort nur noch zwei, drei kleinere Grüppchen beieinander. Bannwart Eppe hatte, wie Adalbert wusste, den Müller als Zeugen begleiten müssen. Auch er selbst würde deshalb noch heute Mittag die Ratskanzlei aufsuchen.

Als die Dorfbewohner Adalbert und Serafina bemerkten, begannen einige in die Hände zu klatschen.

«Was für ein mutiger Mann, unser Stadtarzt!», rief jemand, und der Beifall wurde stärker.

Adalbert winkte ihnen zu und murmelte zugleich: «Machen wir uns rasch aus dem Staub», als auch schon andere Stimmen ertönten: «Man hätte den Urban niemals ungeschoren davonkommen lassen sollen.»

Gisla und er nahmen Serafina in ihre Mitte und überquerten die Dreisambrücke.

«Wisst ihr, was mich jetzt regelrecht plagt?», sagte er leise. «Dass ich nicht gleich auf die Sache mit der Fellfarbe gestoßen bin. Wir hätten uns und dem Urban das alles ersparen können.»

Die Kräuterfrau wiegte zweifelnd den Kopf hin und her. «Ich fürchte, die Sache mit dem Werwolf ist damit noch nicht vom Tisch.»

«Das mag sein. Aber zum Glück glaubt keiner von uns Ratsherren, die ja auch die Schöffen bei Gericht stellen, an diese Kinder- und Jahrmarktsmär. Allerdings sind damit auch unsere Überlegungen hinfällig, nämlich dass die arme Mia den Müller dabei beobachtet haben könnte, wie er seine Hunde auf den Knaben gehetzt hat, und dass sie deshalb sterben musste. Aber reden wir jetzt über etwas anderes», fuhr er mit einem Seitenblick auf Serafina fort, die stumm neben ihm herschritt. Das Erlebte hatte ihr wohl doch mehr zugesetzt, als sie eingestehen würde, denn ihr Gesicht war noch bleicher als zuvor.

Gisla nickte. «Ein guter Gedanke, Medicus. Sagt, hat der Hasenbader Eure Geschenke angenommen?»

«Den Schinken sehr gerne, das Silber nicht, wie meine liebe Serafina mal wieder richtig vorausgeahnt hat. Aber er wirkte sehr aufgeräumt heute, als würde er sein Schicksal jetzt annehmen können. Und auch die Baderin selbst scheint auf dem Wege der Besserung. Sie steht schon hin und wieder auf und spricht, wenngleich nur beim Beten oder laut zu ihrem Jungen.»

Sie durchschritten das Martinstor, und die Münsterglocken begannen, den Mittag einzuläuten.

Adalbert atmete einmal tief durch, dann lächelte er.

«Unsere gute Irmla», sagte er, während seine Hand nach der von Serafina tastete, «wird sich freuen, dass wir heute alle drei auf den Glockenschlag genau zum Mittagessen eintreffen. Und ich freue mich auch, das könnt ihr mir glauben.»

Kapitel 24

An diesem Abend fand Adalbert nur mit viel Mühe in den Schlaf. Immer wieder hatte er seine geliebte Serafina vor Augen, wie sie gefesselt und geknebelt auf dem dreckigen Strohsack in der ebenso dreckigen Knechtkammer kauerte. Zwar war sie unbeschadet der Bedrängnis entkommen, dennoch ging es ihr nicht gut, und er machte sich große Sorgen um sie. Das Mittagessen hatte sie kaum angerührt, obwohl es ihre Lieblingsspeise gegeben hatte, saure Nieren mit Linsen und Speck. Und danach war sie, was sie sonst nie tat, für zwei Stunden in der Dachkammer verschwunden, um Mittagsschlaf zu halten. Schon am frühen Abend war sie erneut müde geworden und ohne Essen zu Bett gegangen.

So kraftlos kannte er sie gar nicht. Vergebens versuchte er sich damit zu beruhigen, dass sie womöglich nur eine Erkältung ausbrütete, wie es sie derzeit bald jeder Dritte zu ertragen hatte. Vielleicht war es aber auch etwas anderes. Wer weiß, was diese Geiselnahme in ihrem Kopf und in ihrem Herzen ausgelöst hatte …

Im Gegensatz zu ihm schlief Serafina jetzt tief und fest an seiner Seite. Nur manchmal zuckten ihre Beine, als wollte sie vor etwas davonlaufen. Er legte den Arm um sie und drückte sich enger an sie. Wie sehr er diese Frau liebte! Der Gedanke, dass ihr heute beinahe etwas Schreckliches zugestoßen war, dass ihm ums Haar erneut ein geliebter Mensch genommen worden war, brachte ihn jetzt, in der stillen Dunkelheit der Dachkammer, noch einmal nachträglich schier um den Verstand. Dabei hatte sie ihm mehrmals versichert, dass weder Urban noch sein Jungknecht ihr Schmerzen zugefügt hatten und dass sie in ihrem Leben schon weitaus größere Ängste ausgestanden habe als in dieser kurzen Zeit der Gefangenschaft.

Nachdem Adalbert während Serafinas Mittagsschlaf in der Ratskanzlei gewesen war, um dem Schreiber seine Aussage in die Feder zu sprechen und die Fellreste als Beweismittel für Urbans Unschuld zu übergeben, hatte er es sich nicht nehmen lassen, hinüber zum Christoffelsturm zu marschieren. Dort, im Stadttor zur Neuburgvorstadt, hatte man Urban und den Knecht eingekerkert und in Ketten gelegt – Letzteren würde man wohl morgen wieder laufen lassen, der Müller hingegen würde sich für seine Geiselnahme verantworten müssen. «Niemals hätte ich Eurem Weib etwas angetan», hatte Urban ihm im Verlies unter Tränen ein ums andere Mal beteuert, und Adalbert blieb nichts anderes übrig, als ihm zu glauben. Dass Urbans rechtes Auge rot und blau zugeschwollen war von seinem Faustschlag, erfüllte ihn dennoch mit Befriedigung. Auch jetzt noch. Und mit diesem Gedanken schlief er endlich ein.

Das Waldstück rund um die Hirzberglichtung war tief verschneit. Im fahlen Licht der einbrechenden Abenddämmerung stieg ein strahlender Vollmond über den Baumwipfeln auf, als Adalbert ein riesiges, zottiges Wesen rückwärts auf die Lichtung tapsen sah. Sein Fell war tiefschwarz, und als es sich jetzt zu ihm umdrehte, stockte ihm der Atem: Der aufrecht stehende Wolfsmann hielt in seinen Pranken eine zierliche, dunkelhaarige Frau, die barfuß war und nur mit einem dünnen Leinenhemd bekleidet. Serafina! Adalbert wollte schreien, aber es kam kein Laut aus seinem Mund, er wollte zu ihr laufen, kam aber keinen Schritt vorwärts im knietiefen Neuschnee. Da hielt der Wolfsmann ihr ein Messer an die Kehle, wobei sich seine Lefzen zu einem hämischen Grinsen verzogen. Zugleich verwandelte sich Serafinas Gesicht in das von Lena, seiner ersten Frau. Angstvoll presste sie ihren Säugling gegen die Brust, schrie aus Leibeskräften: «Wo bist du, Adalbert? So hilf mir doch!» Einen mühsamen ersten Schritt kam er voran, dann einen zweiten, und endlich vermochte er auch zu schreien ...

«Wach auf, Adalbert!» Jemand rüttelte ihn an der Schulter. «Du hast laut geschrien.»

Erschrocken schlug er die Augen auf und sah im Schein der flackernden Tranlampe in Serafinas liebes Gesicht.

«Der Werwolf», stammelte er. «Er war auf der Lichtung ...»

«Das war nur ein böser Traum. Schlaf weiter.»

Er richtete sich auf. «Was habe ich geschrien?»

«Erst meinen Namen, dann den von Lena.»

Mit einem leisen Seufzer ließ er sich zurück aufs Kopfkissen sinken. Von Lena hatte er schon lange nicht mehr geträumt. Plagte ihn insgeheim etwa noch immer das schlechte Gewissen, dass er nicht rechtzeitig bei ihr gewesen war? Er war gerade einmal ein Jahr mit ihr verheiratet gewesen, damals in Basel, und noch sehr jung. Jung und ehrgeizig. Lena hatte kurz vor der Niederkunft gestanden und spürte bereits die ersten Wehen. Doch was tat er? Nutzte die einmalige Gelegenheit, einen berühmten Gelehrten zu einem Krankenbesuch zu begleiten. Die

Hebamme hatte ihn noch ermuntert, zu gehen, eine Geburt sei ohnehin Frauensache. Als er zurückkehrte, lag Lena bereits im Sterben, und das kleine Mädchen, das sie zur Welt gebracht hatte, folgte ihr drei Tage später in den Tod. Bis heute fragte er sich, ob er als Arzt Lenas Tod hätte verhindern können.

«Ich weiß, es ist schrecklich für dich, aber du musst endlich darüber hinwegkommen», hörte er Serafina in der Dunkelheit flüstern. «Dass so viele Frauen im Kindbett sterben, kann kein Arzt der Welt, keine noch so gute Hebamme verhindern. Es war Gottes Wille.»

«Ich weiß. Trotzdem beschäftigt es mich immer wieder.»

Sie kuschelte sich an ihn. «Und das ehrt dich, Adalbert. Aber jetzt denk an etwas Schönes und versuche, wieder zu schlafen.»

«Aufstehen, mein Lieber!», wurde er am Morgen sanft geweckt. «Du hast verschlafen.»

Er blinzelte und sah über sich eine strahlende Serafina. Sie wirkte putzmunter. Hinter ihr drang fahles Licht durch die geöffnete Tür.

«Ach du meine Güte! Wie spät ist es denn?»

«Der Hahn hat schon dreimal gekräht», scherzte sie. «Aber keine Sorge, wir werden mit dem Morgenessen auf dich warten.»

Schlaftrunken schälte er sich aus dem warmen Federbett und umarmte sie. «Geht es dir denn wieder besser?»

«Aber ja. Der viele Schlaf gestern hat mir gutgetan. Bloß du hattest Albträume letzte Nacht. Deshalb wollte ich dich heute früh auch nicht wecken. Jetzt solltest du dich aber schleunigst anziehen, unser Freund Sackpfeiffer wartet unten auf dich!»

Bitte lieber Gott, nicht schon wieder, war sein erster Gedanke. Denn immer, wenn der oberste Stadtbüttel bei ihm anklopfte, hatte das nichts Gutes zu bedeuten.

Hastig schlüpfte er in seine Kleider. «Was will er denn?»

«Ich weiß nicht. Uns Frauen hat er nur gesagt, du solltest nochmals zum Schultheißen in die Ratskanzlei kommen.»

Das verwunderte ihn noch mehr. Weder der Schultheiß noch der Bürgermeister waren gemeinhin schon zu so früher Morgenstunde in der Kanzlei.

Er eilte mit Serafina zur Eingangshalle hinunter, wo Gallus Sackpfeiffer im grünen Rock und grünen Hut der hiesigen Stadtweibel ungeduldig auf und ab schritt.

«Einen schönen guten Morgen, Medicus», begrüßte der schwarzbärtige Büttel ihn halbwegs freundlich. «Tut mir leid, wenn ich Euch aus dem Schlaf gerissen hab.»

Die letzten Worte kamen in etwas spitzzüngigem Unterton, aber Adalbert überhörte es gutmütig. Inzwischen fühlte er sich dem raubauzigen Sackpfeiffer fast freundschaftlich verbunden, hatte der ihm und Serafina doch schon so einige Male wagemutig zur Seite gestanden.

«Ich nehme an, zum Morgenessen bleibt keine Zeit mehr», sagte er mehr als Feststellung denn als Frage.

Sackpfeiffer schüttelte den Kopf. «Wär ich sonst hier?»

«Ich hab ihn auch schon gescholten», ertönte von oben aus der Küche Irmlas ärgerliche Stimme. «Aber unser armer Stadtarzt muss ja immer und überall verfügbar sein.»

Mit einem unterdrückten Seufzer schlüpfte Adalbert in seine Winterschuhe, setzte sich die Gelehrtenkappe auf und warf sich seinen bodenlangen Mantel über. Dann griff er nach der Arzttasche. «Gehen wir.»

In der Tür wandte er sich zu Serafina um.

«Kann ich dich denn allein lassen? Ich meine, nach allem, was du gestern durchmachen musstest.»

Sie lachte leise. «Sehe ich aus, als hätte ich größeren Schaden genommen? Geh nur, ich warte mit dem Essen auf dich.»

Kapitel 25

Draußen herrschte noch immer der dichte Nebel, der bereits am Abend zuvor über die Stadt gekommen war, und es hatte den Anschein, als wolle es gar nicht richtig hell werden.

Die Ratskanzlei lag keine zwanzig Schritte vor Adalberts Haustür, doch Sackpfeiffer eilte schnurstracks an der verschlossenen Tür vorbei.

«Dachte ich mir's fast», sagte Adalbert, der noch immer gegen seine Schläfrigkeit ankämpfte und Mühe hatte, mit dem Büttel Schritt zu halten. «Das mit der Ratskanzlei war nur eine Ausrede gegenüber den Frauen.»

«Eure Serafina muss ja nicht immer gleich alles wissen», kam die brummige Antwort.

Sie überquerten die Sattelgasse, wo die Krämer und Handwerker in der Morgendämmerung ihre Läden öffneten, und nahmen den kürzesten Weg hinüber zum Martinstor.

«Was also ist geschehen?», drängte Adalbert, der sich allmählich ärgerte, dass man diesem störrischen Büttel immer alles aus der Nase ziehen musste.

Sackpfeiffer blickte nach rechts und links, dann flüsterte er, obwohl niemand in der Nähe war in dieser stillen, engen Gasse: «Eine Tote in der Schneckenvorstadt.»

«Eine Tote?», wiederholte Adalbert. Seine böse Ahnung hatte ihn nicht getrogen.

«Ja, sie wurde drüben im Paradies gefunden, und Ihr kennt sie.» Dem Büttel fielen die Worte sichtlich schwer. «Es ist Hildegard, die Wehmutter.»

Vor Schreck blieb Adalbert stehen. Der Stadt dienten zwei geschworene Hebammen, eine jüngere und eine wesentlich ältere, über deren Tun er als Physikus die Aufsicht führte. Hildegard war die Jüngere der beiden, eine offene, freundliche Frau, die sich seines Wissens nie etwas zuschulden hatte kommen lassen.

Nein, er mochte es nicht glauben.

«Jetzt kommt bitte weiter, Medicus! Der Nachtwächter und Wundarzt Henslin warten auf uns.»

«Henslin ist mit dabei?»

«Nun ja, ich will mir hinterher nicht vorhalten lassen, ich hätte die Vorschriften nicht eingehalten.»

«Wiederum ein gewaltsamer Tod also», sagte Adalbert bedrückt.

Sie hatten mittlerweile die Gasse bei der Alten Metzig erreicht, die geradewegs zum Paradies führte. Diese verwinkelte Ecke der Vorstadt grenzte an die äußere Stadtmauer, und ganz im Gegensatz zu dem verheißungsvollen Namen stank es dort nach den Schlachtabfällen, die im Stadtbach entsorgt wurden, und die ärmlichen Gassen waren feucht und dunkel. Also alles andere als ein Viertel, in dem man als ledige Weibsperson wohnen sollte. Aber Adalbert kannte Hildegard als unerschrockene Person, und sie hatte ihm mehr als einmal versichert, dass sie sich hier sehr wohl fühle und obendrein mit dem Paradiesbader einen Heilkundigen mitsamt Badstube in der Nachbarschaft habe.

«Ich möchte Euch vorwarnen, Medicus», sagte Sackpfeiffer

leise, als sie vor dem winzigen Häuschen zwischen Paradiesbad und Ölmühle angekommen waren. «Es ist leider kein schöner Anblick.»

Wie zu erwarten war, hatten sich trotz der frühen Stunde schon ein gutes Dutzend Nachbarn vor der verschlossenen Tür versammelt, und sie alle bestürmten nun den Büttel und den Medicus mit Fragen.

«Vorerst können wir noch gar nichts sagen», verkündete Adalbert, während er sich durch die Leute zwängte, um gegen die Tür zu klopfen.

«Endlich», empfing sie drinnen der Nachtwächter der Schneckenvorstadt, um hinter ihnen die Tür sogleich wieder zu schließen. Dass Wundarzt Henslin für diesmal mit dabei war, beruhigte Adalbert ein wenig. Der nicht gerade redselige, aber gutmütige Mann, ein geborener Freiburger, war ihm schon bei seinem Amtsantritt als geschworener Wundarzt zur Seite gestellt worden. Henslin mochte vielleicht nicht besonders schnell im Kopf sein, doch Adalbert schätzte ihn, nicht zuletzt, weil seinem erfahrenen Blick in der Regel nichts entging.

«Guten Morgen, Medicus», begrüßte er Adalbert mit seinem kraftlosen Händedruck. «Das sieht nicht gut aus.»

Wie bei der Heilerin Mia umfasste das Häuschen nur einen einzigen Raum mit Dachboden darüber, der über eine steile Leiter zu erreichen war. Die Einrichtung war spärlich. Es gab eine Herdstelle an der Rückwand, dann eine Bettstatt, Tisch, Schemel und Kleidertruhe. Welches Handwerk Hildegard ausübte, verriet der Gebärstuhl in der Ecke.

«Habt Ihr sie schon beschaut?», fragte Adalbert den Wundarzt, der die Hebamme natürlich ebenfalls kannte und auch sichtlich erschüttert wirkte.

«Nein, jedenfalls nicht näher. Ich wollte damit auf Euch warten.»

«Fangen wir also an.»

Beklommen näherte sich Adalbert an Henslins Seite dem Bettkasten mit dem Strohsack, auf dem die etwa dreißigjährige Hebamme aufgebahrt lag, im blutverschmierten Leinenkleid und einem offenen Kapuzenumhang darüber. Jemand hatte sich bereits erbarmt und ihr die Augen geschlossen. Kapuze und Haube waren ihr in den Nacken gerutscht, dunkle Haarsträhnen hingen wirr über ihrem bleichen, rundlichen Gesicht, das unversehrt war. Doch an ihrer Kehle fanden sich auch hier, zwischen Blut und Fellfetzen, diese Bissspuren, ja, unterhalb des Kehlkopfes steckte sogar ein Reißzahn in der Haut!

Adalbert bekreuzigte sich flüchtig, dann atmete er tief durch und strich ihr vorsichtig das Haar aus dem Gesicht, während Henslin die Laterne über dem Leichnam in die Höhe hielt. Wenn er jetzt gleich das blutverschmierte Oberteil ihres Gewands aufschneiden würde, würde er mit Sicherheit einen tiefen Stich über dem Herzen entdecken.

«Der Bürgermeister und der Schultheiß werden ebenfalls baldmöglichst hier sein», hörte er Sackpfeiffer hinter sich sagen. «Der Gerichtsdiener ist schon zu ihnen unterwegs.»

Überrascht wandte sich Adalbert zu ihm um. «Warum das denn? Gemeinhin reicht unser Bericht in der Ratskanzlei aus, sofern wir wissen, wer der oder die Tote ist.»

Die Wahrheit war: Er mochte es nicht, wenn sich die Stadtoberen bei den Untersuchungen einmischten.

«Nun ja», fuhr der Büttel fort, «schließlich haben wir inzwischen das dritte Wolfsopfer in wenigen Tagen zu beklagen. Das ist dann schon Sache der Stadtobrigkeit.»

«Ich denke, dass da eher eine menschliche Bestie zugange war. Und zwar nun schon zum zweiten Mal.» Er setzte seinen Kollegen kurz über seine Befunde und Vermutungen bezüglich Mia ins Bild. Abschließend und mit einem Blick auf Hildegards Leichnam fragte er: «Was meint Ihr, ganz unabhängig von der letzten Toten, Meister Henslin?»

Der kratzte sich den inzwischen ergrauten Bart, bis er nach geraumer Zeit des Nachdenkens erwiderte:

«Auf den ersten Blick eine durchgebissene Kehle. Auf den zweiten eher oberflächliche Risse und Druckstellen, mit einem in die Kehle gerammten Reißzahn.»

Ob der Wundarzt daraus bereits Schlüsse zog, vermochte Adalbert nicht einzuschätzen, aber das war auch gleichgültig. Wichtig war ihm dessen Diagnose.

«So sehe ich das auch, Henslin. Und jetzt schaut her, was ich Euch zeigen werde. Wenn meine These stimmt, dann weiß ich jetzt schon, was gleich zutage kommt. Und das wäre dann auch der Beweis.»

Er nahm seine Schere zur Hand und schnitt den Leinenstoff vom Ausschnitt bis unterhalb des Busens auf. Wie er ganz richtig vermutet hatte, fand sich kaum Blut über den beiden Einstichen an der Brust, die für diesmal beide gleich tief wirkten.

«Was würdet Ihr hierzu sagen?», wandte er sich wieder an Henslin.

Der Wundarzt beugte sich tiefer über den Leichnam.

«Zwei Einstiche, der eine davon unmittelbar ins Herz. Vermutlich mit einem sehr spitzen Dolch.»

«Richtig. Daran ist sie auch gestorben, und nicht etwa an dem vermeintlichen Biss in die Kehle.»

«Was wollt Ihr damit sagen, Medicus?», fragte Sackpfeiffer überrascht.

«Das erkläre ich Euch gleich.»

Er ließ sich vom Nachtwächter Wasserkrug und ein sauberes Tuch bringen, von dem die Hebamme einen ganzen Stapel auf ihrer Truhe liegen hatte, und begann damit, das Gemenge aus Blut und Fell vorsichtig vom Hals zu waschen. Es war, anders als bei Mia, eine auffallend klebrig-zähe Masse, die sich erstaunlich leicht und fast an einem Stück von der Haut entfernen ließ. Er musste an den Wolfstorso denken, den Serafina am Flussufer entdeckt hatte. Das, was sich der Mörder für seine teuflischen Zwecke von dem toten Tier abgeschnitten und hergerichtet hatte, war als Material über die Tage hinweg alt geworden und wohl nur noch schwer aufzutragen gewesen.

Ebenfalls anders als bei Mia waren hier eindeutig Würgemale an den Halsaußenseiten zu erkennen. Obendrein wies der Leichnam Schnitte in der linken Handfläche auf, die keinesfalls von einem Raubtiergebiss herrührten – dazu waren sie zu glatt und gleichmäßig. Vor seinem inneren Auge sah Adalbert es vor sich: Für diesmal wurde das Opfer *vor* dem tödlichen Dolchstoß nicht bewusstlos geschlagen, sondern gewürgt. Und als der Mörder dann zustechen wollte, hatte Hildegard sich noch einmal zur Wehr gesetzt und sich, da sie Linkshänderin war, wie Adalbert wusste, diese Schnitte an der Hand geholt.

Noch etwas anderes fiel ihm jetzt auf: Unter ihren Schuhen trug sie dreckverschmierte Holztrippen.

«Habt *Ihr* sie gefunden?», fragte er den Nachtwächter, der ein gutes Stück entfernt zusammengesunken auf einem Holzschemel hockte und von dem gedämpften Gespräch beim

Leichnam wohl kaum etwas mitbekommen hatte, was Adalbert nicht ganz unrecht war. Vorerst jedenfalls.

«Nein, der Baderknecht von nebenan hat sie gefunden. Da ich hier im Paradies gerade meine letzte Runde gedreht hab›, hat er mich sofort hergerufen.» Er verzog schmerzhaft das Gesicht. «Wisst Ihr, wie entsetzlich das für die Leute hier ist? Binnen kurzem nun schon das dritte Wolfsopfer.»

«Deshalb bitte ich Euch auch vorerst um Stillschweigen. Zumindest, bis der Rat entschieden hat, wie dieser neuerliche Todesfall verlautbart werden soll.»

«Stillschweigen?» Der Mann lachte bitter auf. «Wie denn? Hildegards grausiger Tod macht längst die Runde.»

Adalbert biss sich auf die Lippen. Das hätte er sich denken können.

«Unsere große Wolfshatz neulich war eindeutig für die Katz», fuhr der Nachtwächter fort. «Und das macht den Menschen hier Angst.»

Ein unbekannter Mörder, dachte sich Adalbert, der bei Dunkelheit sein Unwesen treibt, macht's auch nicht besser. Wie dem auch sei, er musste der Wahrheit ans Licht verhelfen. Noch viel offensichtlicher als bei Mia war hier nämlich der Tathergang, und dieser Reißzahn im Hals war ein geradezu lächerlicher Versuch, die Freveltat als Wolfsangriff zu tarnen.

Noch bevor er dem Nachtwächter etwas erwidern konnte, kam ihm Henslin zuvor. «Du liegst gänzlich falsch, Mann. Die Hildegard ist gemeuchelt worden.»

«Was? Gütiger Herr im Himmel!»

Adalbert nickte bekräftigend. «Ja, ganz ohne Zweifel. Sie ist von Menschenhand erstochen worden. Und ich will es Euch vorführen, sobald Bürgermeister und Schultheiß hier sind. Wisst Ihr denn, wo genau dieser Knecht sie gefunden hat?»

Der Nachtwächter nickte. «Sie lag dort, bei der Türschwelle. Gemeinsam haben wir sie dann auf ihr Bett getragen.»

«Bei der Türschwelle?»

«Ja. Die Tür war nur angelehnt. Das hatte den Henni dann ja auch misstrauisch gemacht, zu so früher Stunde, und so hat er nachgeschaut.» Der Nachtwächter fuhr sich durchs schüttere Haar. «Wer kann sich nur so etwas Teuflisches ausgedacht haben!»

Kapitel 26

Kein Ave Maria später sprang die Tür auf, und Bürgermeister Abrecht von Kippenheim sowie Schultheiß Paulus von Riehen stürmten herein. Mit Blick auf die jetzt wieder im Dämmerlicht liegende Bettstatt bekreuzigten sie sich, wagten sich aber keinen Schritt näher an die Tote heran.

Vor allem der Bürgermeister schien außer sich.

«Das dritte Wolfsopfer», polterte er los, als sei dies Adalberts Schuld. «Es ist nicht zu fassen. Wir müssen sofort Maßnahmen ergreifen! Die städtische Scharwache haben wir bereits angewiesen, nach Lücken im Befestigungsring suchen. Außerdem werden wir zur Nacht die Wachen an den Stadttoren und auf den Mauern verstärken.»

Adalbert schüttelte entschieden den Kopf: «Hochverehrte Herren, das war kein Wolf, der hier zugeschlagen hat. Ebenso wenig wie bei der Heilerin Mia. Der arme Knabe aus der Würi wurde in der Tat totgebissen. Die beiden Frauen jedoch wurden heimtückisch ermordet.»

«Was redet Ihr da? Draußen bei den Leuten steht der Baderknecht und erzählt jedem, ob er's hören will oder nicht, von der zerfetzten Kehle dieser Hebamme.»

«So war das vom Täter auch beabsichtigt, lieber Bürgermeister. Beide Taten tragen dieselbe Handschrift und sind, ganz im

Gegensatz zu Tierangriffen, bis ins Kleinste kaltblütig geplant. Und zwar von einem, der die große Angst vor den Wölfen für seine eigenen Zwecke ausnutzt.»

Schultheiß Paulus von Riehen musterte ihn zweiflerisch. «Ihr wollt also allen Ernstes behaupten, der Wolfsangriff sei nur vorgetäuscht? Bei aller Hochachtung vor Eurer ärztlichen Kunst – was macht Euch da so sicher?»

«Ganz einfach, verehrter Schultheiß: Die vermeintlichen Bisse sind eher Kratzer und Abschürfungen, eine Maskerade ganz nach Art der Possenspieler auf dem Jahrmarkt. Tödlich war in beiden Fällen ein Dolchstoß ins Herz. Kommt nur herüber zum Bett, ich will es Euch gerne zeigen.»

Beide winkten erschrocken ab.

«Nicht nötig, *Ihr* seid der Fachmann», versicherte der Bürgermeister und warf dem Wundarzt einen fragenden Blick zu.

Der nickte. «Ich stimme zu. Eindeutig ein Meuchelmord.»

«Wenn Ihr mir bitte folgen mögt?», bat Adalbert die beiden Stadtoberen zur Türschwelle. «Um Euch vollends zu überzeugen, möchte ich Euch nun vorführen, wie es hätte gewesen sein können. Nehmen wir an, die Tat ist gestern Abend geschehen, was übrigens auch zum Zustand des Leichnams passen würde. Hildegard war erst kurz zuvor heimgekommen, was die schmutzigen Trippen an den Schuhen der Leiche erklärt. Sie hatte demnach nicht einmal mehr die Zeit gehabt, sie auszuziehen. Der Missetäter muss also ihr Haus beobachtet und ihr aufgelauert haben.»

Er winkte Henslin heran.

«Ihr seid jetzt die Hebamme und geht mit mir hinaus», beschied er dem verdutzten Wundarzt. «Ihr anderen wartet am besten drinnen, gleich neben der Tür.»

Draußen auf der Gasse prasselten selbstredend sofort wieder die Fragen von Hildegards Nachbarn auf sie ein. Die hatte er völlig vergessen.

«Was ist nun, Medicus? Stimmt es, dass alles voller Blut ist?» – «War es nur *ein* Wolf? Oder gleich mehrere?»

Er konnte ihnen ihre brennende Neugier nicht verdenken.

«Ihr guten Leute, tretet zurück», wehrte Henslin sie ab, «und lasst uns unsere Arbeit machen. Ihr erfahrt schon noch, was geschehen ist.»

Zum Glück war der Büttel sofort zur Stelle und trieb die Menschen mit seinem Knüppel zurück bis vor das Tor zum alten Schlachthaus.

Adalbert wartete noch einen Augenblick ab, dann schob er die Haustür weit auf, damit Schultheiß und Bürgermeister alles mitverfolgen konnten.

«Fangen wir also an. Ihr als Hildegard», wies er den Wundarzt an, «kommt gerade bei Dunkelheit nach Hause und wollt mit dem Schlüssel die Tür aufsperren.»

Rasch trat er einige Schritte zurück bis zur Hausecke, wo sich ein dunkles, fast nur schulterbreites Gässchen befand. Hier könnte der Mörder ungesehen auf sein Opfer gewartet haben. Adalbert verzog die Nase: Zwischen den Hauswänden stank es schier unerträglich nach Urin.

Derweil tat Henslin so, als würde er die Tür aufschließen. Schon schnellte Adalbert aus seiner Deckung heraus, huschte hinter ihn und stieß ihn hinein, nicht ohne dabei mit dem Fuß die Tür hinter sich zuzuschlagen. Schultheiß und Bürgermeister sprangen erschrocken zur Seite, Henslin taumelte ein wenig, konnte aber sein Gleichgewicht gerade noch halten.

«Möglicherweise», erklärte Adalbert, «hat der Mörder wie

schon bei Mia einen Prügel zur Hand und will sie gleich hinterrücks erschlagen. Hildegard aber, die ein stämmiges, kräftiges Weib ist, geht ebenso wenig wie Meister Henslin von dem Stoß in den Rücken zu Boden, sondern dreht sich herum.»

Gehorsam drehte sich der Wundarzt zu ihm um, und Adalbert hob den Arm mit einem eingebildeten Stock in der Hand.

«Ich hole mit dem Prügel aus, um von vorne zuzuschlagen, aber sie wehrt sich. Ihr fallt mir jetzt also in den erhobenen Arm, Henslin.»

Der Wundarzt tat, wie ihm geheißen.

«Der Stock fällt mir aus der Hand, deshalb greife ich zu und würge sie.»

Vielleicht hatte Adalbert im Eifer dem armen Mann ein wenig zu fest die Hände um den Hals gelegt – jedenfalls begann der augenblicklich heftig zu keuchen: «Haltet ein, Medicus!»

«Verzeiht vielmals, Meister. Nun geht Ihr zu Boden und seid dabei, das Bewusstsein zu verlieren.»

Gemeinsam sanken sie zu Boden. Henslin schloss die Augen, und Adalbert beugte sich über ihn. Er tat, als würde er einen Dolch aus dem Gürtel ziehen.

«In diesem Augenblick kommt Hildegard wieder zu sich und wehrt sich erneut. Die Folge: Schnittverletzungen an ihrer linken Hand, denn sie ist Linkshänderin, wie ich weiß. Als der Schmerz oder auch die Angst sie kurz innehalten lässt, ergreift der Mörder die Gelegenheit und versetzt ihr gezielt einen Stich tief ins Herz.»

Adalbert hob die Rechte und versetzte seinem Opfer einen leichten Stoß gegen die Brust.

«Und gleich noch einen zweiten, ein Stückchen versetzt, damit es, falls ich als Stadtarzt auf den Gedanken komme nachzusehen, wie der Abdruck zweier Reißzähne aussieht.» Er richtete sich wieder auf und zögerte kurz, bevor er weitersprach. «Derweil verblutet Hildegard innerlich.»

Der Wundarzt wirkte sichtlich erschöpft, als Adalbert nun von ihm abließ und ihm auf die Beine half. Täuschte er sich, oder schimmerten in seinen Augen Tränen?

«Gütiger Herr im Himmel», stammelte nun auch der Bürgermeister betroffen. «Die arme Frau!»

«Was jetzt folgt, ist die Vortäuschung des Wolfsangriffes. In einem Beutel hat der Mörder seine sorgfältig zusammengestellten Utensilien mitgebracht, nämlich die abgeschnittenen Teile eines Wolfskadavers, den mein Weib Serafina im Übrigen kürzlich zufällig am Flussufer entdeckt hatte. Also altes Blut, Fellstücke, vor allem aber den Oberkiefer des Raubtiers, den er der Toten in die Kehle schlägt. Und um alle Zweifel auszuschließen, steckt er ihr noch einen Reißzahn in die nicht allzu tiefe Wunde am Hals.»

Trotz des Dämmerlichts im Raum erkannte Adalbert, wie blass alle Anwesenden geworden waren.

«Im Übrigen sieht man auch deutlich», fuhr er fort, «dass gleich hinter der Tür der Kampf zwischen ihnen stattgefunden hat. Der Strohhäcksel, der den Boden sonst gleichmäßig bedeckt, ist hier niedergedrückt oder zur Seite geschoben, als ob sich jemand darauf gewälzt hat. Ach, und was haben wir da?» Adalbert bückte sich. «Hildegards Schlüsselbund! Den hatte sie natürlich noch in der Hand, als sie beim Betreten ihrer Hütte von hinten gestoßen wurde. In der linken Hand, wohlweislich, mit der sie sich auch gewehrt hat. Dabei ist ihr der Schlüssel zu Boden gefallen, zuvor hat sie damit womöglich ihren Mörder noch im Gesicht verletzt.»

«Aber sie muss doch bei dem Angriff laut geschrien haben?», warf Sackpfeiffer ein.

«Mag sein. Aber Ihr vergesst, dass gleich nebenan lautstark das Rad der Ölmühle klappert. Der Stadtbach fließt ja wieder. Und nach Feierabend geht es im Paradiesbad auch nicht eben leise zu. Aber ich bin noch nicht ganz zum Ende gekommen. Er will sie schon mitten auf dem Fußboden liegen lassen, da kommt ihm der Gedanke, sie gleich hinter der Schwelle abzulegen und die Haustür offen zu lassen. Zum einen vermag kein Tier die Tür hinter sich zu schließen, zum anderen soll das Opfer schnell gefunden werden, um Angst und Schrecken zu schüren. Es soll sich herumsprechen, dass die Wölfe wieder zugeschlagen haben, sogar mitten in der Stadt!»

«Was jetzt fürwahr wie ein Lauffeuer durch die Gassen geht», murmelte Bürgermeister Abrecht von Kippenheim.

Dem Schultheißen hingegen standen die Zweifel noch immer ins Gesicht geschrieben.

«Dieser zerlegte Wolfskadaver, von dem Ihr gesprochen habt – wo ist der? Der wäre ein wichtiges Beweisstück.»

Zu seinem Ärger wurde Adalbert regelrecht verlegen ob dieser Frage, obwohl er sich ja kein Versäumnis hatte zuschulden kommen lassen. «Den hat die Strömung leider mitgerissen, bevor meine Frau ihn auf die Uferböschung ziehen konnte.»

Paulus von Riehen rieb sich die Nase. «Eure Demonstration des Tathergangs, lieber Stadtphysikus, war durchaus beeindruckend. Doch auch wenn sie ein Korn Wahrheit enthalten sollte, so müssen wir zunächst einmal das Stadtvolk beruhigen. Und das geht, auch wenn es ein menschlicher Täter gewesen sein könnte, nur über entsprechende Schutzmaßnahmen gegen mögliche Wolfsangriffe.»

Adalbert zuckte die Schultern. «Meinetwegen tut das. Euch als Schultheiß bitte ich dennoch: Beruft das Gericht ein und ernennt zwei Heimliche Räte mitsamt ihren Beisitzern, auf dass die sich rasch der Untersuchung des Falles annehmen.»

Der Bürgermeister nickte. «Dem würde ich zustimmen, lieber Paulus von Riehen.» Er wandte sich wieder Adalbert zu. «Wisst Ihr, ob diese Hildegard Verwandtschaft hat?»

«Ja. Ihre Eltern und Geschwister sind freie Bauern drüben in Betzenhausen.»

«Dann sollten wir den Leichnam jetzt bedecken, damit die Nachbarn ihn nach Hause überführen können. Auf dass ihre Familie Abschied nehmen kann. Sackpfeiffer soll den Zug begleiten, damit alles seine Ordnung hat. Wir anderen gehen in die Kanzlei und setzen einen ausführlichen Bericht auf.»

«Du hast Meister Henslin tatsächlich gewürgt?»

Serafina, die mit dem Morgenessen tatsächlich eine gute Stunde auf Adalbert gewartet hatte, starrte ihn reichlich entgeistert an. Sie saßen allein am Küchentisch, da Irmla und Gisla sich soeben auf den Weg zum Markt gemacht hatten – beide gleichermaßen erschüttert darüber, was der Hebamme Hildegard geschehen war.

«Ach, ich war vielleicht ein wenig grob», erwiderte Adalbert. «Aber mir war auf einmal so sonnenklar, wie sich alles zugetragen haben muss. Und davon wollte ich die beiden Stadtoberen überzeugen. Trotzdem habe ich den Eindruck, man will mir nicht so recht glauben, dass wir es mit einem feigen Mörder und keinem Werwolf oder Tier zu tun haben.»

Mit einem Mal fühlte er sich unglaublich müde.

Sie strich ihm über den Arm. «Immerhin wissen wir nun,

dass Müller Urban rein gar nichts mit den Opfern zu tun hatte. Mit der armen Hebamme ohnehin nicht, wo er doch gut bewacht im Christoffelsturm einsitzt.»

«Schade eigentlich», knurrte Adalbert, «nach allem, was er dir gestern angetan hat.»

«Bleibt also die Frage», fuhr sie ungerührt fort, «wer da eiskalt eine Rechnung begleicht, indem er die Angst vor den Wölfen ausnutzt. Und warum? Oder anders gefragt: Wo ist die Verbindung zwischen den beiden Opfern? Sag, Adalbert, könnte der Täter auch eine Frau sein?»

«Nie und nimmer. Zu diesen Morden gehörte schon ein gehöriges Maß an Kraft.»

«Du unterschätzt uns Frauen. Wenn beispielsweise Eifersucht im Spiel ist ...»

«Ach Serafina, lass gut sein. Das ist nicht mehr unsere Sache. Ich habe den Schultheißen eindringlich gebeten, die Sache gerichtlich in die Hand zu nehmen, und werde deshalb heute noch bei unserem Freund Wetzstein vorsprechen. Sein Wort hat Gewicht bei den Ratsherren und bei den Stadtoberhäuptern, darüber hinaus war er ja schon selbst einige Male zum Heimlichen Rat berufen worden. Wir beide sollten uns jedenfalls ab jetzt gänzlich heraushalten. Nach dem Schrecken von gestern erst recht.»

Schweigend lehnte sie sich zurück. Er ahnte, wie es hinter ihrer glatten, hübschen Stirn arbeitete. Schließlich hatte sie seinem Bericht kurz zuvor jede Einzelheit entlockt, nachdem sie ihr erstes Entsetzten über diesen neuerlichen Meuchelmord überwunden hatte.

So dauerte es denn auch kein Vaterunser, bis sie sich ihm fast erschrocken wieder zuwandte.

«Du hattest gesagt, dass auch bei der Hebamme wieder Fellreste in der Wunde klebten. Von wolfsgrauer Farbe. Weißt du, was mir eben siedend heiß eingefallen ist? Nickels Hütehunde sind grauscheckig, gerade so wie Wölfe! Was, wenn *seine* Hunde den kleinen Jörgelin totgebissen haben?»

Kapitel 27

Serafina hätte niemals geglaubt, dass das, was am Vortag in der Mühle geschehen war, sie so sehr hatte mitnehmen können. Blanke Todesangst hatte sie ausgestanden, während sie die kalte Klinge des Messers an ihrer Kehle spürte, und selbst als Adalbert unverhofft aufgetaucht war, hatte das ihre Furcht vor dem außer sich geratenen Müller kaum gemindert.

Wenn sie indessen jetzt daran zurückdachte, schalt sie sich eine Närrin. Sie glaubte genug Lebenserfahrung und Menschenkenntnis zu besitzen, um zu wissen, dass Urban niemals ernst gemacht hätte. Dennoch war Serafina noch immer fast zu Tränen gerührt darüber, wie heldenhaft Adalbert sich gestern für sie eingesetzt hatte. Er musste eine grauenhafte Angst um sie ausgestanden haben.

Zärtlich betrachtete sie ihren schlummernden Mann, wie er da in seinem geliebten Lehnstuhl beim Kachelofen saß, die langen Beine weit ausgestreckt, das Kinn auf die Brust gesunken. Sie waren nach dem Morgenessen hinüber in die Stube gegangen, wo sie ihm versprechen musste, sich nach diesem großen Schrecken in der Mühle für den heutigen Tag zu schonen und zu Hause zu bleiben, vor allem aber, die Finger von diesen grausigen Mordfällen zu lassen. Danach war er von einem Moment zum anderen eingenickt, mitten am Tag.

Fast schien es, als hätte ihn ihre Gefangennahme mehr mitgenommen als sie, was auch seine Albträume von letzter Nacht erklärte. Sie wusste, dass er den Tod seiner ersten Frau und seines einzigen Kindes nie recht verwunden hatte. Danach hatte er jahrelang allein gelebt, zurückgezogen wie ein einsamer alter Wolf, wenn man von seiner treuen Magd Irmla einmal absah. Bis zu jenem Tag in Konstanz, wo er ihr erstmals im Frauenhaus begegnet war. Und was dort so holprig und gefahrvoll begonnen hatte, hatte Gott hier in Freiburg zu einem wunderbaren Ende geführt.

Nein, sie fühlte sich wieder vollauf bei Kräften. Viel schlimmer war doch, was im Haus der Hebamme geschehen war. Und mit der jungen Heilerin Mia. Da war wahrhaftig ein menschliches Ungeheuer am Werk gewesen. Sie beschloss, den heutigen Tag zu nutzen, um Ordnung in ihre Armenapotheke zu bringen. Außerdem wollte sie die letzten getrockneten Kräuter einkochen und zu Salben verarbeiten, bevor sie womöglich zu schimmeln begannen. Und Adalbert hatte schon recht: Was ihr zu Nickel und seinen Hütehunden durch den Kopf geschossen war, konnte man wirklich nur als Hirngespinst bezeichnen. Es war wohl doch allzu einfältig, nach Urbans Unschuldsbeweis nun *ihm* die Schuld an Jörgelins Tod in die Schuhe zu schieben und obendrein zu vermuten, er habe mit Mia und Hildegard zwei mögliche Zeuginnen aus dem Weg räumen wollen. Eher schon mochte hinter diesen Freveltaten Eifersucht stecken, denn eines hatten ihre Erfahrungen sie gelehrt: Enttäuschte Liebe und Eifersucht konnten den Menschen zur Bestie werden lassen, das Weib ebenso wie den Mann.

Sie schrak auf. Konnte es sein, dass die Magd Sanne dahintersteckte? War sie gar nicht, wie sie zunächst vermutet hatte, vom Schäfer guter Hoffnung, sondern von ihrem Herrn und Meister, in den sie abgöttisch verliebt war? Hatte sie etwa mit Mia und Hildegard zwei vermeintliche Nebenbuhlerinnen aus dem Weg räumen wollen? Und womöglich sogar aus irgendwelchen Gründen Nickels Hütehunde auf den Knaben gehetzt, wo diese ihr doch aufs Wort gehorchten?

Jetzt ist aber Schluss, Serafina!, schimpfte sie mit sich selbst. Dich suchen mal wieder die reinsten Hirngespinste heim.

Sie erhob sich von der warmen Ofenbank und spürte, wie ihr plötzlich schwindelte. Als sie sich wieder gefasst hatte, trat sie ans Fenster und schaute durch die grünlichen Bleiglasscheiben hinaus. Der Nebel schien sich zu lichten, über den Hausdächern zeigte sich die Sonne als milchige Scheibe. Nein, auch wenn mit Mia eine enge Vertraute von Gisla ums Leben gekommen war: Sie musste sich heraushalten. Alles Weitere war nun Sache des Gerichts und der Heimlichen Räte.

Aus der Eingangsdiele hörte sie gedämpfte Frauenstimmen – Irmla und Gisla waren also vom Einkauf zurück. Leise, um ihn nicht zu wecken, tappte sie an Adalbert vorbei, nicht ohne noch einmal innezuhalten und ihn voller Wärme zu betrachten.

Was hatte sie nur für ein Glück mit ihm. Nicht nur, dass er noch immer ein wirklich ansehnliches Mannsbild war, mit seinem dunkelblonden, vollen Haar, der großen, aufrechten Gestalt und dem gut geschnittenen Gesicht mit der hohen Stirn, der etwas spitzen Nase und den vollen Lippen. Vor allem seine hellbraunen Augen und die feingliedrigen Hände hatten es ihr von Anfang an angetan. Was indessen noch viel mehr wog: Sie wusste von kaum einem Mann, der seine Ehegefährtin so sehr achtete und schätzte wie Adalbert. Und ihr hin und wieder sogar sagte, dass er sie liebte. Die meisten Ehen waren doch nichts anderes als Zweckgemeinschaften, und wenn Frieden herrschte miteinander, war das schon viel. Zwischen ihnen beiden aber war noch mehr, viel mehr.

Nun kamen ihr doch noch die Tränen vor Rührung. Was war bloß los mit ihr? War sie gestern dem Tod doch näher gestanden, als sie vor sich selbst zugeben wollte?

Leise schloss sie die Stubentür hinter sich und ging hinunter. Sie wollte wissen, was die beiden Frauen eingekauft hatten, denn sie freute sich jetzt schon aufs Mittagsessen.

Zu ihrer großen Überraschung waren Irmla und Gisla nicht allein heimgekehrt: Bei der Türschwelle streiften Meisterin Catharina und ihre Freundin Grethe gerade die schmutzigen Holztrippen von den Schuhen.

«Serafina!», rief Grethe, hängte rasch ihren Umhang an den Haken und stürmte auf sie zu, um sie zu umarmen. «Wie geht es dir? Was musst du nur für Ängste ausgestanden haben mit diesem grässlichen Müller. Ich darf gar nicht dran denken, was dir alles hätte zustoßen können!»

Sie begann plötzlich zu schluchzen.

«Aber, aber!» Serafina küsste sie auf die Wange. «Es ist doch alles gutgegangen.»

«Und dann auch noch das mit der Hebamme! Es ist, als ob die Welt aus den Fugen geraten wäre.»

«Ja, das ist wirklich schlimm ...»

Serafina umarmte auch die Meisterin. «Wie schön, dass ihr gekommen seid. So habt ihr also erfahren, was gestern in der Oberen Mühle geschehen ist?»

«Ja, schon in der Frühmesse bei den Barfüßern ging das Gerede, dass sich der Müller Urban drüben in der Würi ein Weib geholt habe und gefangen halte. Und dass er in Wirklichkeit ein Werwolf sei. Ein lächerliches Geschwätz also, und niemals hätten wir dabei an dich gedacht. Bis wir eben Irmla und Gisla auf dem Markt getroffen haben.» Catharina trat einen Schritt zurück und musterte sie kopfschüttelnd. «Du bist wahrhaftig unversehrt. Was hast du nur für einen aufopfernden Schutzengel, der dir immer wieder zur Seite steht.»

Da musste Serafina nun doch fast lachen.

«Oder einen Mann, der um mich kämpft wie ein Löwe! Aber der Urban hat mir kein Haar gekrümmt», versuchte sie ihre Freundinnen zu beruhigen. «Außerdem sitzt er seit gestern gut bewacht im Turm ein. Viel größeren Kummer macht mir dieser zweite Meuchelmord von letzter Nacht. Adalbert hatte heute früh den Leichnam beschauen müssen.»

«Ich weiß. Auch das hat Irmla uns erzählt. Aber wir hatten schon vorher davon erfahren, als wir nach der Frühmesse bei der alten Scherenschleiferwitwe waren. Die arme Hildegard – wir haben sie flüchtig gekannt.» Catharina bekreuzigte sich. «Ein durch und durch hilfsbereiter Mensch.»

Grethe wischte sich die Tränen aus den Augen. «Die ganze Stadt spricht von ihrem grausamen Tod. Die einen lamentieren, dass man vor den Wölfen jetzt nicht einmal mehr hinter den Stadtmauern sicher wäre, die anderen glauben, dass ein leibhaftiger Werwolf umgeht. Und alle wollen sie in der Nacht wieder Wolfsgeheul gehört haben. Auf den Gedanken, dass da ein Mörder zugange ist, kommt niemand.»

Spöttisch verzog Serafina das Gesicht. «Die Leute glauben wohl lieber an Wölfe und Werwölfe als einen umgehenden Meuchelmörder.»

«Wie dem auch sei», die Meisterin nahm sie beim Arm, «wir jedenfalls sind heilfroh und danken Gott, dass du gesund vor uns stehst. Ach Kindchen, in was warst du da nur wieder hineingeraten?»

«Von wegen hineingeraten. Ich war nur zufällig zur falschen Zeit am falschen Ort.»

«Jedenfalls gehört diesem Urban eine gehörige Strafe verpasst», sagte Grethe mit zornigem Funkeln in den Augen. «Aber jetzt erzähl uns, wie das alles geschehen konnte.»

Irmla klatschte in die Hände. «Wollen wir uns in der eisigen Diele die Beine in den Bauch stehen? Gehen wir lieber hinauf in die warme Küche, dort kann Euch Frau Serafina alles berichten.»

Kapitel 28

Oben vor der offenen Stubentür erwartete sie Adalbert und blickte ein wenig verwundert auf die Frauenschar.

«Ach herrje, wir haben dich geweckt», sagte Serafina entschuldigend.

«Das wurde aber auch Zeit», gab er mit einem verlegenen Lächeln zurück. «Schließlich wollte ich heute Vormittag noch bei Laurenz Wetzstein vorbeischauen, und den Aderlasskalender muss ich heute auch endlich in den Badstuben verteilen.»

Dann begrüßte er ihre ehemaligen Beginengefährtinnen mit einer Herzlichkeit, die Serafina immer wieder freute. All ihre Freundinnen waren jederzeit willkommen, und manchmal setzte sich Adalbert auch zu ihnen auf einen Krug Dünnbier in die Küche.

Heute indessen schien er keine Zeit zu haben. Aber wahrscheinlich, dachte sich Serafina, als sie um den Küchentisch Platz nahmen, hatte er schlichtweg keine Lust, sich ihr Erlebnis noch einmal anzuhören. Oder aber von der Leichenbeschau zu berichten.

Kaum hatte Irmla jeder einen Becher mit warmem Apfelmost eingeschenkt, wurde Serafina auch schon mit Fragen zu ihrer Gefangennahme bestürmt. Mit einem Mal spürte sie, wie ihr das zunehmend unangenehm wurde. Alle blickten sie an, als sei sie nur äußerst knapp dem sicheren Tod entkommen. Sie durfte nicht aufstehen, um aus der Vorratskammer Brot zu holen oder Most nachzuschenken, denn sie sollte sich schonen, Grethe tätschelte ihr immer wieder den Arm, wie um sich zu versichern, dass sie noch unter den Lebenden weilte. Ja, sie hatte große Angst gehabt vor Urban, aber deshalb musste ihr nun doch nicht jeder mit diesem mitleidsvollen Blick begegnen. Außerdem: Was war schon diese kurze Zeit des Schreckens auf dem Mühlenhof gegen den neuerlichen Mord an einer wehrlosen Frau?

Schließlich wurde es ihr zu viel.

«Reden wir endlich über etwas anderes. Wie war es heute auf dem Markt? Jetzt, wo endlich Tauwetter eingesetzt hat, müsste es doch wieder mehr zu kaufen geben.»

Irmla nickte eifrig, als ob auch sie dankbar sei über einen neuen Gesprächsstoff.

«O ja, die Fischhändler sind wieder da, und erstmals auch zwei Karrenkrämer mit Bruchholz aus dem Wald. Das Holz war schneller weg als warme Spitzwecken, obwohl es immer noch überteuert ist, wie ich finde.»

Serafina entfuhr ein Seufzer der Erleichterung.

«Dann geht dieser Winter also endlich zu Ende.»

Die Meisterin lächelte. «Wir sollten uns nicht zu früh freuen. Noch sind wir mitten im Monat Hornung, da kann es schon noch mal kräftig Schnee und Eis geben.»

«Ich glaube, das Schlimmste ist überstanden», ergriff erstmals Gisla das Wort. Schon den ganzen Morgen über war die alte Kräuterfrau auffallend wortkarg gewesen. Zunächst hatte Serafina geglaubt, es hinge mit der schlimmen Nachricht zusammen, die Adalbert aus dem Paradies mitgebracht hatte, doch Gisla hatte ihnen versichert, dass sie Hildegard kaum gekannt hatte.

«Das spürst du wohl in deinen alten Knochen», scherzte Irmla, die sich seit einigen Tagen mit der Kräuterfrau duzte. Und Serafina freute sich über diese Vertrautheit zwischen den beiden.

«Du etwa nicht?», gab Gisla mit einem kurzen Lächeln zurück, dann wurde ihre Miene ernst. «Serafina, ich möchte dir etwas sagen. Ich will euch nicht länger zur Last fallen, jetzt, wo es wieder Feuerholz zu kaufen gibt.»

Verständnislos sah Serafina sie an. «Aber du fällst uns nicht zur Last, im Gegenteil. Es ist sehr schön mit euch zwei Frauen. Fast fühle ich mich wieder wie damals bei den Christoffelsschwestern.»

Doch Gisla schüttelte fast trotzig den Kopf.

«Seit etlichen Tagen wohne ich nun schon bei euch. Ich esse bei euch mit, ohne etwas beizutragen, mache mich mit meinem Nachtlager in der Stube breit, verbrauche euer Holz.»

«Das ist doch Unsinn. Das bisschen, was du für dich brauchst, tut uns nicht weh. Wovon willst du denn das teure Feuerholz bezahlen, von den Lebensmitteln ganz zu schweigen? Ich weiß doch, dass du im Winter keinerlei Einkünfte hast, sondern von deinen kärglichen Ersparnissen lebst. Nein, du bleibst bei uns, bis es Frühjahr wird.»

«Erlaubt Ihr, dass ich mich einmische, liebe Gisla?», fragte die Meisterin und fuhr sogleich fort: «Serafina hat ganz recht. Ihr seid nicht mehr die Jüngste, und ein langer Winter macht gerade den Alten und den Kleinkindern zu schaffen. Nehmt Serafinas Angebot an. Glaubt mir, sie hat lange genug mit uns im Christoffelshaus gelebt, um zu wissen, dass Nächstenliebe und Barmherzigkeit keine leeren Worte sind. Und falls es im Hause Achaz doch einmal knapp werden sollte mit dem Brennholz, so gebt mir nur Bescheid. Wir haben gerade erst eine große Fuhre von unserem Gönner Magnus Pfefferkorn geschenkt bekommen.»

Serafina drückte ihr über den Tisch hinweg die Hand. «Danke, Catharina. So treffend hätte ich's nicht in Worte fassen können. Du bleibst also, Gisla. Und zwar ohne Widerrede.»

Doch die Kräuterfrau schien noch immer nicht überzeugt. «Hat so etwas nicht der Hausherr zu entscheiden?»

«Ach weißt du, bei Adalbert und mir ist alles ein wenig anders. Aber meinetwegen, wenn es dir Ruhe gibt, gehen wir gleich hinunter zu ihm und fragen ihn.»

Ein wenig widerstrebend folgte Gisla ihr zur Küche hinaus und die Stiege hinunter.

Im Behandlungszimmer war Adalbert gerade dabei, den Papierbogen mit den Aderlassberechnungen für die Bader zusammenzurollen.

«Was hältst du davon, wenn Gisla bis zum Frühjahr bei uns bleibt?», fragte sie ihn ohne Umschweife.

«Was hattest du denn gedacht? Dass wir sie nach ein paar Tagen schon wieder nach Hause schicken?» Er zwinkerte der Kräuterfrau zu. «Oder gefällt's Euch nicht mehr bei uns?»

Gislas faltiges Gesicht begann zu strahlen. «Aber ja ... Ich dachte nur, dass ich ... Dass es Euch vielleicht zu viel wird mit mir altem Weib.»

«Das habe ich jetzt schlichtweg überhört», lachte Adalbert, und Serafina hätte ihn umarmen mögen. Andererseits hatte sie von ihm auch nichts anderes erwartet als ein eindeutiges Ja.

«Ich bin dann etwa für zwei Stunden fort», wandte er sich ihr zu. «Aber zum Mittagessen wieder rechtzeitig hier.»

«Sofern du dir nicht in jeder Badstube einen Becher Wein aufdrängen lässt.»

Sie wollte eben mit einer glücksstrahlenden Gisla in die Küche zurückkehren, als es gegen die Haustür pochte. So herzhaft und lautstark, wie es nur *einer* tat.

Sie öffnete und fand sich dem Büttel gegenüber.

«Ach herrje», entfuhr es ihr. «Nicht schon wieder.»

«Gott zum Gruße, Frau Serafina. Nein, kein Leichnam diesmal. Der Schultheiß schickt mich.»

Adalbert, bereits ausgehfertig in Stiefeln und Mantel, trat zur Tür. «Um was geht es denn? Eigentlich wollte ich gerade meine Runde durch die Badstuben antreten.»

«Dann macht das hinterher. Es ist dringend.»

Serafina verschränkte die Arme. «Ich höre?»

Der Büttel stieß deutlich die Luft aus. «Ihr könnt einem manchmal ganz schön lästig sein mit Eurer Neugier, Frau Serafina. Aber gut: Am Christoffelstor ist ein großer Aufruhr. Und Ihr, Medicus, sollt helfen, die Leute zu beruhigen. Sie wollen nämlich den Müller Urban mit Gewalt aus dem Turm holen. Sie halten ihn wohl immer noch für einen Werwolf.»

Adalbert verzog das Gesicht. «Ganz ehrlich, Sackpfeiffer: Nach allem, was er meiner Frau angetan hat, ist mir das von Herzen gleichgültig.»

«Dies ist ein richterlicher Befehl an Euch als Stadtarzt.»

«Und wie, bitte schön, soll ich den Pöbel daran hindern?»

«Indem Ihr den Urban von Amts wegen beschaut und ihn auf Anzeichen von wölfischem Verhalten untersucht.»

«Wie bitte? Ich habe mich wohl verhört.»

«So hat man es mir aufgetragen. Und jetzt kommt bitte, Schultheiß und Bürgermeister warten auf Euch.»

Mit einem Kopfschütteln drehte sich Serafina zu Gisla um, die noch immer am Treppenabsatz stand.

«Da hab ich wohl leider recht behalten», murmelte die. «Das mit dem Werwolfgeschwätz ist noch nicht vom Tisch.»

Kapitel 29

Während Adalbert Seite an Seite mit dem Büttel hinüber zur Großen Gass eilte, hatte sich wahrhaftig die Sonne gegen den Nebel durchgesetzt, eine strahlende Sonne an einem wolkenlos blauen Himmel. Man sollte meinen, dass sich die Menschen hierüber freuen, nach draußen drängen und erst einmal frische Luft in ihre muffigen Häuser lassen würden, aber zum einen zeigte sich kaum jemand auf der Gasse, zum anderen waren an den meisten Häusern sogar jetzt bei Tage alle Türen und Hoftore verschlossen.

Wahrscheinlich, sagte er sich, würde sich bei Dunkelheit künftig gar keiner mehr aus lauter Angst vors Haus trauen. Oder lag es vielmehr daran, dass es alle Welt zum Christoffelstor gezogen hatte?

«Hat unsere Stadtobrigkeit jetzt eigentlich den Verstand verloren und glaubt an Werwölfe?», fragte er den Büttel, als sie die Marktgasse erreichten. Auch hier hatten die Krämer, Bauern und Handwerker ihre Lauben vorzeitig geschlossen, und Adalbert ahnte, was ihn am Stadttor erwartete.

Sackpfeiffer zuckte die Schultern. «Wenn Ihr mich fragt: Mit den Werwölfen, da könnte schon etwas dran sein. Warum sollte es keine geben, wenn doch seit uralten Zeiten immer wieder davon berichtet wird?»

«Dann glaubt Ihr also auch an Wesen mit zwei Köpfen und vier Armen, wie sie an den Rändern der Erdscheibe leben sollen?»

«Ich war noch nie dort, warum also nicht?»

«Ach, Sackpfeiffer, schon der griechische Gelehrte Aristoteles wusste vor Hunderten von Jahren, dass unsere Erde eine Kugelform hat.»

«Wer? Kenne ich nicht.»

Adalbert unterdrückte einen Seufzer. Woher sollte der gemeine Mann auch von solcherlei Dingen wissen, wenn er nie eine Schulbildung genossen hatte?

Der Lärm schwoll an, je näher sie dem alten Stadttor kamen, das die Marktgasse von der Neuburgvorstadt trennte und, neben einem finsteren Loch im Keller, hoch droben ein vergittertes Stüblein für Gefangene besaß. Am Ende war kaum mehr ein Durchkommen, so viele Menschen hatten sich dort zusammengerottet, und Sackpfeiffer musste ihnen mit seinem Knüppel den Weg bahnen. Neben den Dörflern aus der Würi und Oberen Au entdeckte Adalbert auch etliche bekannte Gesichter aus der Stadt, ja, diese machten sogar die Mehrheit aus.

«Gebt uns den Werwolf heraus, auf dass das Morden ein Ende hat!», brüllte es allenthalben um ihn herum.

Am lautesten brüllten der Baderknecht Cunzi und Urbans Altgeselle Jonas, die dicht vor der Torduchfahrt standen und ihre geballten Fäuste hinauf zu dem Gitterfenster des Kerkers reckten.

Zum Glück für Urban war der Turm gut bewacht. In der Torduchfahrt, dort, wo ein Türchen zur Wächterstube und weiter hinauf zum Kerker führte, hatten sich drei Wärter mit ihren Spießen aufgepflanzt.

Adalbert klopfte Cunzi gegen die Schulter. Der fuhr herum und grinste ihn frech an.

«Ah, der Herr Stadtarzt! Da staunt Ihr, was? Jetzt hat dem Urban sein letztes Stündlein geschlagen.»

«Was soll das, Cunzi? Auf Urban wartet ein ordentliches Gericht. Geht also nach Hause.»

Auch der Müllergeselle Jonas hatte sich zu ihm herumgedreht, und mit ihm Urbans Jungknecht. Den hatte man also bereits freigelassen.

Jetzt, wo die ärgsten Schreihälse verstummt waren, wurde das Gebrüll der Menge prompt leiser.

«Lieber Stadtarzt», sagte Jonas so laut und vernehmlich, dass es rundum zu hören war. «Gerade Ihr solltet eigentlich das geringste Mitleid mit diesem Schandbuben haben. Aber um Euer Weib geht es hier gar nicht. Dreimal hat mein Erzschelm von Dienstherr jetzt schon als Werwolf zugeschlagen – das langt!»

Ein weißbärtiger Alter am Stock trat vor. «Das Wolfsrudel haben wir erlegt, es kann also nur der Werwolf gewesen sein! Und jetzt haben wir uns diesen Unhold auch noch in die Stadt geholt!»

Adalbert konnte es nicht fassen, was hier vor sich ging. Er beschloss, die Gelegenheit beim Schopf zu fassen und zu allen zu sprechen.

«Ruhe, Ihr Leute, auf ein Wort, bitte.» Er sprach laut und deutlich und blickte in die Runde. «So denkt doch nur einmal ein Ave Maria lang nach.» Er erhob jetzt seine Stimme, die durchaus kräftig sein konnte, noch ein wenig mehr. «Der Müller Urban saß dort oben im Verlies, während die Hebamme Hildegard getötet wurde. Und zwar nicht von einem Wolf und erst recht nicht von einem Werwolf, sondern von einem heimtückischen Meuchelmörder! Der Müller kann es also gar nicht gewesen sein.»

Jonas verzog spöttisch sein pockennarbiges Gesicht.

«Ihr vergesst nur eines: Wer mit dem Satan im Bunde ist, der kann auch nachts aus einem verriegelten Turm spazieren! Der Unhold gehört aufgehängt und verbrannt!»

Doch so schnell wollte Adalbert nicht aufgeben. «Das ist doch nur ein Aberglaube. Und wer weiß: Vielleicht hast womöglich *du* dieses schändliche Werwolfgerücht in die Welt gesetzt? Erhoffst du dir die Nachfolge in der Getreidemühle? Die Meisterstelle wäre dir bestimmt sicher, wenn Urban aus dem Weg ist.»

«Das ist Verleumdung!» Das Gesicht des Altgesellen wurde puterrot. «Ich zeige Euch beim Schultheißen an!»

«Dann marschier nur gleich zu ihm hinüber, er steht drüben im Durchlass», fauchte Sackpfeiffer. Zu Adalbert gewandt sagte er: «Kommt jetzt bitte, das hat doch keinen Zweck. Wächter, lasst den Stadtarzt durch! Er wird erwartet.»

Hinter den Spießträgern, im Schutz des Torgewölbes, warteten neben Bürgermeister und Schultheiß auch einige Ratsherren, allesamt in ihrer Amtstracht gewandet, dem dunkelroten Tappert mit Pelzbesatz und schwarzem Samtbirett auf dem Kopf. Zu Adalberts Erleichterung hatten sich auch der besonnene Laurenz Wetzstein und Kaufmann Magnus Pfefferkorn eingefunden. Letzterer trug voller Stolz seine neuen Augengläser auf der Nase.

«Habt Dank, lieber Medicus, dass Ihr sogleich gekommen seid», begrüßte ihn der Bürgermeister, der sichtlich angespannt war. «Wir brauchen Eure Hilfe. Denkt jetzt bitte nicht, wir würden auch an die Existenz von Werwölfen glauben, aber um die Menschen ein für alle Mal zu beruhigen, solltet Ihr eine amtliche Beschau machen.»

«Ich soll den Müller Urban allen Ernstes auf wölfische Eigenschaften und Merkmale untersuchen?»

Der Schultheiß nickte. «Euch, als einem Mann der Wissenschaft, werden sie glauben. Das hoffen wir zumindest.»

«Ich bitte dich von Herzen, Adalbert.» Wetzstein legte ihm die Hand auf die Schulter. «Spiel mit bei diesem Spiel, und zwar so ernsthaft als möglich.»

Kapitel 30

Vor dem Tor hob ein lautstarkes Johlen an: «Gut gemacht! Brennen soll der Unhold!»

Sackpfeiffer stürzte herbei: «Wir müssen den Urban sofort herunterholen. Die schleudern brennende Fackeln gegen das Turmfenster!»

«Kreuzsackerment», fluchte der Schultheiß. «Dort oben ist alles voller Stroh. Sackpfeiffer, bringt ihn in die Wächterstube. Und wir beide», er nahm Adalbert beim Arm, «treten jetzt vor diese Narren da draußen.»

Mit seinem Spieß machte einer der Torwächter ihnen den Weg frei. Das Geschrei rundum verstummte, gespannte Gesichter reckten sich ihnen entgegen. Brennende Fackeln waren zum Glück keine mehr zu sehen. Dafür entdeckte Adalbert die herzzerreißend schluchzende Müllersfrau und beschloss, sein Bestes zu geben. Er empfand für diesen Urban zwar alles andere als Mitgefühl, aber der Mann hatte nun einmal mit den Todesfällen nichts zu schaffen.

«Als Euer Schultheiß und oberster Gerichtsherr», rief Paulus von Riehen mit gestrafften Schultern und erhobenem Kinn, «befehle ich Euch: Haltet sofort ein! Aufruhr und Brandstiftung werden mit harter Hand geahndet, wie Ihr wisst. Und Euer Geschrei braucht's auch gar nicht, denn um Euch zu zeigen, wie ernst wir Eure Sorge nehmen, haben wir den Stadtarzt Adalbert Achaz kommen lassen. Er wird eine Beschau des Getreidemüllers Urban vornehmen und kraft der Wissenschaft beweisen, ob es sich bei dem Erwähnten um einen Unhold handelt, der sich in einen Werwolf zu verwandeln vermag, oder nicht.»

Bereits während der Rede des Schultheißen hatte Adalbert fieberhaft überlegt, was er den Leuten sagen sollte. So deutete er, nachdem Paulus von Riehen verstummt war und ihn erwartungsvoll anblickte, zunächst einmal auf seine Arzttasche, in der er die Aderlassberechnungen für die Bader mit sich herumtrug.

«Hier in dieser Tasche», begann er, da ihm nichts Besseres einfiel, «habe ich alles nötige Werkzeug bei mir, um die Wahrheit herauszufinden. Denn es gibt sie durchaus, diese Berichte, dass sich ein menschliches Wesen durch den Bund mit Satan in eine reißende Bestie verwandelt hat.»

Seine Worte kamen ihm mehr als albern vor, aber er merkte, wie es still um ihn herum wurde. Da erinnerte er sich, warum auch immer, an einen Satz, denn er einmal als junger Studiosus in einer altrömischen Schrift gelesen hatte und der ihn damals sehr beeindruckte. Ein wenig Latein wäre an dieser Stelle sicher nicht verkehrt.

«Schon die Gelehrten aus uralten Zeiten wussten: *homo homini lupus est*, der Mensch ist dem Menschen ein Wolf, und seither haben etliche kluge Köpfe daran gearbeitet, wie es denn zweifelsfrei ans Licht zu bringen sei, ob ein Mensch wölfische Züge in sich trägt. Allen voran der von uns Ärzten hoch verehrte Galenos von Pergamon, der ein Regelwerk hinterlassen hat, das einer solchen Wolfsbeschau zur Anleitung dient. Diese Schrift namens *Signa Lupi* habe ich bei mir. Und so werde ich mich nun ans Werk machen, getreu dieser hochwissenschaftlichen Anweisungen und unter der Zeugenschaft der ehrsamen und wohlweisen Herren Schultheiß und Bürgermeister. Wobei vor allem der sogenannten Krallenprobe und der Rachenprobe sowie der inquisitorischen Befragung des Delinquenten höchste Bedeutung zukommt. Und Euch, Ihr lieben Leute, bitte ich während dieser Untersuchung derweil um Ruhe.»

Der Schultheiß klatschte Beifall. Nach einem Moment der Stille rundum, fielen die Zuhörer ein. Und es war durchaus ein kräftiger Applaus. Ums Haar hätte sich Adalbert wie einer dieser Possenreißer auf dem Jahrmarkt verbeugt.

«Großartig, lieber Medicus, wirklich großartig», raunte der Schultheiß ihm zu, während sie in den Durchlass zurückkehrten. Auch hier schlug ihm ein jeder anerkennend auf die Schultern, sein Freund Laurenz Wetzstein indessen mit einem vergnügten Augenzwinkern. Dann betraten sie alle gemeinsam die Wächterstube, wo Urban inzwischen mit vor der Brust gebundenen Händen an der Wand lehnte. Der sonst so großmäulige Getreidemüller zitterte am ganzen Leib, auf seinem Kahlkopf standen die Schweißperlen.

«Ich habe Angst. Bringt mich bloß weg von hier!»

«Das war knapp», bestätigte Sackpfeiffer. «Ein Funken hatte wahrhaftig schon ein Büschel Stroh in Brand gesetzt, aber der Stockwart und ich konnten die Glut austreten.»

«Bringen wir den Gefangenen also zu seiner eigenen Sicherheit hinunter ins Loch», beschied Paulus von Riehen.

«Ins Loch? Das ist nicht Euer Ernst», wagte der Bürgermeister zu widersprechen. «Dorthinein legt man Diebsgesindel und gemeine Totschläger, aber doch keinen Dorfvogt.»

Der Müller sank immer mehr in sich zusammen.

«Vielleicht in das Verlies unter dem Heiliggeistspital?»,

schlug Wetzstein vor. «Dort kommt keiner ungesehen hinein, und es gibt auch kein Fenster zur Gasse hin. Und es wäre ja auch nur für kurze Zeit», fügte er fast entschuldigend in Richtung Urban hinzu.

Der Schultheiß schüttelte den Kopf. «Wie sollen wir den Mann unversehrt durch diese aufgebrachte Meute bringen?»

«Dann hinten hinaus in die Neuburgvorstadt. Am besten in die Nikolauskirche. Eine Kirche zu stürmen, das wird keiner wagen.»

«Gut, mein lieber Wetzstein, so machen wir es. Ihr seht also», wandte sich der Schultheiß an Urban, «wie sehr wir um Eure Sicherheit bemüht sind. Auch wenn Ihr einen unverzeihlichen Frevel begangen habt. Urban, Urban – was habt Ihr Euch nur dabei gedacht, das Weib unseres ehrenwerten Stadtarztes gewaltsam als Geisel zu nehmen?»

Sogleich schossen dem Müller die Tränen in die Augen. Zu was für einem armseligen Häuflein Elend er jetzt geworden ist, dachte Adalbert, der sich möglichst weit von ihm fernhielt.

«Ich wollt's doch gar nicht. Ich hab halt keinen Ausweg mehr gesehen», jammerte Urban. «Es tut mir so unsagbar leid, und ich will jede Strafe auf mich nehmen, wenn Ihr mir nur Leib und Leben lasst.»

«Nun, das mit dem Strafmaß wird sich zeigen. In drei Tagen, sprich am nächsten Montag, werden wir Gericht über Euch halten. Einer Sache könnt Ihr aber gewiss sein: Das Amt des Dorfvogtes sowie die Erbpacht der Oberen Mühle wird Euch entzogen.»

Womit klar ist, dachte sich Adalbert, wer die Getreidemühle künftig weiterführen wird. Doch er schwieg. Ohnehin war ihm die unerwartete Wendung dieses Vormittags mehr als unangenehm. Er wollte dieses merkwürdige Stelldichein im Christoffelstor möglichst schnell hinter sich bringen, ebenso wie die Badstubenbesuche, um endlich wieder daheim bei Serafina sein.

Er hörte nur mit halbem Ohr zu, wie der Schultheiß den anwesenden Ratsherren den weiteren Verlauf der Untersuchung in Sachen Geiselnahme erklärte, als der Bürgermeister eine Zwischenfrage stellte.

«Woher hat Meister Urban eigentlich sein blaues Auge?»

Dabei blickte er erst Sackpfeiffer, dann den Gefangenenwächter prüfend an. Die schüttelten abwehrend den Kopf.

«Das hab ich mir selbst zugefügt, ich hatte mich dumm gestoßen», beeilte sich Urban zu versichern und lächelte Adalbert zu. Und zwar keineswegs freundlich, sondern eher verschlagen.

Die Wut von gestern stieg wieder in ihm auf.

«O nein, Meister Urban», sagte er so ruhig als möglich. «Ihr braucht nicht für mich zu lügen, nur weil Ihr Euch erhofft, dass ich dann in Eurer Schuld stehe.»

Er wandte sich an den Schultheißen. «Ich selbst habe ihm gestern einen Faustschlag versetzt. Zum Abschied in der Mühle, nachdem Serafina frei war. Ihr mögt mich dafür zur Rechenschaft ziehen – mir selbst hat es einfach nur gutgetan.»

Da brach Paulus von Riehen in Lachen aus. «Das hat jetzt keiner gehört von uns. Und Ihr, Meister Urban, vergesst es schlichtweg. Uns allen hier liegt ohnehin viel mehr daran, baldmöglichst den Mörder dieser selbsternannten Heilerin und der städtischen Hebamme zu finden. Leider haben wir bislang keine anderen Anhaltspunkte, als dass sich jemand die Angst vor den Wölfen zunutze macht. Und dass sich dieser Unbekannte aufs Töten versteht.»

Adalbert sah ihn mehr als überrascht an. «Dann glaubt Ihr jetzt also auch an Meuchelmord?»

«Nun, der Bürgermeister und ich hatten uns zuvor eingehend mit Zunftmeister Laurenz Wetzstein unterhalten. Und ja, wir meinen, dass Ihr recht habt. Nur der Knabe des Hasenbaders ist von einem Wolf getötet worden, nicht aber die beiden Frauen. Wir verlassen uns da ganz auf Euer geschultes Auge und auf Euren klugen Verstand. Für Montag früh werden wir deshalb – und natürlich auch in Sachen Gefangennahme von Eurer Ehegenossin – eine außerordentliche Ratsversammlung einberufen, so viel kann ich jetzt schon sagen. Und ich werde den Sachsenheimer und unseren Freund Wetzstein als Heimliche Räte für die Untersuchung des Falles vorschlagen.»

Ein riesiger Stein fiel Adalbert vom Herzen.

Da hob Urban die Hand. «Verzeiht, ehrenwerter, fürsichtiger Schultheiß. Vielleicht kann *ich* Euch ja weiterhelfen.»

«Ach ja?»

Der Müller nickte eifrig, während er versuchte, sich mit gebundenen Händen einen Flohstich am Unterarm aufzukratzen. «Ich kenne schließlich alle im Dorf. Und ich könnte Euch eine ganze Handvoll nennen, die sich in letzter Zeit durchaus verdächtig verhalten haben. Der Schäfer Nickel etwa oder dieser Schreihals Cunzi, die beide jedem Weiberrock nachlaufen. Oder auch der ...»

«Haltet ein, Meister Urban», unterbrach Wetzstein ihn. «Wer sagt uns, dass es jemand aus der Würi war? Außerdem klingen mir Eure Worte doch allzu sehr nach Vergeltung.»

Adalbert, der ebenso dachte, warf ihm einen dankbaren Blick zu.

«So sehe ich das auch.» Er sah die anderen Männer zustimmend nicken. «Ich meine, nun ist genug Zeit vergangen, dass ich das Ergebnis unserer sogenannten Wolfsbeschau verkünden kann.»

«Recht habt Ihr», pflichtete ihm Paulus von Riehen bei. «Ich komme mit Euch. Derweil sollen Abrecht von Kippenheim, unser Stadtbüttel sowie ein weiterer Wächter den Gefangenen nach hinten hinaus möglichst unbemerkt zur Nikolauskirche bringen.»

Kapitel 31

Seite an Seite mit dem Schultheißen trat Adalbert vor das erregt schwatzende Volk, das sogleich verstummte.

Er räusperte sich vernehmlich.

«Ihr lieben Leute, meine eingehende wissenschaftliche Untersuchung hat Folgendes ergeben: Sowohl die ausgeklügelte Befragung nach dem Muster des Galenos von Pergamon als auch die Rachen- und Klauenprobe haben eindeutig gezeigt, dass Müllermeister Urban selbst im Verborgenen keinerlei Anzeichen wölfischer Merkmale aufweist. Daran besteht kein Zweifel und ist von Zeugen verbürgt. Geht also in Euch und bedenkt, dass Ihr einem Mitbürger ums Haar großes Unrecht zugefügt habt.»

Um zu sehen, wie seine zusammenfabulierte Rede bei den Menschen ankam, machte er eine kurze Pause. Die Menge blieb still. Er wusste, dass er beim Stadtvolk nicht nur wohlbekannt, sondern bei den allermeisten auch hochgeachtet war, und so nickten ihm jetzt nicht wenige beipflichtend zu.

«Was den armen kleinen Jörgelin betrifft», fuhr er fort, «so wurde er von einem echten Wolf getötet. Dies ist längst bewiesen, und die Beweise liegen dem Gericht auch vor. Vor allem aber wissen wir nun, dass es sich bei der Heilerin Mia und der Hebamme Hildegard um Opfer eines feigen und heimtückischen Meuchelmordes handelt.»

«Ich danke Euch, Stadtphysikus», übernahm nun zu seiner Erleichterung der Schultheiß das Wort. «Ihr habt's gehört, liebe Bürger, Bürgerinnen und Hintersassen dieser unserer Stadt, und so bitte ich Euch um Eure Mithilfe in diesen scheußlichen Mordfällen. Wer also in den letzten Tagen etwas Verdächtiges gesehen oder gehört hat, der trete nun vor mich und bekenne es ohne Scheu. Allen anderen aber befehle ich, nach Hause und zur Arbeit zurückzukehren. Wem denn später doch noch etwas in den Sinn kommen sollte oder wer sich nicht vor allen anderen äußern will, der mag sich jederzeit in der Ratskanzlei melden.»

Öffentlich anzeigen wollte indessen niemand etwas. Während die Menge sich zögernd zu zerstreuen begann, entdeckte Adalbert ein wenig abseitsstehend den Bannwart Eppe. Er winkte ihn heran und stellte ihn dem Schultheißen vor.

«Was haltet *Ihr*, als Bannwart und Dorfgenosse dieser Leute, von dem Werwolfgeschwätz?», fragte Paulus von Riehen ihn ein wenig herablassend.

«Gar nichts», kam es unumwunden zurück. «Da hat wohl jemand ein Gerücht gestreut, dem allzu gerne Glauben geschenkt wurde. Ihr müsst wissen, ehrwürdiger Herr, dass der Müller Urban in der Würi nicht eben beliebt ist. Erst recht nicht in seinem bisherigen Amt als Dorfvogt.»

Adalbert, der von Eppe keine andere Antwort erwartet hatte, lag indessen eine ganz andere Frage auf der Zunge. Doch der Schultheiß war schneller.

«Glaubt Ihr also, dass Stadtphysikus Achaz Eure Leute überzeugen konnte? Ihr habt ja sicher vernommen, dass wir inzwischen nach einem zweifachen Meuchelmörder suchen, und da brauchen wir jeden ernstzunehmenden Hinweis. Und Frieden in der Stadt erst recht.»

Freimütig sah Eppe ihn an. «Dafür, dass demnächst nicht wieder ein neues Gerücht entsteht, würde ich nicht die Hand ins Feuer legen. Aber ich denke, fürs Erste haben die Menschen dem Stadtarzt Glauben geschenkt.»

Adalbert gefiel es, wie selbstbewusst dieser Bannwart dem Gerichts- und Stadtoberhaupt Rede und Antwort stand.

«Umso schneller sollten wir den wahren Mörder finden», sagte Adalbert rasch, um dem Schultheißen zuvorzukommen. «Und vielleicht könnt ja Ihr uns weiterhelfen. Als Bannwart kennt Ihr gewiss jeden Einzelnen aus der Würi. Habt Ihr also einen Verdacht? Ihr könnt es frei heraus sagen. Niemand wird es erfahren, wenn Ihr etwas Wichtiges zu vermelden habt.»

Eppe schien nachzudenken, dann schüttelte er entschieden den Kopf.

«Nein, Ihr Herren. Die Männer aus meinem Dorf mögen Euch vielleicht roh und ungehobelt vorkommen, aber so etwas traue ich wahrlich keinem von ihnen zu.»

Der Schultheiß wirkte enttäuscht. «Nun, dann bitte ich Euch, Augen und Ohren offen zu halten. Und mir auch noch die geringste Beobachtung und Mutmaßung unverzüglich zu melden.»

«Selbstverständlich, ehrenwerter Herr Schultheiß. Wenn Ihr mich nun bitte entschuldigt? Ich muss zurück, wir erwarten eine erste Holzlieferung aus dem Oberrieter Wald.»

Er deutete eine Verbeugung an, und als er sich umdrehte, wäre er fast mit einem ärmlich gekleideten Weib zusammengestoßen. Vor Aufregung brachte es zunächst kein Wort heraus.

«Verzeiht, dass ich Euch ansprech, Ihr hohen Herren», stieß die Frau schließlich hervor. «Aber ich hab fürwahr was zu vermelden. Auch wenn's mir bislang keiner glauben wollte, weil ich doch nur ein einfaches Taglöhnerweib bin ...»

«So rede schon», unterbrach der Schultheiß sie ungeduldig.

«Ich wohn im Paradies, gleich gegenüber der armen Hildegard – der Herr sei ihrer Seele gnädig.» Sie schlug hastig das Kreuzzeichen. «Ich hab ihn gesehen, glaubt mir. Da war kein Wolf bei ihr, und auch kein Werwolf, nie und nimmer! Da geht ein Frauenmörder um!»

Längst hatte sich von den restlichen Neugierigen erneut eine Menschentraube um sie herum gebildet, und auch Eppe war stehengeblieben.

«Still!», befahl ihr der Schultheiß. «Nicht hier, wo jeder uns hören kann. Komm mit mir in die Ratskanzlei.»

Kapitel 32

Kaum hatten sie sich ein Stück weit vom Turm und den Gaffern entfernt, bat Adalbert den Schultheißen, ihn in die Kanzlei begleiten zu dürfen.

«Noch besser wäre es, werter Paulus von Riehen», fügte er hinzu, «zunächst ein weiteres Mal den Tatort aufzusuchen. Um uns mit Hilfe dieser Zeugin ein Bild zu machen, was an meinen Überlegungen dran war.»

«Sehr gerne.»

Der Schultheiß schien regelrecht erleichtert zu sein, nicht allein mit dem ärmlichen Weib gesehen zu werden, das in ehrerbietigem Abstand neben ihnen hereilte. Zweimal drehte er sich noch um, ob ihnen jemand folgte, doch die Leute waren längst in andere Richtungen davongeeilt.

«Ich denke», bemerkte Adalbert leise, «dass man jetzt flugs in den Gassen verbreiten wird, dass hier kein Werwolf umgeht, sondern ein Meuchelmörder. Der wiederum nicht Meister Urban sein kann, weil er im Turm einsaß.»

Paulus von Riehen nickte. «Das soll uns recht sein. Dieser prahlerische Müller ist übrigens auch in seiner Zunft reichlich unbeliebt, habe ich mir sagen lassen.»

Sie erreichten die Schneckenvorstadt, wo das Tagwerk der Menschen in Gang gekommen war. Unverhohlen starrte man sie an, worauf Paulus von Riehens Schritte noch schneller wurden.

Ziemlich außer Atem hielt die Taglöhnerin schließlich kurz vor Mias Hütte inne.

«Wie gesagt, ich wohn genau gegenüber.» Sie wies auf ein noch bescheideneres Häuschen, dessen Strohdach in der Mitte durchhing. «Und ich hab aus dem Fenster geschaut und ihn gesehen.»

«Den Mörder hast du also gesehen?», hakte der Schultheiß nach.

«Anders kann's nicht gewesen sein. Und es war ein Fremder, sonst hätte ich den doch erkannt.»

«Aber gestern Abend war es ziemlich neblig, die ganze Nacht hindurch», wandte Adalbert ein.

«Da habt Ihr recht, Medicus.» Das Weib wurde unsicher. «Aber wir hier im Paradies kennen uns so gut, da hätte ich den Kerl bestimmt trotzdem irgendwie erkannt, und es sind ja auch nur ein paar Schritte von Hildegards Haustür bis zu meinem Fenster. Obwohl, er hatte eine seltsame Stimme. Als ob er sie verstellen wollte. Ach, ich bin schon ganz durcheinander.»

«Beruhigt Euch», sagte Adalbert, der nichts davon hielt, erwachsene Menschen zu duzen, bloß weil sie niederen Standes waren. «Erzählt einfach der Reihe nach, von Anfang an. Wann und warum ist Euch der Fremde aufgefallen?»

Sie holte tief Luft. «Ich wollte die Läden vor dem Fenster schließen, da hab ich ihn an Hildegards Tür stehen sehen. Es war noch nicht allzu spät, das Münster hatte gerade zum Feierabend geläutet. Als er anklopfte, hab ich ihm gesagt: *Wenn Ihr zur Hebamme wollt – die ist zur Geburt gerufen worden.* Und ich hab ihn gefragt, was er denn von ihr will zur halben Nacht. *Ich brauche ihre Hilfe, mein Weib steht vor der Niederkunft*, hat er mir gesagt. Da tat er mir leid, und so hab ich ihm geraten, die andere Hebamme in der Neuburgvorstadt aufzusuchen, und er hat sich höflich bedankt. Wie gesagt, mit einer seltsamen Stimme, irgendwie rau und heiser.»

«Beschreib uns den Mann», beschied ihr der Schultheiß. «War er groß oder klein, dick oder dünn? Wie war er gekleidet?»

«Er war nicht besonders groß und hat einen langen, weiten, dunklen Kapuzenumhang getragen. Deshalb weiß ich auch nicht, ob er dick war oder dünn.»

«Kleiner als ich?», hakte Adalbert nach.

«O ja, um einiges kleiner. Und ein bisschen kleiner als der Herr Schultheiß.»

Der verzog das Gesicht. «Nicht groß und im Kapuzenumhang – diese Beschreibung trifft im Winter ja wohl auf die halbe Bürgerschaft zu.»

«Das tut mir leid, ehrsamer und wohlweiser Herr. Aber es war ja neblig und schon ziemlich dunkel und es brennt nur eine einzige Pechpfanne vorne am Eingang zur Gasse. Aber jetzt fällt mir ein: Ich hab zwar nur die dunklen Umrisse vom Gesicht gesehen, aber da war ein Bart am Kinn, ich bin sicher. Und er hatte einen kleinen Sack über der Schulter, und in der Hand einen Stock wie ein Pilger.»

«Der Beutel mit seinen Utensilien», flüsterte Adalbert dem Schultheißen zu. «Und mit dem Stock hat er zuschlagen wollen.»

Der nickte.

«Gut, was geschah dann?»

«Er ist in das kleine Seitengässchen neben Hildegards Haus, wohl um dort zu pinkeln. Leider machen das alle Mannsbilder abends dort, und die Hildegard war darüber immer sehr erbost. Ach, die Ärmste ...» Sie wischte sich über die Augen.

«Weiter!»

«Ich hab dann den Laden vor dem Fenster geschlossen, weil mir kalt wurde. Kurz drauf, also vielleicht zwei Vaterunser später, hab ich Hildegards Haustür zuschlagen hören und ein lautes Poltern und, ja, auch so etwas wie einen Schrei! Ihr glaubt nicht, wie erschrocken ich war.»

«Warum hast du nicht nachgesehen?», fragte Paulus von Riehen vorwurfsvoll, was Adalbert reichlich unpassend fand.

«Aber ich hatte große Angst! Ich hab doch keinen Mann im Haus, bin eine arme Witwe mit drei Kindern. Dann war's ja auch schon wieder still, und ich hab mir gedacht: Da hast du dich wohl doch getäuscht. Das waren bestimmt wieder irgendwelche Besoffenen drüben im Badhaus.»

«War da kein Wolfsgeheul?», fragte Adalbert nach.

«Aber ja. Kurz nach dem Schrei, da hat's dreimal laut geheult. Aber das war nur nachgemacht, glaubt mir. Bin droben im Wald aufgewachsen, weil mein Vater Köhler war. Ich weiß genau, wie sich die echten Wölfe anhören. – Werd ich jetzt bestraft, weil ich nicht geholfen hab?»

«Aber nein», beruhigte er sie. «Ihr habt uns im Gegenteil sehr geholfen.»

Auch der Schultheiß schaute nun freundlicher drein. «Jetzt komm mit mir in die Ratskanzlei, damit wir deine Aussage aufschreiben können. Wenn Ihr, werter Medicus, bitte unser Zeuge seid?»

Wie nicht anders zu erwarten war, hielten nun auch hier inzwischen so einige Anwohner Maulaffen feil ob dieses neuerlichen hohen Besuches in ihrer schäbigen Gasse. Unter ihnen auch der Paradiesbader, den Adalbert als einen freundlichen, verlässlichen Mann kannte.

Mit durchdringendem Blick wandte sich Paulus von Riehen ihnen zu.

«Hat von euch jemand einen Fremden herumschleichen sehen, gestern am frühen Abend? Oder einen Schrei gehört?»

«Irgendwo hat ein Wolf geheult, so schaurig, dass man sich nicht mehr vor die Tür getraut hat», erwiderte ein Weib, und alle nickten. Der Paradiesbader trat einen Schritt vor.

«Das stimmt, aber da war zuvor auch ein Fremder und hat mit seinem Stock an Hildegards Tür geklopft, als ich meinen Esel in den Stall gebracht habe. Als ich wieder rauskam, war er aber verschwunden. Mehr weiß ich nicht, weil ich dann in der Badstube war zum Nachheizen.»

Leider konnte er zum Aussehen des Fremden auch nicht mehr sagen als die Taglöhnerin. Dennoch bedankte sich Adalbert freundlich bei ihm.

«Ich komme übrigens gleich noch vorbei, wegen der Aderlasstage.»

«Ja, das wäre gut, lieber Medicus. Wie immer wartet dann ein Becher heißer Würzwein auf Euch.»

Auf dem Weg in die Kanzlei hing Adalbert seinen Gedanken nach. Da der Knabe in der Würi zu Tode gebissen worden war, erschien es ihm inzwischen doch sehr naheliegend, dass es kein Stadtbewohner, sondern einer der Dorfbewohner war, der angesichts dieses schrecklichen Unglücks auf den Einfall gekommen war, seine Taten als Wolfsangriff zu tarnen. Zumal das zweite Opfer ebenfalls aus der Würi stammte. Bei der Erwähnung des Pilgerstabs hatte Adalbert sofort an Nickel gedacht, den Schäfer mit dem langen Bart und dem Hirtenstab. Nickel war nicht allzu groß, vor allem aber konnte er mit einem Dolch umgehen und wusste als Schäfer mit gezieltem Stich zu töten. Aber auch der Hasenbader Veit war nicht gerade groß zu nennen, genau wie dieser Müllergeselle Jonas. Der trug zwar keinen Bart, aber den konnte man sich, wenn man schon mit einem halben Wolfskadaver durch die Gegend zog, auch zur Tarnung ankleben. Müller Urban hatte zuvor im Turm noch den Baderknecht Cunzi erwähnt, doch der kam nicht in Frage, so hochaufgeschossen wie der Kerl war. Ebenso wenig wie der Bannwart Eppe, der überdies ein hochanständiger Kerl zu sein schien. Wenn sein Gefühl Adalbert recht gab und der Täter aus dem Dorf stammte, wo lag dann aber die Verbindung zu der städtischen Hebamme?

Seine Gedanken begannen sich im Kreis zu drehen. Nicht allzu groß und mit Bart, flüsterten sie ihm immer wieder ein. Plötzlich hielt er inne: Was, wenn nun Serafina den Nagel auf den Kopf getroffen hatte und es sich um eine Frau handelte, die sich mit verstellter Stimme und falschem Bart als Mann ausgegeben hatte? Etwa diese Sanne, die vorlaute Magd von Meister Veit? Und hatte Bannwart Eppe zuvor auf seine Frage nach möglichen Verdächtigen nicht ausdrücklich nur von den *Männern* aus seinem Dorf gesprochen?

Ihm schwirrte allmählich der Kopf. Das Beste war wohl, er würde Eppe noch einmal aufsuchen.

«Was ist mit Euch, Stadtphysikus?» Der Schultheiß war ebenfalls stehengeblieben. «Ist Euch nicht wohl?»

«Nein, nein, alles bestens. Ich bin nur in Gedanken. Gehen wir rasch in die Kanzlei, damit ich hernach meinen Rundgang durch die Badstuben machen kann.»

Kapitel 33

«Ach herrje! Das Münster schlägt schon die zehnte Stunde!» Meisterin Catharina fuhr von der Küchenbank auf. «Da haben wir doch ganz und gar die Zeit vergessen hier bei euch.»

Serafina lächelte froh. «Aber schön war es wieder einmal. Wir sollten viel öfter beieinandersitzen.»

Nach dem Bericht über die Ereignisse in der Großen Mühle am gestrigen Tag und ihren wiederholten Versicherungen, dass es ihr gutging, war sie endlich nicht mehr im Mittelpunkt dieser weiblichen Fürsorge gestanden, die ihr, so gut gemeint sie war, mehr als unangenehm geworden war. Stattdessen hatte man über den bevorstehenden Frühling geplaudert, die anstehenden Gartenarbeiten auf dem Feldstück der Christoffelsschwestern, auf dem Serafina ihre Kräuter zog, und schließlich über verschiedene Rezepturen für Fleisch- und Fischgerichte, wobei vor allem Grethe und Irmla in ihrem Element waren. Und Gisla strahlte nur noch über das ganze Gesicht, seitdem Adalbert sie gebeten hatte, zu bleiben.

Auch Grethe war aufgestanden. «Ja, höchste Zeit, dass ich mich ans Kochen mache. Alsdann, meine liebe Irmla: Versucht es einmal, das mit dem Fisch im Bierteig. Ich sage Euch, das gelingt immer.»

Mit einer herzlichen Umarmung verabschiedeten sich die Beginen von Gisla und Irmla, und Serafina brachte die beiden nach unten an die Tür. Dort musste sie ihnen versprechen, sie bald wieder einmal in ihrer Schwesternsammlung zu besuchen.

Just als sie die Haustür öffnete, stand die junge Magd des Hasenbaders vor ihr.

«Ihr müsst ... Ihr müsst kommen ...», stammelte Sanne außer Atem und mit hochrotem Kopf. «Die Herrin ... Sie rührt sich nicht mehr!»

«Jetzt zählen wir auf drei, und du holst erst einmal tief Luft», sagte Serafina.

Sanne tat, wie ihr geheißen, dann fuhr sie ruhiger fort: «Mein Herr schickt mich. Weil die Herrin wie gelähmt mitten in der Stube auf dem Fußboden lag und nicht mehr aufstehen wollte. Und jetzt redet sie dauernd vom Weltenende und vom Jüngsten Gericht!»

«Warte, ich hole nur eben meinen Mantel. – Irmla», rief Serafina nach oben, «ich muss noch einmal zur Hasenbaderin, zu Mittag bin ich aber bestimmt zurück.»

Als sie alle zusammen vor das Haus traten, beschied ihr Catharina, dass sie sie begleiten werde.

«In diesem Fall hilft wirklich nur noch beten und trösten. Grethe, du gibst den anderen Bescheid, wo ich bin, und bereitest das Mittagessen vor. Und fangt ruhig an damit, falls ich nicht rechtzeitig zurück bin.»

Es war Grethe anzusehen, um wie viel lieber sie mit ihnen in die Würi gekommen wäre, doch Catharina als Meisterin hatte nun einmal das Sagen.

Gerade als sie den Platz vor dem Barfüßerkloster überquerten, trat Adalbert aus der Ratskanzlei. Er war in Begleitung eines ärmlichen Weibleins.

«Nanu, wohin seid ihr denn unterwegs?», fragte er Serafina erstaunt.

«Zur Margaretha Hasenbaderin. Ihr geht es schlecht.»

Missbilligend runzelte er die Stirn. «Du solltest eigentlich zu Hause bleiben und dich schonen.»

«Ach Adalbert, ich bin doch wohlauf und kann die arme Frau nicht im Stich lassen. Außerdem wird Meisterin Catharina mich begleiten.»

«Nun gut.» Letzteres schien ihn zu beruhigen. «Dann sehen wir uns spätestens zum Mittagessen.»

«Ganz bestimmt. Sag mir noch schnell: Was ist mit dem Müller Urban und dem Aufruhr am Turm? Hast du ihn wirklich amtlich beschaut?»

«Das erzähle ich dir später. Immerhin wird jetzt wegen Mordes ermittelt, nicht mehr in Richtung Wölfe, und wer von den Freiburgern am Turm war, weiß das auch.»

Daraus, dass das Weib an Adalberts Seite mit ihm in der Kanzlei war, schloss Serafina messerscharf, dass sie eine vermutlich bedeutende Zeugin war.

Kurzerhand berührte sie sie bei der Schulter: «Habt Ihr denn etwas Wichtiges gesehen?»

Die Alte zögerte zunächst mit ihrer Antwort, dann brach es aus ihr heraus: «O ja, den Mörder der armen Hildegard, die mir gegenüber wohnt. Der trug einen langen Kapuzenmantel und einen Stock und …»

«Sie hat nicht viel erkennen können, bei Nacht und Nebel», unterbrach Adalbert sie fast ein wenig ärgerlich. «Ich bringe sie jetzt nach Hause und schau dann gleich noch beim Paradiesbader vorbei. Gehen wir also. Bis in die Schneckenvorstadt haben wir ein Stück weit denselben Weg.»

Schon gleich, nachdem sie sich aufgemacht hatten, nahm Serafina die junge Magd Sanne beiseite.

«Du weißt hoffentlich», sagte sie halblaut, «dass Müllermeister Urban nur wegen diesem dummen Gerücht mit dem Tode bedroht worden ist. Hast du also gestern wirklich mit eigenen Augen gesehen, dass er von dem toten Wolf an der Eiche die Rute abgeschnitten hat?»

Sanne errötete und nickte schwach, als sich auch schon Catharina einmischte: «Sag uns jetzt die Wahrheit, vor Gott und allen Heiligen!»

Angesichts Catharinas Beginentracht und ihres ernsten Blickes wagte das Mädchen nicht mehr zu lügen.

«Nun ja, ich war's nicht selbst, sondern mein Herr. Er war früh morgens draußen, um zu sehen, warum der Würibach, der ja wieder fließt, bei uns kaum noch Wasser führt. Wo er doch die Badstube wieder aufmachen wollte. Und so hat er nachschauen wollen, ob der Müller bei sich wieder einmal alles aufgestaut hat. Dabei hat er ihn bei der Eiche und dem aufgehängten Wolf stehen sehen.»

«Und danach hast du nichts Besseres zu tun gehabt», fuhr Serafina sie an, «als unter deinen Dorfgenossen brühwarm diesen heillosen Unsinn zu verbreiten? Dass der Müller dem Kadaver die Rute abgeschnitten habe, um sich daraus einen Zaubergürtel zu machen?»

«Aber mein Herr hat's doch mit eigenen Augen gesehen! Und ich sollte überall erzählen, ich selber hätte den Urban gesehen. Weil es doch sonst vielleicht geheißen hätte, er wolle dem Urban wegen seinem zerschlagenen Knie was anhängen.»

«Und das hast du natürlich liebend gern gemacht.»

«Ich bin seine Magd, und warum hätte mein Herr lügen sollen?»

Innerlich schüttelte Serafina den Kopf. War das Mädchen so einfältig oder tat sie nur so?

Am Martinstor angekommen, verabschiedete sich Adalbert von ihnen, nicht ohne Serafina noch einmal einen sorgenvollen Blick zuzuwerfen.

«Bis später», rief er ihr zu und bog nach rechts in die Gasse bei der alten Metzig ab.

Kapitel 34

Als sich Serafina und Catharina mit der Magd im Schlepptau wenig später dem Hasenbad in zügigen Schritten näherten, wurden sie Zeugen eines lautstarken Streits. Auf der obersten Stufe der Eingangstreppe hatte sich breitbeinig Meister Veit aufgestellt, vor ihm der Schäfer in seinem schäbigen Mantel, der aufgebracht mit seinem Hirtenstab gegen die Treppenstufen schlug. Sofort durchfuhr es Serafina wie Blitz: Von einem langen Kapuzenmantel und einem Stock hatte die Nachbarin der Hebamme gesprochen, und schon gleich nach Mias Tod war Gisla herausgerutscht, man solle doch diesem Nickel mal auf den Zahn fühlen!

«Jetzt sei bloß nicht so stur!», hörte Serafina ihn rufen, und alle drei blieben sie unwillkürlich stehen. «Willst du es nicht wenigstens versuchen? Deiner Margaretha zuliebe?»

«Ich hab gesagt, du sollst verschwinden!», brüllte der Bader. «Lass mich in Ruh mit deinen lächerlichen Amuletten und Alraunmännchen. Mit denen hast du mir schon genug Geld aus der Tasche gezogen.»

«Aber ich wollte euch immer nur helfen!»

«Scher dich heim zu deinen Schafen!» Veit schlug ihm mit dem Bein den Stock weg, sodass Nickel ums Haar gestürzt wäre. «Und lass bloß meine Sanne in Ruh, du Buckeltier.

Die will nichts von dir, genauso wenig, wie die Mia es hat wollen!»

Die junge Magd neben Serafina zuckte zusammen, da packte der Schäfer Meister Veit beim Kragen.

«Bist doch selbst ein Krüppel und vermagst es nicht mal, deiner Frau ein zweites Kind zu machen! Und ich warne dich: Ich weiß ganz genau ...»

Mit schnellen Schritten war Catharina bei den Streithähnen.

«Gebt Frieden, Ihr Männer! Was soll denn die arme Baderin denken, wenn sie Euch so herumschreien hört.»

Nickel ließ seinen Widersacher los und wich mit hochrotem Kopf zurück.

«Ich hab's nicht so gemeint, liebe Arme Schwester.» Er bückte sich und hob seinen Stock vom Boden auf. «Gott zum Gruße auch.»

Er wollte sich an den beiden Frauen vorbeidrücken, als Serafina ihn am Ärmel festhielt.

«Seid Ihr hernach bei Euren Schafen im Stall?», fragte sie ihn in einer plötzlichen Eingebung.

Sein Zorn schien verraucht.

«Wo soll ich schon sonst sein den lieben langen Tag?» Fast traurig starrte er sie an. «Aber warum fragt Ihr?»

«Vielleicht würdet Ihr Euch ja über einen Besuch von uns freuen.»

Woraufhin er nur die Schultern zuckte und gebückt davonschlurfte. Was für ein seltsamer Mensch.

Derweil hatte der Hasenbader die Tür geöffnet und winkte sie heran. Seit Jörgelins Tod vor sechs Tagen hatte er sichtlich abgenommen, unter seinen Augen lagen tiefe Schatten.

«Ich danke Euch, dass Ihr gekommen seid, liebe Meisterin, liebe Frau Stadtärztin. Und verzeiht vielmals, es ist sonst nicht meine Art, mich mit den Leuten lauthals zu zanken. Aber dieser Nickel bedrängt uns regelrecht. Jetzt kommt bitte herein.»

Er wirkte mit einem Mal wieder vollkommen ruhig.

«Geht es der Baderin denn wieder so viel schlechter, weil der Schäfer hier war?», fragte Serafina. «Es heißt ja, dass er allerlei Wundermittel kennt.»

«Wundermittel? Dass ich nicht lache. Alles nur heiße Luft. Auf gar nichts versteht sich der Kerl außer aufs Schafehüten und Schlachten.»

Rasch folgte sie ihm und der Meisterin in die Eingangsdiele, die wie in allen Badehäusern als Ausziehstüblein diente, wo die Badegäste ihre Gewänder ablegten. Von hier aus ging es ins Vorbad mit dem großen Ofen und dem Schwitzbad, eine halbe Treppe tiefer lag die eigentliche Badstube. Dass heute alles blitzblank geputzt und aufgeräumt war, verriet die baldige Wiedereröffnung des Badhauses.

Veit blieb stehen und wies seine Magd an, den Ofen einzuheizen.

«Sehr gerne, Herr», beschied sie mit gesenktem Blick und verschwand nach hinten.

«Es ist gut, dass Ihr wieder öffnet», bemerkte Catharina lächelnd. «Das zeigt, dass das Leben für Euch weitergeht. Aber bevor wir nun hinauf zu Eurem Eheweib gehen, sagt uns bitte, was geschehen ist.»

Der Bader seufzte tief. «Ach, ich verstehe es doch auch nicht. Die letzten zwei Tage ging es ihr deutlich besser. Sie war wieder halbwegs auf den Beinen, auch dank Eurer Kräuter, Frau Serafina. Ich stehe wirklich in Eurer Schuld. Und bitte, tragt mir nicht nach, dass ich Euch dereinst aus meinem Haus verwiesen habe – ich war durch den großen Schmerz nicht mehr ganz bei mir.»

«Nein, nein, ich stehe in *Eurer* Schuld. Ihr habt meinem Mann bei der Wolfsjagd das Leben gerettet. Das werde ich Euch nie vergessen.»

Er wehrte ab. «Nicht ich allein war das. Nachdem der Medicus so unglücklich gestolpert war, waren gleich ein halbes Dutzend Helfer zur Stelle. Aber Ihr hattet nach Margaretha gefragt. Nun, ihr ging es täglich ein wenig besser, sie kam wieder zum Essen in die Küche, hat in der Stube unter dem Kruzifix gebetet. Nur nachts hat sie weiterhin kaum geschlafen. Sie spricht dann immer stundenlang mit unserem Jörgelin.»

Seine Augen begannen verräterisch zu schimmern, doch er fasste sich sogleich wieder.

«Heute früh indessen, als ich wach wurde», fuhr er fort, «war das Bett neben mir leer. Ich hab sie in der kalten Stube gefunden, bäuchlings und nur im dünnen Hemd auf den Dielenbrettern ausgestreckt. Sie war ganz steif, und man hätte denken können, sie wäre tot gewesen. Aber sie hat ununterbrochen von den sieben Posaunen und den drei Engeln geredet, die vom Jüngsten Gericht künden. Ich wollte, dass sie aufsteht, aber sie konnte nicht. Und ich vermochte sie auch nicht aufzuheben, so stocksteif war sie! Erst zusammen mit meinem Knecht, mit vereinten Kräften also, haben wir es geschafft, sie hinauf ins Bett zu schaffen.»

Catharina nickte. «So wollen wir jetzt nach ihr sehen.»

Serafina wurden die Beine schwer, als sie die steile Treppe bis unters Dach hinaufstiegen. Was würde sie dort oben erwarten?

Auf dem Waschtisch der Schlafkammer brannten teure

Wachskerzen und verbreiteten ein warmes, angenehmes Licht. Serafina hatte so etwas wie einen lebenden Leichnam erwartet, doch die Hasenbaderin, die mit offenen Augen und vor der Brust gefalteten Händen auf dem Bett lag, sah mit ihren rosigen Wangen eher aus wie jemand, der eben noch an der frischen Luft gewesen war. Oder hatte sie vielleicht Fieber?

«Soll ich Euch einen zweiten Holzschemel aus der Küche holen?», fragte Veit leise.

«Nein, das ist nicht nötig», erwiderte Catharina. «Wir Beginen sind es gewohnt zu knien.»

So gingen sie beide am Kopfende der Bettstatt auf die Knie, und Catharina strich über Margarethas gefaltete Hände.

«Gott zum Gruße, liebe Hasenbaderin. Erkennt Ihr uns wieder? Ich bin Meisterin Catharina von den Christoffelsschwestern, und neben mir ist Serafina, die Frau des Stadtarztes. Wir sind gekommen, um mit Euch zu beten.»

Margaretha hob weder den Kopf noch sprach sie ein Wort der Begrüßung. Aus dem Augenwinkel beobachtete Serafina, wie sich der Bader auf der Kleidertruhe niederließ und den Kopf in die aufgestützten Arme legte. Wie ein Fuhrmann, der auf seinem Kutschbock ein Nickerchen hielt. Oder weinte er gar?

«Wollen wir also zuerst zum Allmächtigen beten?», hörte sie die Meisterin fragen.

Da keine Antwort kam, fingen sie an, das Vaterunser in deutscher Sprache zu sprechen. Noch vor dem Amen richtete sich die Baderin plötzlich auf und rief mit heller Stimme aus: «Es ist zu spät!»

«Aber nein, Margaretha», widersprach Catharina sanft. «Es ist niemals zu spät zum Beten.»

Margarethas Gesichtsfarbe hatte von rosig zu kalkweiß gewechselt. Dann stieß sie wie unter großer Angst hervor:

«Die Erde und der Himmel verschwinden. Das Buch des Lebens wird aufgeschlagen. Die Toten werden auferstehen und nach ihren Werken gerichtet.»

«Das sind Worte aus der Offenbarung des Johannes», sagte Catharina überrascht. «Warum sprecht Ihr gerade diese Worte?»

Statt zu antworten, fuhr die Baderin mit zitternden Händen fort: «Das Meer wird zu Blut. Das Wasser wird zu Blut. Die Menschen sterben in der Hitze.»

Ratlos griff Serafina nach den Händen, als etwas noch Seltsameres geschah: Mit weit aufgerissenen Augen starrte die Baderin sie an und schrie auf.

«Mia!»

«Ich bin nicht Mia, ich bin Serafina, die Frau des Stadtarztes Adalbert Achaz.»

«Nein, nein, hinter Euch! Seht Ihr sie denn nicht?»

Serafina fuhr herum und erschrak. Hinter ihr war niemand, auch nicht die junge Magd, die die verwirrte Baderin für Mia hätte halten können.

Sie versuchte, gelassen zu bleiben. «Da ist niemand, Margaretha. Die Mia ruht in Sankt Einbethen unter der Erde.»

«Aber sie ist da! Manche Toten kommen wieder zurück, die warten nicht bis zum Jüngsten Tag! Und bald wird der Todesengel den Nächsten holen!»

Serafina fuhr ein Schauer über den Rücken. Meinte Margaretha damit nun den Mörder oder die Wölfe? Manch ein Schwerkranker oder Sterbender hatte Gesichte, das wusste sie aus Erfahrung.

«Wollt Ihr damit sagen ...», begann sie, aber Catharinas

warnendes Kopfschütteln ließ sie verstummen. Ja, es war wohl nicht richtig, diese arme Frau nur noch mehr aufzuregen.

Stattdessen fiel sie in Catharinas halblautes Beten mit ein: «Gegrüßest seist du, Maria, voll der Gnade, der Herr ist mit dir. Du bist gebenedeit unter den Weibern ...»

«Hört auf zu beten», flehte Margaretha jammervoll. «Ich ertrag's nicht.»

Da hob Catharina mit ihrer weichen, dunklen Stimme zu singen an. *«Usquequo Domine oblivisceris mei penitus ...»*

Serafina war dies wie ein Gruß aus ihren Beginenzeiten, der ihr fast die Tränen in die Augen trieb. Sie hatte diesen Psalm, den Hilferuf eines Angefochtenen, immer geliebt. Sie hatte sich lange Zeit darin wiedergefunden, wenn es hieß: Wie lange soll ich sorgen mich in meiner Seele und mich ängstigen in meinem Herzen?

Auch die Baderin schien ergriffen, erst recht, als Catharina ihr zu Hilfe und zum Trost das Lied noch einmal in deutscher Sprache vortrug. Margaretha sank zurück auf ihr Kissen, schloss die Augen, und um ihre trockenen, rissigen Lippen spielte ein Lächeln.

Leise fiel Serafina in die Gesänge ein, soweit sie sich an die Worte erinnern konnte, und so sangen sie, bis die Baderin friedlich eingeschlafen war.

Mittlerweile hatte Veit sich von der Truhe erhoben und war ans Bett getreten. Serafina fiel auf, dass er kaum mehr hinkte und überhaupt wieder sehr kraftvoll wirkte.

Er beugte sich zu Margaretha hinunter und umfasste ihre Hände.

«Alles wird gut, das verspreche ich dir.» Sein Blick ging in die Ferne. «Bald schon werden wir beide zur Ruhe finden.»

Kurz darauf brachte er Catharina und Serafina zur Haustür, wo er sich mit salbungsvollen Worten bei ihnen bedankte.

«Eine Frage hätte ich noch, Meister Veit», sagte Serafina, nachdem er ihr die Hand gereicht hatte.

«Ja?»

«Es geht um Müller Urban und die abgeschnittene Wolfsrute. Habt Ihr wirklich den Urban bei der Eiche gesehen?»

Erstaunt sah er sie an. «Hat Euch das etwa dieses Klatschmaul Sanne erzählt? Ja, ich war früh morgens dort draußen und habe einen großen Mann im Morgennebel gesehen. Aber ich traute mich nicht näher heran, es hätte ja auch der Satan selbst sein können. Wenn Ihr es also genau wissen wollt: Von mir stammt dieses Gerücht ganz sicher nicht.»

Wer hatte nun gelogen, fragte sich Serafina. Der Bader oder seine Magd?

«Wart Ihr deshalb auch nicht mit den anderen bei der Mühle, um sie in Brand zu setzen?»

«Richtig. Und ich war auch nicht mit dem ganzen Pöbel am Stadtturm. Der Urban mag zwar Schadenzauber betreiben, aber ich gebe Eurem Mann recht: Unseren kleinen Jungen haben die Wölfe geholt, warum auch immer der Herrgott das zugelassen hat.» Seine Stimme hatte bei diesen letzten Worten überraschend fest geklungen. «In einem aber denken der Stadtarzt und die Obrigkeit kreuzverkehrt: Diese beiden Weiber sind nicht gemeuchelt, sondern ebenfalls von Wölfen getötet worden. Wer glaubt, dass es ausreicht, ein einziges Rudel zu töten, ist blind und dumm. Dort oben im Wald treiben sich nämlich noch Hunderte weitere Bestien herum.»

Kapitel 35

Nachdem die Meisterin dem Hasenbader versprochen hatte, wiederzukommen, so oft es denn nötig sei, verließen sie das Haus. Serafina war erleichtert, dass Catharina ihr diese Aufgabe abgenommen hatte – die Baderin schien an Seele und Verstand doch reichlich Schaden genommen zu haben, wenn sie wiederauferstandene Tote in ihrer Schlafkammer sah.

Jetzt aber galt es, noch einen weiteren schwierigen Gang hinter sich zu bringen, zu einem Menschen, der ihr inzwischen nicht minder unheimlich war als diese Margaretha. Aber sie hatte es sich nun einmal fest vorgenommen und ihren Besuch bei Nickel mehr oder weniger angekündigt.

«Begleitest du mich noch zum Schäfer?», fragte sie Catharina, als sie die untere Dreisambrücke erreichten.

Die Meisterin hob die Brauen. «Mir ist natürlich nicht entgangen, dass du ihn gefragt hast, ob er zu Hause sei. Aber was um Himmels willen willst du von ihm?»

«Nun ja, ich habe den Eindruck, auch er braucht Trost und einen Menschen, der ihm zuhört. Meine Freundin Gisla, die Kräuterfrau, hat mir erzählt, dass er bei Mias Bestattung nicht nur sehr traurig und verzweifelt war, sondern sich auch schuldig fühlte. Er hat wohl sogar gesagt, dass es besser ihn hätte treffen sollen.»

Catharina blieb stehen. «Solche Dinge sagt man schon mal, wenn der Tod einen nahestehenden Menschen holt. Diese Mia muss ihm sehr wichtig gewesen sein. Aber glaubst du im Ernst, dass er mit uns singen und beten will? Nach allem, was du mir von Mias Totenwache berichtet hast, ist er nicht gerade empfänglich für geistliche Worte.»

«Er ist ein seltsamer Kerl, ich weiß, und er wirkt manchmal argwöhnisch und scheu wie ein wildes Tier. Wir müssten eben zuerst sein Vertrauen erwerben, bevor wir etwas erreichen. Ich könnte ihn zum Beispiel auf seine Behandlung von Warzen ansprechen. Ein Gespräch unter Heilkundigen sozusagen.»

In Wirklichkeit wollte sie selbstredend herausfinden, ob er tatsächlich mit diesen beiden schrecklichen Frauenmorden zu tun hatte. Denn nicht nur die Beschreibung passte auf ihn, obendrein vermochte er als Schäfer auch fachmännisch zu töten – zumindest seine Tiere. Womöglich hing Jörgelins Tod ja doch mit den zwei Morden zusammen, da die Fellreste an den Wunden des Knaben ebenso gut von Nickels Hütehunden stammen konnten. Und hatte er dem Bader gerade nicht sogar gedroht, als er ihn beim Kragen packte? *Ich warne dich, ich weiß ganz genau* waren seine Worte gewesen. Nur leider hatte er sie nicht zu Ende sprechen können, weil Catharina so rasch eingeschritten war.

Die musterte Serafina jetzt eindringlich.

«Dieser Besuch hat aber nicht etwa mit den Meuchelmorden zu tun?»

«Nun ja, vielleicht erfahren wir durch Nickel ein wenig mehr über die Dorfbewohner. So ganz nebenbei.»

«Dann denkst du also, dass der Täter aus der Würi stammt?»

«Ja, da bin ich mir ganz sicher.»

«Sei's drum. Bevor ich dich allein losziehen lasse, begleite ich dich lieber.»

«Danke, Catharina. Lass am besten mich reden. Und erschrick nicht, dieser Nickel wohnt mit seiner Schäferkarre tatsächlich mitten im Schafstall.»

Wie schon beim letzten Mal begannen die beiden Hütehunde wie rasend zu bellen, kaum hatte Serafina das Scheunentor aufgezogen. Mit gefletschten Zähnen standen sie dicht vor dem Gatter, der größere legte sogar seine riesigen Pfoten auf die obere Holzlatte, sodass man seinen Atem riechen konnte. Serafina hatte keine Angst vor Hunden, war sie doch auf einem Bauernhof groß geworden und hatte schließlich sogar selbst einen Hund in die Beginensammlung gebracht. Doch der tapfere kleine Kerl namens Michel, der ihr schon einige Male aus der Patsche geholfen hatte, war nicht einmal halb so groß wie die beiden struppigen Köter vor ihr.

Noch bevor sie nach dem Schäfer rufen konnte, ertönte ein kurzer Pfiff. Sofort legten sich die Hunde nieder und blinzelten die fremden Besucherinnen nur noch neugierig an.

«Ihr könnt das Gatter aufschieben und hereinkommen», rief Nickel ihnen zu und kletterte über die Absperrung, die den Schafspferch auch zur hinteren Scheunenwand hin abgrenzte. Dort befand sich eine Tür, wohl zum Hof oder zu einem Garten, die jetzt offenstand. Der Geruch einer Feuerstelle drang von dort herein.

«Nur keine Angst, Ihr Frauen. Die Hunde bleiben liegen, solange ich es will. Und wenn's bis zum Sankt Nimmerleinstag ist.»

Er lächelte sein trauriges Lächeln.

«Alsdann», murmelte Catharina, «wagen wir uns in die Höhle des Löwen.»

Seite an Seite stapften sie durch das Stroh des Schafspferchs an den Hunden vorbei, die reglos liegenblieben und ihnen nur mit den Blicken folgten. Sie rührten sich nicht einmal, als die Schafe jetzt blökend vor ihnen zurückschreckten, um sich eng in eine Ecke zu drängen.

Serafina war dennoch mulmig zumute. Wahrscheinlich genügte ein weiterer Pfiff, und die mächtigen Tiere würden auf die fremden Eindringlinge losgehen!

Höflich bat Nickel sie zu dem Tisch über der Karrendeichsel, auf dem ein blütenweißes Tuch ausgebreitet war, mit drei Bechern darauf. Erneut fiel Serafina auf, wie ordentlich der Schäfer sein Zuhause hielt. Selbst das Stroh war frisch eingestreut und von der Wäscheleine alles abgehängt. Ganz offensichtlich hatte Nickel mit ihrem Besuch fest gerechnet, worauf auch die drei Becher hindeuteten. Umso besser, dachte sich Serafina.

«Die Hunde gehorchen Euch ja aufs Wort», sagte sie, nachdem sich Catharina ihm als Beginenmeisterin vorgestellt hatte und sie beide auf zwei wackligen Holzschemeln Platz genommen hatten.

«O ja, Frau Serafina, man braucht wirklich keine Angst vor ihnen zu haben, wenn ich dabei bin. Da waren die Biester des Müllers schon von ganz anderer Art.»

«Einen Fremden würden sie aber anfallen, oder?»

«Ich hoffe doch. Sie müssen schließlich meine Schafe schützen.»

«Haben die Kinder im Dorf eigentlich keine Angst vor den riesigen Hunden?», bohrte sie spitzfindig weiter nach.

«Weil sie ausschauen wie Wölfe?» Er sah sie verdutzt an.

«Nein, meine Hunde mögen Kinder sehr, genau wie ich. Wenn ich die zu den spielenden Kindern auf der Dorfstraße rauslasse, dann toben die alle miteinander herum.»

Ihr fiel ein, dass sich die Hunde auch von Sanne sofort hatten beruhigen lassen. Demnach schied ihre erste Überlegung schon einmal aus, dass die Hütehunde den Jörgelin getötet hatten und Nickel deshalb mögliche Zeugen der Tat ausschalten musste. Blieb noch ein Mord aus zurückgewiesener Liebe. Und ein zweiter, um eine unliebsame Zeugin auszuschalten. Hier nachzufragen würde ungleich schwerer werden. Wie also anfangen?

Der Schäfer kam ihr zuvor.

«Warum wolltet Ihr eigentlich bei mir vorbeischauen, Frau Serafina? Nicht dass mich Euer Besuch nicht freuen würde, nein, es ist mir eine große Ehre. Aber wundern tut's mich natürlich schon, so als armer, törichter Dorfschäfer, wenn die Meisterin einer Schwesternsammlung und die Frau eines Stadtarztes zu mir in den Stall kommen.»

«Töricht seid Ihr ganz gewiss nicht», wehrte Serafina ab. «Und Stadtarztfrau war ich nicht immer. Zuvor war ich eine einfache Begine, und entbehrungsvolle Jahre habe ich auch schon durchlebt.»

Sie lächelte ihn an.

«Wir dachten nur, wir könnten Euch, gerade so wie der Hasenbaderin zuvor, ein wenig Trost spenden, wo Ihr doch so verzweifelt wart über den Tod Eurer Nachbarin. Ich weiß, Ihr mögt keine Pfaffen, aber vielleicht wollt Ihr ja mit *uns* eine wenig singen und beten. Wo Ihr hier so ganz alleine lebt, ohne Familie und ohne Weib. Und die Mia Euch sehr, sehr nahestand.»

Sofort verfinsterte sich sein Blick.

«Ich komm damit schon zurecht. Und geistlichen Trost brauche ich gleich gar nicht.»

Serafina hätte sich eine Maulschelle verpassen mögen. Das war viel zu vorschnell gewesen. Doch es kam noch ärger.

«Wenn Ihr gekommen seid, um mich auszuhorchen», seine Augen wurden zu schmalen Schlitzen, «dann könnt Ihr auch grad so gut wieder gehen.»

«Verzeiht vielmals, lieber Schäfer», beeilte sie sich zu versichern. «Ich wollte Euch wirklich nicht zu nahetreten.»

Er schien nachzudenken, dann nickte er. Schweigend trat er an das offene Türchen der Schäferkarre und zog einen großen Krug nebst einem Brotfladen heraus.

«Hab draußen im Hof Würzwein heiß gemacht, mit meinen eigenen Kräutern», brummelte er, ohne seine Gäste dabei anzusehen. «Das tut gut, bei der Kälte.»

«Dann kennt Ihr Euch mit Kräutern aus?», fragte Serafina sofort. Das wäre doch schon einmal ein Anfang.

«Und ob.» Er legte den Brotfladen auf dem Tisch ab. «Schon als kleiner Hütejunge hat mir das Kräuterweib Gisla eine Menge beigebracht. Und später dann die … die Mia.»

Er schluckte, drehte sich rasch weg und bückte sich unter dem Gatter hindurch, um nach draußen zu verschwinden.

«Ich denke, was das Beten betrifft», flüsterte Catharina ihr zu, «sind wir hier gänzlich fehl am Platz. Und viel herausbekommen wirst du aus dem auch nicht. Verabschieden wir uns besser alsbald.»

«Einverstanden. Aber ein bisschen Wein und Brot nehmen wir wenigstens zu uns, wo er schon so gastfreundlich alles vorbereitet hat.»

Kapitel 36

Als Nickel nach geraumer Zeit mit einem dampfenden Kochtopf zurückkehrte, blickte er schon wieder gefasster drein. Doch seine Hände zitterten, während er den Krug vorsichtig randvoll goss.

«Ihr habt einen Ofen da draußen?», fragte Serafina mehr als freundlich, um ihm seine letzte Unsicherheit zu nehmen.

«Ja, den hab ich mir selbst gebaut. Da koch ich meine Suppe und back mein Fladenbrot. Und wenn mir frühmorgens zu kalt ist, wärm ich mich dran auf.»

Er wollte Catharina einschenken, doch die hielt abwehrend die Hand über den Becher.

«Euer Würzwein duftet zwar wunderbar, aber für mich bitte nicht. Ich trinke niemals Wein vor dem Mittagessen.»

Enttäuscht zog er die Stirn kraus. «Ihr müsst wenigstens davon kosten.»

«Nun gut. Aber nur einen winzigen Schluck.»

Serafina indessen wollte nicht unhöflich sein und den Schäfer möglicherweise ein zweites Mal vor den Kopf stoßen. So nickte sie, als er sie fragend ansah. Außerdem verspürte sie plötzlich einen wahren Heißhunger. Zum Morgenessen hatte sie kaum einen Bissen zu sich genommen, und jetzt knurrte ihr der Magen. Es ging bestimmt schon auf die Mittagszeit zu.

«Und Ihr selbst?», fragte sie, als er nun den Becher hob.

«Ich hab meinen Becher noch halb voll. Ich musste den Wein ja kosten, bevor ich ihn meinem hohen Besuch anbiete. Alsdann: Auf die Gesundheit, ein langes Leben und einen friedlichen Tod!»

«Zum Wohlsein!» Serafina trank ihm zu.

Sie nahm einen tiefen Schluck. Der Wein war wirklich ausgezeichnet. Stark und honigsüß. Jetzt noch ein Stücklein Brot dazu …

In diesem Augenblick zog Nickel auch schon ein blitzendes Messer aus seinem Gürtel und begann das Fladenbrot auf einem Brettchen anzuschneiden.

«Hab's selbst gebacken. Ist zwar schon ziemlich hart geworden, aber zum Tunken taugt es allemal.»

Kraftvoll führte er die Schnitte aus, und Serafina fuhr ein kurzer Schauer über den Rücken. Mit welcher Leichtigkeit die scharfe Messerschneide den Brotfladen in kleine Stück zerteilte! War das möglicherweise die Mordwaffe? Aber nein, beruhigte sie sich, Adalbert hatte schließlich von einem spitzen Dolch gesprochen.

«Hier, Ihr Frauen, greift bitte zu.»

Nickel gab sich wirklich große Mühe, sie zu bewirten, und Serafina hatte plötzlich trotz all ihrer Verdächtigungen Mitleid mit dem armen Tropf. Bestimmt hatte er höchst selten Gäste. Ihr schossen Sannes Worte durch den Kopf: *Wer will den Krummbuckel schon haben?* Ein bisschen krumm gewachsen war er zwar, aber wenn er nur ein bisschen mehr auf sich achten würde und öfter mal mit seinem Zottelhaar und diesem struppigen Bart den Barbier oder das Badhaus aufsuchen würde, könnte er allemal ein Weib haben. Es gab weiß Gott unansehnlichere Mannsbilder als ihn.

«Auch mir hat Gisla viel beigebracht», nahm sie den Faden wieder auf. «Sie weiß einfach alles aus der Welt der Kräuter. Sie hat mir auch geholfen, meine kleine Armenapotheke aufzubauen, als ich noch Begine bei den Christoffelsschwestern war.»

«Und die sie jetzt erfolgreich im Haus ihres Ehemannes weiterführt», warf Catharina ein und kaute tapfer auf dem harten Brot herum, um nicht vollends unhöflich zu wirken. Serafina hingegen genoss den Wein mit dem getunkten Brot, das mit Kümmel gewürzt war. Es schmeckte herrlich, hungrig wie sie war.

«*Ihr* seid das also, die Armenapothekerin aus der Stadt?» Der Schäfer schlug sich gegen die Stirn. «Was bin ich nur für ein Dummkopf! Von der Armenapotheke im Haus des Stadtarztes spricht man sogar bei uns im Dorf.»

Serafina ließ sich von Nickel nachschenken. Eigentlich hatte sie genug getrunken, das spürte sie deutlich. Aber sie durfte sein Wohlwollen nicht ein zweites Mal gefährden, wenn sie hier und jetzt etwas über Mias und Hildegards Tod herausfinden wollte.

«Nun, dafür habe ich von Euch gehört, dass Ihr Warzen gesundbeten könnt», erwiderte sie. «Mit meinen Salben ist dem ja schwer beizukommen – wie macht Ihr das also? Oder ist das Euer Geheimnis?»

Sie bemerkte, wie Catharina neben ihr die Augen verdrehte – warum auch immer.

«Ach, das ist kein Hexenwerk, auch wenn das manche hier glauben mögen. Man muss nur ganz mit dem Herzen dabei sein und nicht einfach nur so daherreden. Vor allem gilt es, einiges zu beachten.» Er geriet sichtlich in Eifer. «Man muss die Warzen immer bei abnehmendem Mond besprechen, am besten sind die Freitage nach Vollmond, zum Nachmittag, weil das die Sterbenszeit des Herrn ist. Und der beste Ort ist unterm Kruzifix, im Licht kostbarer Kerzen. Dann nimmt man drei kurz geschnittene, geweihte Strohhalme zwischen Daumen und Zeigefinger und zeichnet damit ein Kreuz auf die Warze. *Warze, Warze, weiche – dara, dara weg!*, spricht man dann und ein dreimaliges *Gottvatersohn, Sohn und Gott und Heiliger Geist.*»

Serafina stupste Catharina in die Seite. «Leidet eure Mitschwester Brida nicht immer wieder an Warzen? Der Schäfer könnte es doch einmal bei ihr versuchen?»

Die schüttelte nachdrücklich den Kopf. «O nein, da ziehe ich denn doch deine Salben vor.»

Serafina, der der Würzwein schon ein wenig in den Kopf gestiegen war, lachte. «Ich mache aber jede Wette, dass unsere Brida von Nickels Vorgehensweise weitaus mehr angetan wäre als von meinen Salben.»

Dessen Augen strahlten plötzlich voller Stolz. «Ich komme sehr gerne mal bei Euch vorbei, Mutter Catharina. Oder Ihr kommt mit dieser Brida zu mir. Wenn Ihr mich jetzt kurz entschuldigt – ich muss draußen Holz nachlegen.»

Er erhob sich und ging zu dem riesigen Stapel Brennholz zwischen Karre und Scheunenwand, um einige Scheite herauszuziehen und in einen Korb zu legen. Dabei lugte er immer wieder zu den beiden Frauen.

«Woher habt Ihr in diesen teuren Zeiten eigentlich das viele Holz?», entfuhr es Serafina.

Prompt verschloss sich seine Miene wieder. «Von meiner armen Mia. Sie braucht's ja jetzt nicht mehr.»

Dass er dies so offenherzig zugab, erstaunte sie.

«Dann seid Ihr also trotz allem ein wenig hinweg über ihren schrecklichen Tod?»

«Darüber werde ich zeitlebens nicht hinwegkommen», stieß er mit Tränen in den Augen hervor. «Weil wir uns nämlich geliebt haben, auch wenn das hier im Dorf keiner glaubt.»

Serafina trank ihren Becher leer. Jetzt galt es nachzuhaken, einen günstigeren Augenblick würde es kaum geben.

«Habt Ihr deshalb an ihrem Grab gesagt, dass es besser *Euch* hätte treffen sollen? Weil Ihr sie so sehr geliebt habt? Oder fühlt Ihr Euch mitschuldig an ihrem Tod?»

Durchdringend starrte er sie aus seinen ungewöhnlich hellen Augen an.

«Was sollen all diese Fragen?», brauste er auf.

Fast wütend zog er von der obersten Reihe des Holzstapels zwei dünne Scheite heraus. Dabei rutschten seine weiten Ärmel zum Ellbogen, und am linken Unterarm wurde ein Schnitt sichtbar, der noch nicht alt sein konnte. Serafina schwindelte ein wenig. Könnte die Wunde etwa von Mia stammen, die sich gegen ihren Angreifer gewehrt hatte? Und hatte Adalbert ihr nicht gesagt, dass sie *vor* dem Dolchstoß mit so etwas wie einem Holzscheit niedergeschlagen wurde? Wenn Nickel die Heilerin aus verschmähter Liebe umgebracht hatte – war die Hebamme dann Zeugin dieser Tat geworden?

Die Meisterin neben ihr erhob sich. «Ich denke, es ist Zeit für uns zu gehen. Habt vielen Dank für Eure Gastfreundschaft. Und wenn Ihr doch einmal Trost braucht – meine Mitschwestern und ich sind jederzeit für Euch da.»

«Ja, gehen wir.» Ein wenig unsicher kam Serafina auf die Beine. «Nur noch eine Frage hätte ich, lieber Nickel. Kanntet Ihr eigentlich die Hebamme Hildegard aus der Schneckenvorstadt?»

«Die hab ich einmal gesehen im Haus vom Veit, und das ist ewig her. Danach nie wieder», gab er barsch zur Antwort.

Ob das nun stimmte oder nicht: Er kannte die Hebamme also. Und hier im Dorf war sie demnach auch hin und wieder.

Plötzlich lief sein Gesicht feuerrot an.

«Jetzt begreife ich. Ihr seid tatsächlich nur gekommen, um mich auszuhorchen!» Bedrohlich trat er mit dem Holz in beiden Händen auf sie zu. «Obendrein glaubt Ihr, ich hätte meine Mia umgebracht! Hinaus!»

Erschrocken wichen sie beide zurück. Sofort begannen die Hunde mit gesträubtem Nackenhaar zu knurren, und Serafina ahmte in ihrer Furcht den Pfiff des Schäfers nach. Zu ihrem Glück rührten sich die Hunde von da an nicht mehr, und sie kamen unbehelligt bis vor das Scheunentor, das sie eilends hinter sich zuzogen.

Draußen atmete Serafina erst einmal tief ein und aus, um sich zu sammeln. Dieser Besuch war nicht so gut ausgegangen, wie sie es gehofft hatte. War sie zu forsch vorgegangen? Hatte der starke Wein sie so unvorsichtig gemacht? Sie vermochte ihre Gedanken kaum zu ordnen, als sie neben Catharina durch die vollends zu dreckigem Matsch getauten Schneereste losstapfte. Die frische Luft tat ihr gut, doch die Sonne, die hoch im Mittag stand, blendete sie.

«Das haben wir jetzt davon, mit deiner Fragerei», schimpfte Catharina, sobald sie außer Hörweite des Schäfers waren. «Obendrein sind wir beide zu spät zum Mittagessen, und du bist halb betrunken.»

Kapitel 37

«Da bist du ja endlich!», rief Adalbert, als Serafina in die Küche stürmte, und konnte den sorgenvollen Unmut in seiner Stimme nicht zurückhalten. «Wo warst du nur so lange?»

Ihr verwunderter Blick wanderte vom leergeräumten Küchentisch zu Irmla und Gisla, die neben dem Herd den Abwasch machten.

«Habt ihr etwa schon gegessen?»

«Schon ist gut», knurrte Irmla. «Das Münster hat vor gut einer Stunde zu Mittag geläutet. Und wer nicht kam, waren der Hausherr und seine Ehegefährtin. Aber es ist noch ein Rest kaltes Sauerkraut im Topf mit kaltem, zähem Speck.»

«*Ich* kann nichts dafür», wehrte Adalbert ab und ärgerte sich zugleich, dass er sich vor seiner alten Hausmagd wieder einmal rechtfertigte wie ein kleiner Junge vor der Mutter. «Der Gang durch die Badstuben dauerte halt etwas länger als gedacht.»

Er deutete auf Serafinas Rocksaum.

«Wie siehst du überhaupt aus? Du bist voller Stroh.»

Ihm war, als würde Serafina kurz schwanken, während sie den Kopf senkte, um die Strohhalme an ihrem Saum zu betrachten.

«Ach herrje, da hängt ja der halbe Schafstall dran! Weißt du, wir waren hinterher noch beim Schäfer Nickel, die Meisterin und ich. Der Hasenbaderin geht's übrigens wirklich schlecht, ihr Geist ist ganz verwirrt. Stellt euch nur vor, ihr ist die tote Mia in der Schlafkammer erschienen!»

«Gütiger Herr im Himmel», entfuhr es der Kräuterfrau.

Adalbert jedoch beschäftigte etwas ganz anderes.

«Was hattet ihr zwei beim Schäfer zu schaffen? Du hast ihn doch nicht etwa ausgefragt?»

Der vielsagende Blick, den Serafina jetzt mit der Kräuterfrau austauschte, entging ihm nicht. Hatte Gisla nicht neulich hier in der Küche gesagt, man solle dem Burschen einmal auf den Zahn fühlen? Auch er selbst zählte ihn nach wie vor zu den Verdächtigen, und allein der Gedanke, dass Serafina wieder einmal viel zu weit vorgeprescht war, ließ ihn zornig werden. Hatte sie etwa schon vergessen und verdrängt, was ihr gestern in der Oberen Mühle zugestoßen war?

«Also, warum habt ihr ihn besucht?», setzte er grimmig nach.

«Wir hatten ihn halt zuvor beim Meister Veit getroffen und waren danach auch nur ganz kurz bei ihm», versuchte sie seine Frage leichthin abzutun. «Haben ihn nur gefragt, ob er über Mias Tod hinweggekommen ist.»

Täuschte er sich, oder kamen ihr die Worte ein wenig schwer über die Lippen?

«Und dann hat er nein gesagt und ihr seid wieder hinaus marschiert?»

«Das nicht gerade. Ich wollt ja auch wissen, ob ihm die Hebamme Hildegard bekannt ist. Und ja, auch ob er sich schuldig fühlt an Mias Tod ...»

Adalbert starrte sie erschrocken an. «Das alles hast du ihn

gefragt? Weißt du was, Serafina? Manchmal würde ich dich am liebsten zu Hause anbinden.»

Da lachte sie laut auf. «Eine schöne Vorstellung, wirklich.»

Sie schnappte sich einen Löffel, stellte den Topf auf den Tisch und schlang im Stehen die kalten Essensreste in sich hinein.

«Serafina, hast du beim Hasenbader vielleicht ein bisschen zu viel getrunken?», fragte Adalbert misstrauisch. Er selbst hatte in den Badstuben eisern jeglichen Most oder Wein abgelehnt, da er starke Getränke am helllichten Tag genauso wenig vertrug wie Serafina.

Sie grinste, während sie den Topf auskratzte.

«Nicht beim Bader, sondern beim Schäfer. So einen guten Würzwein habe ich schon lange nicht mehr gekostet.»

Bei den letzten Worten fiel ihr der Löffel aus der Hand und sie wurde blass. Dann krümmte sie sich zusammen und stöhnte: «Heilige Mutter Maria, ist mir plötzlich schlecht!»

Sie stürzte hinaus, die Treppe hinunter, und Adalbert hinterher. Bis vor die Haustür schaffte sie es, dann erbrach sie sich in der Gosse. Er hielt sie fest, während sie sich in Krämpfen alles aus dem Leib spuckte.

«Gut so, Serafina», sprach er ihr beruhigend zu, während in seinem Inneren alle Sturmglocken hallten. Ein schrecklicher Verdacht machte sich in ihm breit.

Als sie stöhnend innehielt, um nach Luft zu schnappen, redete er weiter auf sie ein. «Alles muss hinaus, alles.»

Sie schüttelte den Kopf. «Es geht schon wieder.»

Doch dann begann sich ihr Leib erneut zusammenzukrampfen. Da steckte ihr Adalbert kurzerhand den Finger in den Rachen.

Am Ende spuckte sie nur noch Galle und zitterte am ganzen Leib.

«Bringt mir meine Arzttasche», bat er Irmla, die mit schreckgeweiteten Augen neben Gisla auf der Türschwelle stand. «Da ist mein Elixier mit Brechwurzel drin. Ich fürchte», fügte er leise hinzu, da in der Nähe die ersten Neugierigen stehen geblieben waren, «sie hat eine Vergiftung.»

«Nein, keine Brechwurzel», beschied ihm Gisla mit entschiedenem Kopfschütteln. «Das könnte ihr nur noch mehr schaden. Ich mache einen Kräuteraufguss. Der entgiftet und beruhigt.»

Damit verschwand sie nach drinnen.

«Mir ist so kalt», begann Serafina zu jammern. Sie war bleich wie der Tod, die geröteten Augen tränten.

«Gleich wird dir wieder warm, mein Liebes.» Behutsam legte er sich ihren Arm um die Schulter. «Helft Ihr mir bitte, Irmla? Wir bringen sie hinauf zu Gislas Schlaflager.»

Gemeinsam schafften sie Serafina in die Stube, wo sie sich kraftlos in eine Wolldecke einwickeln ließ.

Mehr als besorgt kniete er sich zu ihr hinunter. «Was genau hast du heute zu dir genommen?»

«Dasselbe wie ihr alle», erwiderte sie kraftlos. «Heute früh ein klein wenig vom Morgenbrei, jetzt eben vom Kraut.»

«Und beim Schäfer?»

«Einen großen Becher von seinem heißen Würzwein und einen Nachschlag. Und dazu ein wenig hartes Kümmelbrot.»

«Hat Meisterin Catharina auch davon genommen?»

«Nur einen kleinen Schluck, aus Freundlichkeit. Und ein Stücklein Brot dazu.»

«Das muss es gewesen sein! Mit dem Wein hat dieser verdammte Schäfer dich vergiften wollen, weil er geahnt hat, dass du ihm auf der Spur warst! Oder einfach nur, weil … weil du eine wunderschöne Frau bist. Sag, hat er selbst davon getrunken, aus demselben Krug wie du, meine ich?»

Jetzt war es Serafina, die ihn erschrocken ansah. «Nein, er hat sich selbst nichts davon eingeschenkt. Seinen eigenen Becher hatte er schon halb voll, als wir bei ihm eintrafen.»

Er holte tief Luft. «Was zeigt, dass er nur den Wein im Krug vergiftet hatte. Und wenn deine Freundin bloß einen kleinen Schluck genommen hat, dann war das ihr großes Glück. Aber wahrscheinlich ging es ihm ohnehin nur um dich.»

Sie erwiderte nichts, sondern schloss erschöpft die Augen.

Wie sie da so vor ihm lag, so zart und zerbrechlich, dem Vergiftungstod gerade noch entkommen, konnte er nicht anders, als sie zu umarmen und immer wieder zu herzen. War Nickel also der gesuchte Mörder, und er hatte sich von Serafina in die Enge gedrängt gefühlt? Oder lag womöglich diese Nachbarin der Hebamme richtig, und sie hatten es bei ihm mit einem Frauenmörder zu tun? Einem elenden Frauenmörder, der aus lauter Verbitterung, kein Weib zu bekommen, tötete? Und Serafina wäre ums Haar das nächste Opfer geworden!

Aber noch war die Gefahr nicht vorüber. Als Arzt wusste er, dass es Giftstoffe gab, die ihre Wirkung über eine lange Zeit entfalteten, selbst wenn nur winzige Rückstände im Körper zurückblieben. Und Nickel, der vorgab, sich auf Zauberei zu verstehen, wusste das ganz gewiss auch. Er musste also unbedingt herausfinden, was der Schäfer in den Wein getan hatte.

«Adalbert?», hörte er sie leise sagen.

«Ja, Liebes, was ist?»

«Der Nickel … Der hat gewusst, dass ich kommen würde. Ich hatte es ihm vor der Tür des Baders angekündigt. Aber ich kann's trotzdem nicht glauben, dass er mich vergiften wollte.»

«Da haben wir es! Er wusste, dass du kommst, und wahrscheinlich hat sich im Dorf längst herumgesprochen, dass eine gewisse Stadtarztgattin namens Serafina ihre Nase nur allzu gerne in ungeklärte Mordfälle steckt!»

Sie hob den Kopf. «Ich hab auf einmal solchen Durst.»

«Gisla kommt sicher gleich mit ihrem Kräutersud. Etwas anderes sollst du heute lieber nicht zu dir nehmen.»

Kaum hatte er die Worte ausgesprochen, standen Irmla und Gisla auch schon in die Stube.

«Wie geht es dir, Serafina?» Gisla ging neben dem Strohsack in die Hocke. «Kannst du dich ein wenig aufrichten, um zu trinken? Das wird dir helfen.»

«Danke. Ja, es geht schon. Eigentlich könnte ich fast schon wieder aufstehen.»

«Von wegen», erhob Irmla Einspruch. «Für die nächsten Stunden bleibt Ihr schön hier liegen.»

Serafina stieß einen kleinen Seufzer aus, fügte sich aber.

Adalbert sah die beiden alten Frauen ernst an. «Kann ich mich darauf verlassen, dass ihr gut auf sie achtgebt? Ich muss nochmals fort.»

«Wohin, um Himmels willen? Ihr seht doch, dass es Eurer Frau nicht gutgeht», sagte die Magd geradeheraus.

Kurz zögerte er, dann beschloss er, die Wahrheit zu sagen.

«Zum Schäfer Nickel. Ich muss wissen, was er Serafina eingeflößt hat. Und wenn ich es aus ihm herausprügle.»

Kapitel 38

Kaum war Adalbert aus dem Haus, bat Serafina die Frauen, sie allein zu lassen. Sie gab vor, erschöpft zu sein, in Wirklichkeit aber wollte sie in Ruhe nachdenken. Ihr Kopf fühlte sich wieder klar an, erst recht, nachdem sie Gislas ekelhaft bitteren Kräutersud ausgetrunken hatte. Dass ihr eben noch so kalt gewesen war, führte sie auf das heftige Erbrechen zurück.

Sie erhob sich von ihrem Lager und ging auf leisen Sohlen, um Gisla und Irmla nicht aufzuscheuchen, in der Stube auf und ab. Da war kein bisschen Schwindel mehr, kein flauer Magen, nur die Kehle brannte noch von der Galle. Adalbert würde ihr jetzt sagen, dass die Giftstoffe dem Himmel sei Dank aus dem Körper wären. Aber sie glaubte mit einem Mal nicht mehr daran, dass der Schäfer sie hatte vergiften wollen. Sie hatte schlichtweg zu wenig gegessen den ganzen Tag über und dann viel zu schnell den starken Würzwein heruntergekippt. Vor allem aber hatte Nickel, als er den Trank zubereitete, noch gar nicht wissen können, dass sie ihn verdächtigte. Schließlich hatte sie bei ihren vorherigen Begegnungen niemals eine Andeutung in diese Richtung gemacht. Erst heute im Schafstall war sie ihm, und das auch erst gegen Ende, mit ihren kecken Fragen gekommen. Obendrein würde er wohl kaum so dumm sein, sie in Gegenwart von Catharina vergiften zu wollen.

Adalbert war also in seiner Aufregung einem gewaltigen Irrtum aufgesessen, und wer weiß, wozu Nickel in seinem Zorn fähig war. Denn aufbrausend war er gewiss, wie so viele Männer im Übrigen. Dennoch hielt sie ihn in seinem Innersten für arglos wie ein Kind.

Auch wenn Nickel für sie noch nicht gänzlich aus dem Kreis der Verdächtigen ausschied, drängte sich ihr, tief drinnen im Kopf, noch ganz dunkel und unscharf, eine andere Überlegung auf. Irgendetwas Wichtiges hatte sie die ganze Zeit übersehen…

Sie blieb stehen und versuchte, Ordnung in ihre Gedanken zu bringen.

Was waren die unwiderlegbaren Tatsachen?

Ein kleiner Junge war der Gier eines ausgehungerten Wolfes zum Opfer gefallen. Danach gab es zwei sorgfältig geplante Frauenmorde, die nach großer Wut oder Hass aussahen. Und der Mörder hatte sich den Wolfsangriff nur zum Vorwand genommen. Das eine hatte also nichts mit dem andern zu tun. Aber wenn doch? Wenn alle drei Fälle doch miteinander zusammenhingen? Bloß wo lag dann die Verbindung?

Plötzlich fiel es ihr wie Schuppen von den Augen. Sie wusste jetzt, worin die Auflösung bestand. Nicht der Schäfer war der Täter, sondern womöglich das nächste Opfer! Vielleicht sogar schon in dieser Nacht.

Sie eilte hinüber in die Küche, wo die beiden alten Frauen am Küchentisch saßen und Messer schärften.

«Nanu?» Irmla sah überrascht auf. «Schon wieder auf den Beinen?»

«Ja, ja, es geht mir spürbar besser. Der Kräutertrank hat wirklich gut angeschlagen.»

Gisla lächelte. «Nun ja, warten wir's ab.»

Serafina sah von einer zur anderen. «Ich werdet jetzt nicht gerade erbaut sein, aber ich muss noch einmal dringend fort. Falls Adalbert vor mir zurückkehrt», sie machte eine Pause und flehte innerlich, dass der Herrgott ihm nur ja beistehen möge gegen den hitzköpfigen Schäfer, «so sagt ihm bitte, ich sei mit dem Büttel Sackpfeiffer in die Würi gegangen.»

Irmla ließ das Messer sinken. «Wie bitte? Ich hab mich wohl verhört?»

«Ich erkläre euch alles später.»

«O nein, nie und nimmer lassen wir dich jetzt weg.»

Ihre Miene verriet, dass sie es ernst meinte.

Serafina zögerte. Sollte sie einfach losmarschieren? Nein, das wäre ganz und gar kindisch.

«Also gut, Irmla. Dann kommt ihr beide eben mit mir in die Kanzlei. Es geht um Leben und Tod.»

Kapitel 39

Den ganzen Weg hinaus zur oberen Brücke war Adalbert im Laufschritt geeilt. Die Sonne stand bereits tief, und wieder kam Nebel auf. Am Fluss war er sogar so dicht, dass man kaum die Hand vor Augen sehen konnte.

Nachdem er die Dreisam überquert hatte, wurde ihm nun doch mulmig zumute. Nickel war zwar um einiges kleiner und schmächtiger als er selbst, aber als Schäfer, zu dessen Handwerk es gehörte, Böcke zu Hammeln zu machen und hin und wieder zu schlachten, wusste er mit einem scharfen Messer umzugehen. Adalbert musste es also geschickt anpacken, wenn er herausfinden wollte, was in diesem verdammten Kräuterwein enthalten war. Wie und warum Nickel die beiden Frauen gemeuchelt hatte, das sollten dann gefälligst die Gerichtsherren herausfinden.

Vor der Schafsscheune musste er erst einmal tief Luft holen. Woran er nicht gedacht hatte, waren die Hunde. Die konnte Nickel ohne weiteres auf ihn hetzen und es hernach als einen Einbruchsversuch in seinen Stall darstellen.

Trotzdem – es gab kein Zurück. Er wusste genug von heimtückischen Giftstoffen. Sie schädigten den körperlichen Organismus Schritt für Schritt, jeden Tag mehr. Es begann mit Lähmungen an den Händen und Füßen, bis die ganzen Gliedmaßen betroffen waren, dann fiel das Atmen schwer, man begann zu zittern, und der Geist verwirrte sich, und am Ende erstickte man qualvoll. Aber es gab wirkungsvolle Gegengifte, sofern man wusste, mit welchem Gift man es zu tun hatte. Das musste er herausfinden, koste es, was es wollte. Nur so würde er sichergehen können, dass Serafina keine Schäden zurückbehielt oder gar doch noch zum Opfer wurde ...

Entschlossen schob er das Tor auf, als sogleich die beiden Hunde auf ihn zujagten und ihn einen großen Schritt zurückweichen ließen. Den Schäfer entdeckte er erst auf den zweiten Blick: Er kniete in der hinteren Ecke bei einem seiner Schafe, das am Hinterlauf blutete.

«Ruft Eure Hunde zurück und bindet sie fest», rief Adalbert, aufgebrachter als beabsichtigt. «Ich habe mit Euch zu reden.»

«Warum sollte ich?» Nickel stand auf und kam auf ihn zu. Bedächtig und bedrohlich zugleich, wie es Adalbert schien. In seinem Gürtel steckte ein Dolch.

«Das ist ein Befehl in meiner Eigenschaft als Ratsherr! Und werft mir sofort Euren Dolch herüber.»

Entgeistert sah ihn der Schäfer an, dann zuckte er die Schultern. «Wie Ihr meint, Medicus.»

Als er nach der Waffe griff, zuckte Adalbert unwillkürlich zusammen.

«Stehenbleiben! Werft mir den Dolch zu Füßen.»

Nickel gehorchte.

«Jetzt die Hunde!»

Ein Pfiff, und die Hunde legten sich nieder, während Adalbert mit spitzen Fingern den Dolch aus dem Stroh klaubte. Für ihn stand außer Frage, dass mit einer solchen Waffe die tödlichen Stiche erfolgt waren. Allerdings, wenn er sie genauer betrachtete, war sie nicht spitz genug. Ein wenig unsicher umfasste er den Griff und beschloss, ihn vorsichtshalber in der Hand zu behalten.

Derweil ging Nickel zur Schäferkarre, um zwei Stricke zu holen – in einer Langsamkeit, die Adalbert schier rasend machte. Endlich waren die Hunde am Rad der Karre festgemacht, und Adalbert öffnete das Gatter.

«Ich weiß schon, warum Ihr hier seid.» Der Schäfer richtete sich wieder auf und betrachtete ihn mit bekümmerter Miene. «Weil ich nämlich Euer Weib und diese Begine aus meinem Stall gejagt hab. Das war nicht recht, ich weiß, aber Eure Frau Serafina hat mir unerhörte Dinge unterstellt.»

Adalbert trat dichter an ihn heran. Er überragte den krummgewachsenen Mann tatsächlich um Kopfeslänge.

«Unterstellt? Viel eher hat sie die Wahrheit gesagt.» Er konnte nicht verhindern, dass seine Stimme zu zittern begann. «Und deshalb hast du sie vergiften wollen. Sag mir also, was für teuflisches Zeug du in den Wein getan hast, sonst ...»

Er hob die Hand mit dem Dolch, fest entschlossen, notfalls zuzustechen. Mit der anderen Hand deutete er auf den Krug, der noch immer auf dem selbst gezimmerten Tisch stand.

«Vergiften?» Nickel wich erschrocken vor ihm zurück. «Warum hätte ich sie vergiften sollen?»

«Weil sie dir mit deinen Meuchelmorden auf den Fersen war.»

«Habt ihr jetzt alle den Verstand verloren? Ich soll ein Mörder sein? Der Mörder meiner geliebten Mia?»

«O nein, nicht nur von Mia. Auch die Hebamme aus der Schneckenvorstadt hast du hinterrücks getötet. Und deine beiden Hunde da, die aussehen wie Wölfe, haben den Baderjungen gerissen.»

Mit drei schnellen Schritten war Adalbert beim Tisch. Der Krug war noch fast halb voll.

«So rede endlich – was hast du da hineingetan? Eisenhut? Schierling? Wie viel davon? Seitdem Serafina bei Euch war und von diesem Dreck getrunken hat, liegt sie krank darnieder.»

Mit offenem Mund starrte Nickel ihn an. Dann riss er den Krug an sich.

«Ich will Euch sagen, was ich da reingetan hab. Nelken, Kümmel, Fenchel und viel Honig.» Er nahm den Krug in beide Hände und setzte ihn an die Lippen. «Und jetzt seht, was ich damit mache.»

Ohne auch nur einmal abzusetzen, trank er den Krug leer.

«Seid Ihr jetzt zufrieden? Am besten kommt Ihr heute Abend nochmals vorbei, dann könnt Ihr sehen, ob ich tot im Stroh liege oder nicht!»

Kraftlos lehnte er sich gegen die Tischplatte und starrte eine Weile still vor sich hin, bevor er plötzlich zu schluchzen begann. Tief drinnen spürte Adalbert, dass er dem Schäfer bitter unrecht getan hatte. So dumm war er gewesen, so verblendet aus kopfloser Sorge um Serafina, dass er etwas Entscheidendes übersehen hatte: Serafina hatte ihn erst hier des Mordes verdächtigt, und da war sein Würzwein längst zubereitet gewesen.

«Glaubt mir bitte, Medicus: Ich hab's nicht getan. Niemals könnte ich einem Menschen etwas antun. Einem Weib schon gar nicht. Und meine Hunde tun keinem Kind was zuleide.» Der schmächtige Kerl streckte seine Arme vor. «Bindet mich und nehmt mich in die Stadt mit, auf dass die Richter entscheiden. Ich hab nichts zu verbergen. Und zu verlieren erst recht nicht.»

Adalbert merkte, wie er trotz aller Erleichterung schamrot wurde.

«Ich glaube Euch, und ich bitte Euch, mir zu verzeihen. Ich war schlichtweg außer mir vor Sorge um meine Frau. Das mit Eurer Mia tut mir von Herzen leid, und ich verspreche Euch, das Gericht wird alles tun, um ihren Mörder zu finden. Habt Ihr vielleicht einen Verdacht, der uns Ratsherren weiterhelfen könnte?»

Nickel wischte sich über die Augen.

«Einen Verdacht? Das nicht gerade.» Er stockte. «Wenn, dann so etwas wie eine Ahnung …

«So sagt es mir nur frei heraus.»

«Nein, nein.» Er schüttelte den Kopf. «Der Gedanke ist zu dumm … Nicht dass ich damit noch einen Unschuldigen an den Galgen bringe. … Jetzt geht besser zu Eurem Weib, die Frau Serafina hat sich bestimmt nur den Magen verdorben.»

Adalbert nickte und stapfte mit hängenden Schultern durch das Stroh in Richtung Scheunentor. Was er hier angerichtet hatte, war unverzeihlich.

«Herr Stadtarzt?»

«Ja, Nickel?»

«Mein Dolch.»

«Entschuldigt, den hätte ich ums Haar mitgenommen.»

Adalbert schloss das Gatter hinter sich und legte den Dolch obenauf. Als er ein letztes Mal zu Nickel hinübersah, um sich zu verabschieden, fand er den vor Schreck erstarrt.

«Allmächtiger», hörte er ihn heiser rufen.

Langsam drehte sich Adalbert um: Vor ihm stand eine verhüllte Gestalt, mit einem Sack über der Schulter. Das Gesicht konnte er im Halbdunkel nicht erkennen.

«Ihr, Medicus, solltet jetzt besser verschwinden», sagte eine ihm wohl bekannte Stimme in drohendem Unterton. Die vermummte Gestalt griff an seinem Arm vorbei nach dem Dolch und stieß das Gatter mit dem Fuß wieder auf. «Ich habe mit Nickel allein zu sprechen.»

Kapitel 40

Der Büttel blieb stehen. Sie hatten soeben das Schneckentor durchquert und standen nun vor der Brücke zur Niederen Würi, im dichten Nebel, der den Tag vorzeitig zur Nacht machte.

«Ich hab gesagt, Ihr sollt in der Stadt bleiben, Kreuzdonnerwetter! Was seid Ihr nur für ein Sturkopf», schnauzte er Serafina an. «Am besten hätte ich Euch von den Torwächtern festnehmen lassen sollen.»

«So etwas Ähnliches hat mein Ehegefährte heute auch schon gesagt», murmelte sie, machte aber keinerlei Anstalten, seiner Anweisung Folge zu leisten.

Sackpfeiffer grunzte etwas Unverständliches, eilte aber weiter. Offenbar hatte er den Ernst der Lage endlich erkannt, und Serafina atmete auf.

Was letztendlich Licht ins Dunkel ihrer Gedanken gebracht hatte, hing mit dem heutigen Besuch bei der Hasenbaderin zusammen. Dass der armen Frau die tote Mia erschienen war, hatte Serafina nicht mehr losgelassen, genau wie deren unheilvolle Ahnung, dass der Tod schon bald den Nächsten holen werde. Und dann, mit einem Schlag, hatte sie den alles verbindenden Faden erkannt: Veit und Margaretha hatten den einzigen Sohn verloren, ihre Hoffnung, dass Margaretha erneut schwanger würde, war zunichte gemacht mit Totgeburten und Blutungen, die Adalbert in seiner Eigenschaft als Arzt Abortus nennen würde. Was die Mordopfer betraf: Mia aus der Würi war eine für ihre Kenntnisse bei Frauenleiden bekannte Heilerin, Hildegard eine Hebamme. Und genau dort lag die Verbindung. War Nickel der Hebamme nicht im Haus des Baders begegnet? Gab Veit ihr also die Schuld an den Totgeburten? Dass man sich obendrein Hilfe bei der Heilerin im eigenen Dorf gesucht hatte, lag nahe, doch auch das hatte jedes Mal schlecht geendet. Das nächste Opfer in dieser Reihe konnte nur der Schäfer sein. Auch er hatte sich, wie sich bei ihrem heutigen Besuch im Badhaus herausgestellt hatte, eifrig darum bemüht, Margaretha in ihrer Not zu helfen.

Serafina hatte die Verzweiflung des Baders über den Tod seines kleinen Jörgelin ja selbst miterlebt. Für Veit musste eine Welt zusammengebrochen sein, ihm war alles genommen. So hatte er sich geschworen, Rache zu nehmen, an all denen, die vermeintlich schuld waren an der Unfruchtbarkeit seines Weibes. Und zwar sollten sie sinnbildhaft auf dieselbe Art und Weise sterben wie sein einziger Sohn, wohl auch in der Hoffnung, dass deren Tod gar nicht erst als Mord erkannt würde. Wie in einem Wahn musste sich der Hasenbader derzeit befinden, und er hatte seinen Plan noch nicht zu Ende gebracht. Hatte er heute Nachmittag nicht zu seinem Weib gesagt: *Bald schon werden wir beide zur Ruhe finden*? In seiner Verblendung erkannte er nicht einmal, dass im Fall von Mia und Hildegard von Amts wegen längst auf Meuchelmord erkannt wurde. Hatte stattdessen bei ihrem Abschied heute Mittag störrisch darauf beharrt, dass da Wölfe am Werk waren, von denen sich noch etliche herumtrieben. Fast schien es, als hätte er den Verstand verloren, was ihn umso gefährlicher machte.

Als Serafina kurz zuvor den Büttel in der Kanzlei aufgesucht und ihm all das in hastigen Worten dargelegt hatte, hatte der sie zunächst für völlig überdreht erklärt.

«Ihr bewegt Euch mit Eurem Verdacht auf ganz dünnem Eis, Frau Serafina.»

«Ich flehe Euch an, Gallus Sackpfeiffer: Setzt den Mann gefangen! Sonst ist heute Nacht der Schäfer das nächste angebliche Wolfsopfer. Glaubt mir, Ihr werdet irgendwo im Badhaus einen Sack mit einem Wolfsgebiss und Kadaverresten finden. Die im Übrigen von dem angeblich entflohenen Wolf aus der Grube stammen – die Reste davon habe ich mit eigenen Augen am Ufer liegen sehen.»

«Das sind doch alles Luftgespinste, an den Haaren herbeigezogen.»

«Bitte! Wenn Ihr sichergehen wollt, so fragt die Badermagd, ob Hildegard Margarethas Hebamme war und ob Mia der armen Frau zu einer neuen Schwangerschaft verhelfen wollte. Dann habt Ihr den Zusammenhang zwischen Opfern und Mörder. Ganz davon abgesehen, weiß ein Bader bestens mit Messer oder Dolch umzugehen. Und durch sein Handwerk kennt er den menschlichen Körper gut genug, um mit einem gezielten Stich ins Herz zu töten.»

«Ihr solltet dem Spürsinn von Frau Serafina vertrauen», hatte sich plötzlich Irmla für sie stark gemacht, die sie zusammen mit Gisla wahrhaftig in die Kanzlei begleitet hatte. «Sie hat schon mehr als einmal recht behalten, das wisst Ihr doch selbst am besten.»

Da endlich hatte der Büttel sein Schwert gegürtet und die Frauen heimgeschickt. Das heißt, Serafina hatte sich selbstredend nicht abschütteln lassen, und so folgte sie dem bulligen

Mann jetzt dicht auf den Fersen durch den feuchtkalten Nebel. Was Adalbert betraf, so konnte sie nur hoffen, dass er vom Obertor her längst auf dem Heimweg war, ohne dass er und der Schäfer ernsthaft aneinandergeraten waren.

Vor der weit geöffneten Tür des Hasenbads drehte Sackpfeiffer sich zu ihr um: «Wenn ich mich jetzt gleich lächerlich mache mit Eurem Verdacht, dann war es das letzte Mal, dass ich für Euch in die Bresche gesprungen bin.»

«Ihr werdet sehen, dass ich recht habe.»

Der Büttel rollte gereizt die Augen.

«Ihr bleibt hier draußen stehen und wartet», befahl er ihr. «Eine Festnahme ist kein Fliegenschiss, und der Medicus reißt mir den Kopf ab, sollte Euch etwas zustoßen.»

Das Badhaus hatte wieder geöffnet, doch jetzt, am Nachmittag eines gewöhnlichen Arbeitstages, herrschte nur wenig Betrieb. Müßig lehnte die junge Sanne am Holzregal der Kleiderablage. Serafina, die voller Anspannung an Sackpfeiffers Schulter vorbei in den Vorraum lugte, erkannte an den Kleiderstapeln, dass nur drei Badegäste anwesend waren. Und hinten am Ofen machte sich Cunzi zu schaffen.

«Seid Ihr nicht der oberste Stadtbüttel?», hörte sie die Magd fragen. «Kommt Ihr zum Baden jetzt etwa zu uns in die Würi?»

«Ich suche Meister Veit», war die barsche Antwort. «Wo ist er?»

«Der musste eben gerade noch einmal weg.»

«Wohin?»

«Das hat er mir nicht gesagt.»

Serafina drängte sich am Büttel vorbei. «Hör zu, Sanne – wer war damals als Hebamme bei den beiden Totgeburten dabei?»

«Na, die Hildegard aus der Schneckenvorstadt.»

«Und die Mia, war die auch öfter hier?»

«Aber gewiss. Die war ja bekannt dafür, dass sie mit ihren Salben und Kräutern den Frauen zu guter Hoffnung verhelfen kann. Mein Herr aber hat sie irgendwann nicht mehr im Haus haben wollen. Weil sie der Baderin damit mehr geschadet hätte als genutzt.»

«Habt Ihr's gehört?» Triumphierend funkelte Serafina den Büttel an.

In diesem Augenblick hörten sie von oben eine verängstigte Frauenstimme rufen: «Seid Ihr das, Frau Serafina?»

Auf der obersten Treppenstufe erschien die Baderin, barfuß, im Unterkleid und mit wirrem Blick aus dunkel umschatteten Augen.

«Mein Veit – der Satan ist in ihn gefahren!», stieß sie keuchend hervor. «Er ist beim Nickel, er wird es vollenden!»

Serafina packte den Büttel beim Arm. «So kommt endlich! Es sind gut ein paar hundert Schritte bis zum oberen Dorfausgang! Und Ihr auch, Cunzi, ich bitte Euch!»

Sie stürzte los. Gütiger Herrgott im Himmel – was, wenn Adalbert noch immer im Schafstall war?

Kapitel 41

Das hatte er nun von seinem Wagemut! Anstatt durch das halboffene Scheunentor davonzurennen, hatte sich Adalbert dem Mann in den Weg gestellt, ihm die Kapuze heruntergerissen und gerufen: «Tut jetzt nichts Unbedachtes, Meister Veit! Falls Ihr glaubt, Nickels Hunde hätten Euren Knaben getötet, dann liegt Ihr falsch.»

Woraufhin der Hasenbader nur böse gelacht hatte.

«Das weiß ich selbst. Was schaut Ihr so misstrauisch, Medicus? Ich hab dem Nickel sogar ein Geschenk mitgebracht, besser gesagt, den Hunden.» Seine Stimme war schneidend geworden. «Nein, Nickel, lass die Köter nur angebunden. Mir tun sie zwar nichts, aber vielleicht ja unserem Stadtarzt. Und Euch, Medicus, bitte ich zum letzten Mal zu gehen. Was ich mit dem Schäfer auszumachen habe, geht keinen was an.»

Er deutete zum Tor und nickte Adalbert auffordernd zu.

Eine böse Ahnung stieg in Adalbert auf. Auch Nickel war wie festgewurzelt mitten im Stall stehen geblieben. Das hier sah nach allem anderen aus als nach einer friedlichen Unterredung.

«Und warum habt Ihr für dieses Gespräch Nickels Dolch in der Hand?», bohrte er nach, ohne sich von der Stelle zu rühren.

«Nur zu meiner eigenen Sicherheit», erwiderte Veit ruhig.

Hinterher hatte sich Adalbert immer wieder gefragt, was in

ihn gefahren war, doch er konnte nicht anders, als sich dem Bader beherzt in den Weg zu stellen.

«Ich bleibe! Und statt meiner verlasst *Ihr* den Stall und lasst den Nickel in Frieden.»

Ehe es sich Adalbert versah, hatte Veit das Scheunentor hinter sich zugezogen und von innen den Riegel vorgelegt. Dann gab er Adalbert einen nicht gerade sanften Stoß in Richtung Schafspferch und warf den Ledersack, den er über der Schulter getragen hatte, zu Boden.

«Hier mein Geschenk.»

Da er in der rechten Hand noch immer den Dolch hielt, zog er mit der Linken das Schinkenstück, das Adalbert ihm am Morgen geschenkt hatte, heraus und warf es den festgebundenen Hunden zum Fraß vor, die sich mit freudigem Jaulen darauf stürzten. Zusammen mit dem Schinken war ein buschiges Etwas zum Vorschein gekommen, das nun über dem Rand des Beutels hing wie eine tote Ratte: Ein Wolfsschwanz, der aussah, als sei er erst vor kurzem abgetrennt worden!

«Ich hatte Euch gewarnt, Medicus. Aber mein Vorhaben duldet keinen Aufschub.» Fast schien es, als würde der Bader jetzt freundlich lächeln. «Ich muss zu Ende bringen, was ich angefangen habe.»

Da erst begriff Adalbert vollends. Kein anderer als der Hasenbader hatte Mia und Hildegard getötet, und jetzt war er hier, um dasselbe mit dem Schäfer zu tun. Zweifellos lag in dem Sack auch das Gebiss des Kadavers, und die blutverkrustete Wunde an Veits rechter Schläfe, die ihm schon bei seinem Besuch im Badhaus aufgefallen war, stammte mit Sicherheit von dem Handgemenge mit der Hebamme.

Nickel hatte die abgeschnittene Rute ebenfalls entdeckt.

«Hör zu, Veit», sagte er verunsichert. «Wenn du gekommen bist, weil ich dir gedroht habe, so lass es dir erklären. Ja, ich hab's gesehen, wie du an der Eiche den Wolfsschwanz abgeschnitten hast, und deine Sanne sollte den Urban als Werwolf verleumden, als Rache für dein zerschmettertes Knie. Aber ich hätte dich niemals verraten, glaub mir.»

«Ich weiß längst, dass du mich beobachtet hast. Ich weiß auch, dass du viel zu feige bist, mich vor unseren Dorfgenossen zu verraten. Aber deshalb bin gar ich nicht hier.»

Der Bader strich sich bedächtig den sorgfältig gestutzten Spitzbart glatt und lächelte erneut. Er wirkte wie von Sinnen, und das war er ganz offensichtlich auch. Der Schäfer jedoch schien immer noch nicht zu begreifen, in welcher Gefahr er steckte.

Ich muss raus hier, dachte Adalbert, und Hilfe holen.

Mit einem kräftigen Stoß brachte er den Bader zum Straucheln, dann sprang er in zwei großen Sätzen durch das offenstehende Gatter und ruckte verzweifelt am Riegel des Scheunentors. Veit indessen war schneller. Er riss ihn zurück und drehte ihm den Arm auf den Rücken.

«Das habt Ihr nun davon, Medicus», raunte er ihm ins Ohr. «Das hier wäre Euch rein gar nichts angegangen. Aber sei's drum.»

«Warum das alles?», stotterte Adalbert entsetzt. Die Angst umklammerte ihn plötzlich wie eine riesige Faust und schnürte ihm die Luft ab.

Noch bevor er irgendeinen klaren Gedanken zu fassen vermochte, wurde er zu Boden geschleudert. Aus dem Augenwinkel sah er, wie Nickel ihm mit seinem erhobenen Hirtenstab zu Hilfe kommen wollte, da spürte er schon die Dolchklinge am Hals.

«Bleib stehen, Nickel», hörte er Veits Stimme dicht an seinem Ohr. «Nur einen Schritt weiter, und ich schneide dem Medicus die Kehle durch.»

Jetzt also saß er hier zwischen blökenden Schafen im Stroh, an Armen und Beinen gefesselt, und musste hilflos mit ansehen, wie Veit sich als Nächstes den Schäfer vornahm. Mit erhobenem Dolch zwang er diesen, sich umzudrehen, um ihm dann in aller Ruhe mit einem derben Schlag den Hirtenstab über den Schädel zu ziehen, so dass er bewusstlos zu Boden sank.

«Warum das alles?», fragte Adalbert tonlos ein zweites Mal, während Veit nun auch den Schäfer fesselte, nicht ohne ihm zuvor den Mantel abzustreifen. Schließlich schleifte er ihn an den rückwärtigen Teil des Gatters, keine zehn Schritte von Adalbert entfernt, und band ihm die Hände ans obere Holz. Mit seinem zur Brust gesunkenen Kinn sah Nickel jetzt ein wenig wie der Heiland am Kreuz aus. Derweil schmatzten die noch immer am Karrenrad angebundenen Hunde genüsslich vor sich hin.

Für einen kurzen Moment dachte Adalbert daran, lauthals um Hilfe zu schreien. Doch Mias Hütte nebenan stand leer, die Mühle des eingekerkerten Urban wahrscheinlich ebenso, und die nächsten bewohnten Häuser waren einiges entfernt. Außerdem, und das wog noch mehr, hätte ihm Veit dann mit Sicherheit einen Knebel in den Mund gesteckt. Die einzige Aussicht auf Rettung bestand darin, Zeit zu gewinnen und den Bader zur Umkehr zu bewegen. Und das ging am ehesten durch Reden.

«So erklärt es mir wenigstens», bat Adalbert inständig, während der Bader unter dem Gatter hindurchschlüpfte und auch das Türchen zum Hof mit einem Riegel versperrte. «Was haben diese Menschen Euch getan?»

«Wollt Ihr's wirklich wissen, Medicus?», bekam er endlich zur Antwort, und Adalbert nickte heftig.

«Gut, ich will's Euch sagen.»

Veit machte eine Pause und betrachtete fast nachdenklich den schmächtigen Körper des Schäfers. Jetzt wird er ihn umbringen, schoss es Adalbert durch den Kopf. Auf dieselbe Art abschlachten wie Mia und Hildegard.

«Auch Nickel hat schuld daran», fuhr der Bader endlich fort, «dass ich keine Erben habe und niemals mehr haben werde. Heute Morgen hat meine Margaretha mir endlich gestanden, was ich schon lange geahnt habe: dass er ihr seit Jahren seinen Zauberschwachsinn andreht, damit sie wieder guter Hoffnung wird. Allerlei giftiges Zeug hat er ihr angedreht und Schadenzauber betrieben, der elende Quacksalber. Genau wie diese Mia!»

«Und die Hebamme Hildegard? Warum musste sie sterben?»

Veit richtete sich auf und kam auf ihn zu. Er hinkte plötzlich wieder stärker als zuvor.

«Weil sie ihr Handwerk so stümperhaft ausgeübt hat, dass mein Weib zwei tote Kinder zur Welt gebracht hat. Deshalb musste sie sterben.»

Er holte einen zweiten, noch längeren und spitzeren Dolch als den des Schäfers aus seinem Sack sowie das Wolfsgebiss, an dem das Fell nur noch in Fetzen hing. Wolfsrute, Gebiss und Dolch breitete er so ordentlich auf einem Tuch aus, als seien das die Instrumente zum Aderlass, den er als Bader nun gleich vornehmen wollte.

«Ich flehe Euch an, Meister Veit: Kommt wieder zu Verstand. Ihr habt schon genug Unheil angerichtet. Das Unglück einer Totgeburt kann jeder Hebamme geschehen, und ich versichere Euch als Stadtarzt, dass Hildegard ihr Handwerk aufs Beste verstanden hat. Es war allein Gottes Wille.»

Der Bader lachte böse auf. «Werdet Ihr jetzt zum Pfaffen? Von wegen Gottes Wille – da war der Teufel im Spiel.»

«Glaubt mir, Meister Veit: Ich verstehe Eure Verbitterung, mit dem Tod des einzigen Kindes hat es Euch schwer getroffen. Aber an seinem Schicksal kann man keine Rache nehmen, man kann es nur erdulden. Das sage ich Euch aus eigener Erfahrung! Auch ich hab einst Weib und Kind verloren.»

«Eure Geschichten scheren mich einen Dreck, Medicus. Ich habe meinem Weib geschworen, dass ich Jörgelins Tod rächen werde. An all denen, die schuld sind, dass wir keine weiteren Kinder haben. Und diesen Schwur werde ich jetzt erfüllen.»

Der bewusstlose Nickel stieß ein dumpfes Stöhnen aus, dann wurde es wieder totenstill auf der anderen Seite des Schafspferchs.

«Eure Margaretha», fuhr Adalbert fort, so ruhig es ihm möglich war, «wird das niemals gewollt haben. Obendrein wird man Euch hängen dafür, und dann hat sie niemanden mehr auf der Welt.»

«Man wird mich nicht hängen, wenn ich mich beeile. Draußen ist dichter Nebel, und wenn ich nach hinten hinaus zum Wald verschwinde, sieht mich kein Mensch. Ich werde die Tür zum Hof offenlassen, dann wird man hinterher sagen: Seht her, hier sind die Wölfe eingedrungen. Und die Hunde konnten nicht eingreifen, weil der dumme Schäfer sie angebunden hatte. Nun ja, zwei, drei Schafe werde ich ebenfalls abstechen müssen.»

Erst in diesem schrecklichen Moment begriff Adalbert, was das zu bedeuten hatte: Er würde zusammen mit Nickel sterben!

Das Entsetzen darüber schnürte ihm die Luft ab, wie in jenem Albtraum neulich. Ihm war, als müsse er Anlauf nehmen, um überhaupt einen Laut auszustoßen. Doch es gelang ihm.

Durchdringend begann er zu brüllen: «Zu Hilfe! Zu Hilfe!»

Träumte er oder antwortete ihm von draußen, dicht vor dem Tor, eine gellende Frauenstimme?

«Feurio!», drang es ihm ans Ohr. «Feurio!»

Der Bader erstarrte in seinem Tun.

«Verdammt, dieser Stall wird brennen wie Zunderschwamm. Ein Grund mehr, dass ich mich beeile.»

«Gleich wird es hier von Leuten wimmeln», machte Adalbert einen letzten kläglichen Versuch, seine und Nickels Haut zu retten. «Jetzt könnt Ihr noch unerkannt verschwinden.»

«Pah! In dem Trubel, der gleich losgeht, erst recht. Und jetzt haltet endlich Euer Maul.»

Schon hatte sich Veit seinen langen, spitzen Dolch geschnappt und humpelte eilends hinüber zu Nickel. «Du sollst sterben, du Hund. Genau wie mein Jörgelin.»

«Haltet ein, verdammt noch mal!», schrie Adalbert.

Angriffsbereit erhob Veit die Faust mit dem Dolch und beugte sich über den leblosen Schäfer, als der blitzschnell seine gebundenen Beine an sich zog und wieder nach vorne schnellen ließ. Geradewegs in Veits Unterleib.

Mit einem gurgelnden Laut klappte der Bader zusammen und kippte seitwärts ins Stroh. Im selben Augenblick krachte Holz gegen Holz. Drei, vier Schläge nur, dann barst das Türchen zum Hof, und herein stürzte ein Mann in grünem Gewand, das

Schwert gezückt und das schwarzbärtige Gesicht grimmig verzogen. Ein gutes Dutzend mit Feuerpatschen und Mistgabeln Bewaffneter folgten ihm, darunter auch Veits Knecht Cunzi und Bannwart Eppe.

«Euch hat wahrlich der Herrgott geschickt, Sackpfeiffer», seufzte Adalbert und schloss erschöpft die Augen.

Kapitel 42

Den Männern war es ein Leichtes, Veit zu überwältigen und zu fesseln. Hernach banden sie den zitternden Schäfer los, während der Büttel Adalbert zu Hilfe kam.

«Nicht der Herrgott hat mich übrigens geschickt, sondern Euer Weib Serafina», sagte der, nachdem Adalbert wieder auf die Beine gekommen war.

«Serafina? Wo ist sie? Ist sie hier?»

«Ich hab sie draußen am Scheunentor festgebunden, damit sie nicht auf den Gedanken kommt, mit uns den Stall zu erstürmen.»

Verblüfft starrte Adalbert ihn an. «Im Ernst?»

Der sonst so griesgrämige Büttel lachte schallend auf. «Unsinn, lieber Medicus. Aber sie hat mir hoch und heilig versprechen müssen, auf der Dorfstraße zu warten.»

Sein Lachen steckte Adalbert an, und er spürte, wie die Anspannung von ihm wich.

«Ich hab Euch noch nie lachen sehen.» Adalbert atmete tief durch. «Ich danke Euch so sehr.»

Dann breitete er die Arme aus und zog Sackpfeiffer kurzerhand an sich. Der war jetzt sichtlich verlegen.

«Ohne Frau Serafina wäre ich nicht hier», wehrte er ab. «Sie hatte mich in der Ratskanzlei aufgesucht und Stein und Bein darauf geschworen, dass der Hasenbader der gesuchte Meuchelmörder sei und ich ihn festnehmen müsste, damit kein dritter Mord geschieht. Oder, wie ich das so sehe, sogar ein vierter.» Er stieß hörbar die Luft aus. «Wäre Euer Weib nicht so stur, dann wäre alles zu spät gewesen.»

Darüber wollte Adalbert gar nicht erst nachdenken. Er eilte zum Scheunentor, schlug den Riegel weg, stürzte hinaus – und fand sich in Serafinas Armen wieder.

Schweigend hielten sie sich fest umschlungen, bis Serafina sich von ihm löste und mit belegter Stimme fragte: «Hat er dir was angetan?»

«Nein, nein, so weit ist es nicht gekommen. Dank dir und dem Büttel. Aber woher wusstest du, dass dieser Veit ...»

Sie küsste ihn auf die Wange. «Ich habe eins und eins zusammengezählt, es konnte gar nicht anders sein. Aber das erzähle ich dir später. Als wir dann drüben im Hasenbad waren, hat uns die völlig aufgelöste Baderin zugerufen, dass Veit beim Schäfer sei. Um es zu vollenden, wie sie sagte. Du kannst dir gar nicht vorstellen, wie entsetzt ich war. Den ganzen Weg hierher habe ich gebetet, dass du schon auf dem Heimweg bist. Aber dann war hier alles verrammelt, und plötzlich haben wir deine Stimme erkannt.»

Da hatte ich wirklich mehr Glück als Verstand, dachte Adalbert beklommen. Dann stutzte er: Nirgendwo rundum brannte es.

«Hattest *du* vorhin ein Feuer ausgerufen?»

«Ja, das war ich. Es kam mir ganz plötzlich in den Sinn. Wir hatten nämlich erst nur den Cunzi und den Bannwart dabei. Der Eppe hatte zwar unterwegs vor jedem Haus gebrüllt, dass alle Mann auf die Straße sollten, um dem Stadtbüttel zur Seite zu stehen, aber niemand kam. Und als wir merkten, dass beide Zugänge zum Schafstall verriegelt sind, hab ich gedacht, dass ganz schnell etwas geschehen muss. Da habe ich dann ohne Nachdenken Feurio gerufen, und schon war das ganze Oberdorf auf den Beinen.»

«Du hättest wahrlich nichts Klügeres tun können.» Dankbar drückte er ihre Hände. «Fürchtet doch der Mensch außer dem eigenen Tod nichts mehr als eine Feuersbrunst.»

Sie mussten zur Seite treten, da die Männer den gefangenen Bader herausführten. Als Letztes trat Nickel auf die Dorfstraße. Ein wenig schwankend rieb er sich seinen wohl heftig schmerzenden Schädel. Dann spuckte er dem Hasenbader vor die Füße und sagte mit Tränen in den Augen: «Auf ewig in der Hölle sollst du schmoren!»

Cunzi legte ihm den Arm um die Schulter. «Er wird seine gerechte Strafe bekommen. Gestern hätte ich ihn noch meinen Herrn und Meister genannt – jetzt nenne ich ihn einen Erzlumpen.»

«Selbst du fällst mir also in den Rücken», fauchte Veit ihn an.

Adalbert deutete auf den Sack, den einer der Männer mit herausgebracht hatte.

«Der Inhalt dieses Beutels, zusammen mit unseren Zeugenaussagen», wandte er sich an Veit und konnte den Zorn in seiner Stimme kaum unterdrücken, «sollte für die Herren Richter Beweis genug sein.»

Der Bader biss sich auf die Lippen und schwieg.

«Ab mit Euch!», knurrte der Büttel. «Ihr, lieber Stadtarzt, begleitet mich bitte mit Frau Serafina in die Kanzlei, um als Zeugen auszusagen. Du auch, Nickel.»

«Wir kommen alle mit», beschied Cunzi ihm und spuckte seinem einstigen Dienstherrn nun ebenfalls vor die Füße. «Nicht dass der Kerl uns doch noch entkommt.»

Schweigend machten sie sich auf den Weg zur Dreisambrücke, unter den fassungslosen Blicken sämtlicher Dorfbewohner, die nun trotz einbrechender Dunkelheit die Straße säumten. Bis auf die Magd Sanne wagte ihnen jedoch niemand zu folgen.

Adalbert ging Schulter an Schulter mit Serafina, immer wieder drückte er ihr dabei verstohlen die Hand. Sie hatte sich bei Nickel kurz vorher zutiefst verlegen entschuldigt für ihre Verdächtigungen, doch er hatte nur großmütig abgewinkt: «Ich bin Euch nicht bös, Frau Serafina. Und was meinen Würzwein betrifft: Da hattet Ihr Euch wohl einfach nur den Magen verdorben.» Und Adalbert hatte mit einem erleichterten Lächeln hinzugefügt: «Dem Schäfer ist der halbe Krug davon jedenfalls gut bekommen.»

Drüben am Schneckentor wunderten sich die Torwächter nicht wenig über diesen seltsamen Aufzug.

«Nanu, Stadtbüttel – ist das nicht der Hasenbader, den Ihr da abführt?», fragte ihn der Ältere der beiden.

«Ganz recht», erwiderte Sackpfeiffer einsilbig, wie es seine Art war, und wollte schon weitergehen. Da hielt Serafina ihn zurück.

«Wartet. Wenn der Bader gestern Abend zu Hildegard in die Schneckenvorstadt gegangen ist, müsste er hier durchs Tor gekommen sein. Auf seinem Rückweg war es mit Sicherheit schon dunkel, und da fragen die Wärter in aller Regel nach, wer kommt und geht. Ich denke, ein weiterer Beweis für Meister Veits Schuld schadet nicht.»

Anerkennend nickte Adalbert ihr zu. Manchmal konnte einem Serafinas scharfer Verstand fast schon Angst machen.

«Gut.» Sackpfeiffer wandte sich wieder an den älteren Torwächter. «Habt Ihr gestern am späten Nachmittag oder am Abend den Hasenbader ein- und ausgehen sehen?»

«Nein, das wäre mir aufgefallen, weil ich ihn doch kenne. Aber gegen später hatte ich auch keinen Dienst mehr. Da waren dann der Konrad und der Ansgar hier.»

Er winkte seinen jüngeren Amtsgenossen heran. «Hör, Ansgar, hast du diesen Mann hier gestern Abend durchs Tor gehen sehen?»

Der gute Mann wirkte unsicher. Da hatte Adalbert einen Einfall. Er zog Veit die Kapuze tief ins Gesicht und legte ihm den Ledersack auf die Schulter.

«Los, Meister Veit, lauft ein paar Schritte.»

Der Bader gab sich sichtlich Mühe, nicht zu hinken, konnte es aber dennoch nicht ganz verbergen.

Die Miene des Torwächters hellte sich auf. «Ja, ich erinnere mich. Der war hier, wollte kurz vor Torschluss hinaus. Hat gesagt, er wär ein Wanderscherer, auf dem Heimweg nach Güntersthal. Hat mich noch um Licht für seine Laterne gebeten. Ich hab ihn dann gefragt, ob in seinem Sack etwa verbotene Tauschware wär, und wollte nachsehen. Hat das vielleicht gestunken!»

«Gestunken?», fragte Adalbert nach.

«Na ja, so genau wollte ich's dann gar nicht mehr wissen. Er hat gemeint, dass er jemanden zur Ader gelassen hätte und dass der Gestank vom Aderlassblut käme, das er in einem Fellsäckchen aufgefangen hätte. Das wollte er dann auf freiem Feld entsorgen.» Er blinzelte. «Was ist denn da nun drin?»

«Ich würde sagen, sein Mordwerkzeug.»

«Ach herrje! Und ich hatte ihn noch gelobt, dass er das Zeug nicht wie alle Welt in die Gosse gekippt hat.»

Sackpfeiffer schlug dem Torwächter auf die Schulter.

«Dann würde ich Euch jetzt bitten, uns ebenfalls als Zeuge in die Ratskanzlei zu begleiten.» Er gab dem Bader, der trotzig zu Boden starrte, einen Stoß in den Rücken. «Ab in den Turm, Meister Veit. Ich denke, damit seid Ihr endgültig überführt. Mehr Zeugen und Beweise braucht es nicht für die Herren Richter.»

Kapitel 43

Am nächsten Morgen erwachte Serafina noch vor Adalbert. Sie hatte wie ein Stein geschlafen, nachdem sie am Abend noch Stunden mit Gisla und Irmla in froher Runde zusammengesessen waren, um gemeinsam über diesen erneuten großen Schrecken hinwegzukommen. Hernach, in der Schlafkammer, hatte Adalbert ihr in weinseliger Stimmung eröffnet, dass sie nach seiner wundersamen Errettung einen Wunsch frei habe, ganz gleich welchen.

Sie hatte nicht lange überlegen müssen.

«Ich fände es schön, wenn Gisla für immer bei uns bleibt. Sie lebt so ärmlich, und der Alltag wird ihr immer beschwerlicher.»

«Weißt du was? Genau daran habe ich selbst schon gedacht. Wenn du damit einverstanden bist, werde ich einen Zimmermann kommen lassen, damit er unsere zugige Gästekammer unterm Dach ordentlich mit Holz verkleidet. Und am Bett lassen wir wie bei uns einen Baldachin mit Vorhängen anbringen, dann kann man nämlich auch im Winter dort oben schlafen. Obendrein könnte Gisla dir bei der Armenapotheke zur Hand gehen.»

«Und du», hatte sie lachend ergänzt, «hast gleich zwei Frauen im Haus, die ein Auge auf mich haben, wenn du mal wieder den ganzen Tag unterwegs bist.»

Danach hatten sie sich lange und zärtlich geliebt, bis sie beide erschöpft eingeschlafen waren.

Der Gedanke, dass die alte Kräuterfrau bei ihnen bleiben würde, machte Serafina sehr froh. Sachte, um ihn nicht zu wecken, hauchte sie Adalbert einen Kuss auf die Stirn und schlüpfte unter der wohlig warmen Decke hervor.

Für diesen Tag, einen Samstag, hatten sie sich beide vorgenommen, alles ganz und gar gemütlich anzugehen – mit einem Spaziergang an der Burghalde oder im Hirschgraben, mit einem besonders feinen Mittagessen, einem gemeinsamen Würfelspiel bei Kerzenlicht zur Nacht hin. Noch gestern Abend hatte Adalbert deshalb alle Konsultationen für heute abgesagt.

Während sie sich leise ankleidete, dachte sie noch einmal voller Scham daran, wie unrecht sie dem Schäfer getan hatte. Mit Adalbert war sie übereingekommen, dass ein schöner neuer Wintermantel das Mindeste war, das man diesem armen, harmlosen Tropf an Gutem tun könnte. Und ja, auch bei der Badermagd war sie vollkommen falsch gelegen. Hatte Serafina doch zwischendurch wirklich kurz geglaubt, dass Sanne selbst heimlich die Hunde auf Jörgelin gehetzt haben könnte, um ihren geliebten Meister ganz für sich zu gewinnen – zumal sie sichtlich guter Hoffnung war. Dabei war sie gar nicht von ihrem Dienstherrn schwanger, sondern von Cunzi, wie Sanne ihr gestern auf dem Weg in die Kanzlei nach dreimaligem Nachfragen gestanden hatte. Bald schon würden sie heiraten, hatte sie ein wenig verlegen hinzugefügt und dabei den Knecht von der Seite angelächelt. Der indessen wirkte nicht gerade begeistert ob seiner neuen Aufgabe als Familienvater und Ehemann. Aber vielleicht würden sich die beiden ja zusammenraufen.

Denn dass Sanne in den Bader verliebt war und nicht in dessen Knecht, davon war Serafina noch immer überzeugt.

Behutsam, damit es nicht knarrte, öffnete sie die Tür. Von unten hörte sie die Frauen in der Küche mit den Töpfen klappern, der köstliche Duft von süßem Milchbrei stieg ihr in die Nase. Von Heißhunger getrieben, nahm sie ihre Holzpantinen in die Hand und eilte hinunter.

Mit einem fröhlichen «Guten Morgen» begrüßte sie die beiden Alten. Die weiteren Worte blieben ihr im Halse stecken.

Ihr Magen begann sich zu heben und zu senken, der Würgereiz in der Kehle nahm ihr schier die Luft. Barfuß, wie sie war, stürzte sie die Treppe hinunter und schaffte es gerade noch in Adalberts Behandlungszimmer, wo sie die Tür zum Hof aufriss. Dort hinter der Schwelle erbrach sie sich in heftigen Schüben.

Als es vorbei war, schloss sie für einen Moment die Augen. Warum bloß war ihr schon wieder speiübel? Das konnten doch unmöglich die Nachwirkungen des Gewürzweins sein? Oder war es vielleicht … konnte das wirklich sein? Schnell rief sie sich die vergangenen zwei Monde in Erinnerung. Ein ungeahntes Glücksgefühl erfasste sie von den Haarwurzeln bis in die Fußspitzen. Niemals hätte sie geglaubt, dass sie das noch erleben durfte. Als sie die Augen wieder öffnete, sah sie die Sonne hinter den Hausdächern aufsteigen. Durch die Schneereste im Hof hatten sich die weißen Blütenkelche der Märzenbecher geschoben, zart, hoffnungsvoll, hartnäckig. Der Frühling war nicht mehr aufzuhalten.

Leicht schwankend ging sie ins Haus zurück und wusch sich in der Wasserschüssel, die in Adalberts Behandlungszimmer stand, sorgfältig Gesicht und Hände. Als sie sich umdrehte, stand Adalbert vor ihr, in seinem Gefolge Irmla und Gisla.

«Gütiger Himmel», sagte er leichenblass vor Schreck. «Was brütest du da nur aus? Fürs Erste bleibst du zu Hause, ich werde dich gründlich untersuchen müssen. Und eine Urinschau sollten wir auch machen.»

Sie strahlte über das ganze Gesicht. «Aber nein, ich bin nicht krank.»

«Keine Widerrede, Serafina. Du legst dich gleich wieder hin. Das sage ich dir jetzt als Arzt, nicht als Ehemann.»

«Wenn Ihr erlaubt, lieber Medicus», mischte sich nun Gisla ein, «sage ich Euch jetzt als altes Kräuterweib etwas. Ihr könnt wahrlich froh sein, dass sie gestern nicht von der Brechwurzel genommen hat. Da hätte das Kindlein womöglich Schaden genommen.»

«Wie?» Adalbert starrte Gisla an. «Was wollt Ihr damit sagen?»

«Dass Eure Serafina kerngesund ist. Oder seht Ihr eine Schwangerschaft etwa als Krankheit an?»

Mit großen Augen wandte er sich Serafina zu.

«Du bist also …»

«Ja, ich bin guter Hoffnung!» rief sie und fiel ihm in die Arme. «Jetzt weiß ich es ganz sicher.»

Adalbert drückte sie fest an sich und brachte kein Wort heraus. Als sie einander losließen, liefen ihm die Tränen über die bartlosen Wangen.

«Aber … man sieht dir gar nichts an.» Er musterte sie so eindringlich, dass Serafina lachen musste.

«Noch nicht», erwiderte Gisla an ihrer Stelle. «Aber bald schon. Ich schätze, das Kindlein ist in seinem dritten Monat.»

«Dann habt Ihr davon gewusst, Gisla?»

«Gewusst nicht, aber geahnt. Die Übelkeit am Morgen, die

seltsamen Launen in letzter Zeit, die Müdigkeit, der Heißhunger ... Glaubt mir, Medicus, wir älteren Frauen haben ein Gespür dafür.»

«So werde ich auf meine alten Tage wirklich noch einmal Vater?»

Gisla lächelte ihn an. «So Gott will, ja.»

Da nahm Adalbert Serafina bei den Händen und tanzte mit ihr ausgelassen durch das Behandlungszimmer. Als sie innehalten musste, weil ihr schwindlig wurde, küsste er sie vor aller Augen auf den Mund.

«Ach Serafina, ich bin so glücklich! Aber ich warne dich: Wenn wir erst ein Kind haben, dann lass ich dich nicht mehr allein aus dem Haus.»

«Das werden wir noch sehen», lachte sie, schloss die Augen und küsste ihn zärtlich zurück.

Nachbemerkung der Autorin

Verfolgt man die aktuellen, emotional teils sehr aufgeladenen Diskussionen in den Medien, so scheint die Angst vieler Menschen vor dem Raubtier Wolf beziehungsweise vor seiner Rückkehr in unsere Wälder eine Art Urangst zu sein.

Dabei ist dort, wo sich heutzutage der Wolf wieder näher an besiedeltes Gebiet wagt, bislang noch kein Mensch zu Schaden gekommen (zwischen 1950 und 2000 starben in ganz Europa neun Menschen nach Wolfsangriffen). Im Gegenteil, das Raubtier nimmt, sofern es nicht an Tollwut leidet, vor der Spezies Mensch Reißaus.

Vermutlich speist sich diese Furcht aus den Ereignissen längst vergangener Zeiten: So habe, schrieb der Pfarrer von Epfenbach bei Heidelberg im Februar 1642 ins Kirchenbuch, den 19. Hornung ein Wolf ein Mägdlein gefressen von ungefähr vierzehn Jahren. Nur wenige Jahrzehnte später, im Jahr 1685, wird aus der Gegend von Crailsheim berichtet, ein Wolf habe im Wald einen Knaben bis auf Kopf und Hände aufgefressen. Und im Hungerwinter 1649 drangen Wölfe auf Nahrungssuche bis in die befestigte Reichsstadt (Schwäbisch) Hall ein.

Wolfsangriffe waren einstmals also durchaus bittere Realität, besonders in Hungerwintern oder Kriegszeiten, wenn das Wild als Beutetier des Wolfs knapp wurde. Und knapp wurde es schnell: Durch herrschaftliche Jagdgesellschaften wie auch durch das Vieh der Dorf- und Stadtbewohner, das auf den sogenannten Waldweiden dem Wild das Futter wegfraß.

Zahllose Legenden und Mythen über Werwölfe, also über Männer, die sich mittels dämonischer Zauberkraft in einen reißenden Wolf verwandeln konnten, taten ein Übriges, um diesem Raubtier, mehr noch als dem Bären, ein bösartiges Image zu verpassen. Durchaus üblich war es auch, einen gefangenen Wolf zu töten und mit dem Galgen zu «bestrafen». Im Zuge der Hexenverfolgung kam es später sogar zu regelrechten Werwolfprozessen. So spielt in diesem Roman nicht nur die Bedrohung durch Wölfe eine wichtige Rolle, sondern auch der tief verwurzelte Aberglauben der Menschen damals.

Zum damaligen Dorf «Würi» siehe Hintergrundinformationen auf *www.astrid-fritz.de*

Glossar

Achtundvierzig – Freiburger Gesamtstadtrat im Spätmittelalter, jährlich neu gewählt; bestand zu gleichen Teilen aus Adels- bzw. Kaufmannsgeschlechtern und aus Zunftmitgliedern

Adelhausen – alter Name für einen Teil des heutigen Stadtteils Wiehre rund um den Annaplatz

Aderlass – eine der ältesten medizinischen Behandlungsmethoden, bei der aus einer Vene Blut abgenommen wird, zur Ausleitung schädlicher Körpersäfte

Aderlasskalender – astrologische Berechnung von günstigen bzw. ungünstigen Zeitpunkten für den *Aderlass*

Aderlassmännchen – menschliche Skizze, die entsprechend der jeweiligen Krankheit die richtigen Stellen für den *Aderlass* zeigt; den einzelnen Körperteilen sind Tierkreiszeichen zugeordnet

Alraunmännchen – giftige, aber auch heilsame Wurzel, die an eine menschliche Gestalt erinnert; seit der Antike auch als Zaubermittel gehandelt

artes liberales – lat.: freie Künste. Die sieben Studienfächer Grammatik, Rhetorik, Dialektik, Arithmetik, Geometrie, Musik und Astronomie bildeten das Grundstudium der mittelalterlichen Universität

Augustinus von Hippo – Philosoph, Bischof und einer der Kirchenväter der Spätantike, die entscheidend zur Bildung des Christentums beigetragen haben; er lebte von 354 bis 430

Aussatz, aussätzig – historische Bezeichnung für ansteckende Krankheiten wie Lepra oder auch Krätze. Die Aussätzigen wurden in Leprosenhäusern isoliert; in Freiburg war es das *Gutleuthaus*

Ave Maria – lat.: Gegrüßest seist du, Maria. Grundgebet der katholischen Kirche

Bahrtuch – Leichentuch bei der Aufbahrung

Baldachin – schirmartiges Stoffdach

Banner – Fahne mit Hoheitszeichen oder Wappen

Bannwart – amtlicher Aufseher einer Gemeinde als Flur-, Wald- oder Rebhüter

barbieren – altertümlich für rasieren

Barfüßer – volkstümlich für Franziskanermönche

Barfüßergasse – heutige Franziskanerstraße

Beginen – (in Freiburg auch Regelschwestern genannt) Gemeinschaft (Sammlung) christlicher Frauen, die ein frommes, eheloses Leben in ordensähnlichen Häusern führten und sich u. a. der Krankenpflege und Sterbebegleitung widmeten. Wurden immer wieder als Ketzerinnen verfolgt

Beschau – amtliche Untersuchung, z. B. auf ansteckende Krankheiten; auch von Verletzten / Leichnamen nach Gewalteinwirkung

Betzenhausen – Dorf nordwestlich von Freiburg, heute Stadtteil

Birett – auch Barett: flache Kopfbedeckung ohne Schirm oder Krempe, ähnlich einer Baskenmütze

Bleiglasfenster – Fenster aus in Blei gefassten kleineren, meist farbigen Glasstücken

Brunnengässlein – heutige Brunnenstraße

Brunnenstube – Einfassung einer Quelle zur Gewinnung von Trinkwasser, in Freiburg unterhalb des Brunnbergs (Bromberg) beim heutigen Waldsee. Die Lage war geheim, mit Rasen und Reisig abgedeckt

Bundhaube – einfache, meist leinene Haube, auch von Männern getragen, die sich unter dem Kinn binden lässt (ähnlich den heutigen Babyhauben)

Burghalde – alter Name für den Freiburger Schlossberg

Büttel – (auch Stadtweibel, Scherge, Steckenknecht, Stadtknecht) niedrige gerichtliche Hilfsperson in der mittelalterlichen Strafverfolgung; vollzieht auch bisweilen die Leibesstrafen

Christoffelsschwestern – die Schwestern / *Beginen* zum Christoffel hatten ihr Haus in der Brunnenstraße auf Höhe der heutigen Universitätskirche und wurden 1347 erstmals erwähnt; auch «des Autschers Regelhaus zu Sankt Christoffel» genannt

Christoffelstor, Christoffelsturm – ehemaliges Stadttor von der Innenstadt in die *Neuburgvorstadt* am nördlichen Ende der heutigen Kaiser-Joseph-Straße; hier wie auch in einigen anderen Türmen der Stadttore befand sich das Gefängnis

Deichel – Holzröhren mittelalterlicher Wasserleitungen; in Freiburg gibt es heute noch die «Deicheleweiher», wo das Holz gelagert wurde

Delinquent – Straftäter, Übeltäter

Dorfvogt – hier gleichbedeutend mit Schultes, Dorfvorsteher, der die Aufsicht über die Gemeindeordnung hatte und dem Dorfgericht vorstand

Dreisam – Fluss durch Freiburg; lag früher dichter an der Altstadt als heute

Drudenfuß – auch Pentagramm: magischer fünfzackiger Stern

Eisenhut – hier: einfacher mittelalterlicher Schutzhelm aus Eisen für Kämpfer zu Fuß

Elle – altes Längenmaß; die Freiburger Elle entsprach 54 cm

Erzschelm – siehe *Schelm*

Fähe – weiblicher Wolf, Fuchs oder Marder

Fischbrunnen – einstiger Brunnen am *Fischmarkt*, an Stelle des heutigen Bertoldsbrunnens

Fischmarkt – einst zentraler Markt an Stelle des heutigen Bertoldsbrunnens

Frauenhaus – alter Name für Bordell, Hurenhaus

Fron – (Zwangs-)Dienst von Bauern für ihre Grundherren

Fürwitz – veraltet für Neugierde, Vorwitz

Galenos von Pergamon – griechischer Arzt (129–216). Seine Lehre von den vier Elementen Feuer, Erde, Luft und Wasser sowie die Viersäftelehre galten bis weit über das Mittelalter hinaus; eine Schrift namens *Signa Lupi*, wie im Roman erwähnt, hat er natürlich nie geschrieben

Gerechtsame – (auch Gerechtigkeit) alter Rechtsbegriff für Berechtigung, Lizenz, Konzession

geschworen – veraltet für amtlich vereidigt

Gesichte – altes Wort für Visionen, Erscheinungen

Gotteslohn – um Gotteslohn: umsonst

Gottseibeiuns – Umschreibung für Teufel

Große Gass – heutige Kaiser-Joseph-Straße. War damals Haupt- und Marktgasse mit zahlreichen Verkaufsständen

Günterst(h)al – Zisterzienserinnenkloster im heutigen gleichnamigen Stadtteil südlich von Freiburg, existierte von 1221 bis 1806

Gugel – mittelalterliche Kragenkapuze; ursprünglich von Bauern und Handwerkern getragen, wurde sie später mit überlangem Kapuzenzipfel zur Kopfbedeckung höherer Stände

Gutleuthaus – Siechenhaus der Leprakranken (Aussätzigen), zum Schutz vor Ansteckung außerhalb der Stadt; in Freiburg nahe dem Zwickel Basler Straße / Kronenstraße

Gutleuthauspfleger – (Finanz-)Verwalter des *Gutleuthauses*, siehe auch *Pfleger*

Habsburger – mächtiges europäisches Herrschergeschlecht, dem auch Freiburg von 1368 bis 1805 (mit einer 12-jährigen Unterbrechung, siehe *Reichsstadt*) unterstand

Harnisch – Rüstung, Plattenpanzer zum Schutz des Oberkörpers

Haslach – Dorf westlich von Freiburg, heute Stadtteil

Haus Zum Pilger – heutige Franziskanerstraße 7; woher der Hausname stammt, ist leider nicht bekannt

Haus Zur Kurzen Freud – überlieferter Scherzname des städtischen Bordells in der *Neuburgvorstadt*

Heiliggeistspital – bürgerschaftliche Freiburger Einrichtung der öffentlichen Fürsorge, die im Laufe des Mittelalters immer vermögender wurde; es befand sich an der heutigen Kaiser-Joseph-Straße zwischen Marktgasse und Münsterstraße

Heimliche Räte – Ermittlungsrichter und öffentliche Ankläger im spätmittelalterlichen Gerichtsverfahren Freiburgs. Ihnen (in der Regel zwei) standen je ein Beisitzer zur Seite

heuer – süddeutsch für: dieses Jahr

Hintersasse – Einwohner, der zwar den Schutz der Stadt genießt und Steuern bezahlt, aber kein Bürgerrecht hat

Hirschgraben – in Freiburg wie auch anderswo wurden in Friedenszeiten die breiten inneren Stadtgräben trockengelegt, und man ließ Wild darin laufen

Hirzberg – Bergrücken bei Freiburg nördlich der Dreisam

Holztrippen – siehe *Trippen*

homo homini lupus est – ursprünglich ein Zitat aus der Komödie Asinaria (Eseleien) des römischen Dichters Plautus, später durch den englischen Philosophen Thomas Hobbes weltweit bekannt geworden

Hornung – althochdeutsche Bezeichnung für Februar

Hübschlerin – alte Bezeichnung für Prostituierte

Ingredienz – lat. für Bestandteil, Inhaltsstoff. Zumeist für Arzneien verwendet

Inquisition, inquisitorisch – lat. für Untersuchung: im engeren Sinne Prozessverfahren der mittelalterlichen Kirche gegen Ketzer, später auch gegen vermeintliche Hexen

Jagdfron – siehe *Fron*

Jüngstes Gericht – Gottes Gericht über alle Lebenden und Toten am Weltende

Kanzlei – städtischer Verwaltungssitz. Die erste Kanzlei Freiburgs war ein bescheidenes Häuschen an der Stelle des heutigen Alten Rathauses. Siehe auch *Ratsstube*

Katarrh – früher für jegliche Erkältungskrankheit verwendet

Katharinenkloster – Dominikanerinnenkloster seit 1297 in der Unteren / Niederen Wiehre, auf Höhe der heutigen Lessing-, Basler- und Kirchstraße

Klafter – altes Raummaß für Scheitholz, gut drei Kubikmeter

Konsultation – Beratung, Sprechstunde

Lassbinde – Binde zum Venenstau beim Aderlass

Lefzen – Lippen bei Hunden und Wölfen

Lehener Vorstadt – ehemalige westliche Vorstadt im Bereich heutige Bertoldstraße / Stadttheater; locker bebaut, mit Gärten, Rebland und zwei Frauenklöstern

Leime – großes Wiesenstück zwischen Freiburg und *Günterstal*

Lichtmess – siehe *Mariä Lichtmess*

livores venena – lat.: bläuliche Säfte / Giftstoffe: krankmachende Körpersäfte, siehe *Aderlass*

Mariä Lichtmess – Kirchenfest 40 Tage nach Christi Geburt: 2. Februar

Martini – Datumsangabe nach dem heiligen Martin: 11. November

Martinstor – eines der noch bestehenden inneren Stadttore auf der südlichen Kaiser-Joseph-Straße, früher auch Untertor genannt

Medicus – (auch Physikus, doctor medicinae) studierter Arzt, der im Gegensatz zum *Wundarzt*, dem Vorläufer des Chirurgen, für die angesehenere Innere Medizin zuständig war

Metzig – oberdeutscher Ausdruck für Schlachthaus, Metzgerei

mi-parti – Kleidung, die je zur Hälfte in verschiedenen Farben oder Mustern geschneidert ist

Mühlenfrieden – da Getreidemühlen die Versorgung sicherten, standen sie unter besonderem Schutz; Zerstörung oder Diebstahl wurden besonders hart bestraft, auch galt auf dem Grund das Asylrecht für Flüchtige

Mühlenzwang – Monopolstellung einer Getreidemühle: woanders durfte nicht gemahlen werden

Neuburg(vorstadt) – ehemalige nördliche Vorstadt rechts und links der heutigen Habsburgerstraße. War eher ärmlich, mit Einrichtungen der städtischen Fürsorge

Nikolauskirche – einstige Freiburger Pfarrkirche in der nördlichen *Neuburgvorstadt*, vermutlich auf Höhe der Einmündung Ludwigs- auf Habsburgstraße

Obere Au – lose Häuseransammlung außerhalb des Mauerrings, vor dem heutigen Schwabentor / *Obertor*. Die heutige Oberau liegt weiter ostwärts

Oberriet – Schwarzwaldgemeinde südöstlich von Freiburg (heutige Schreibweise: Oberried)

Obertor – alter Name des heute noch bestehenden Freiburger Schwabentors; Turm zur Stadtseite hin ursprünglich offen, erst 1547 mit einer Steinwand geschlossen

Obristzunftmeister – Vorstand aller Zünfte, auch militärischer Anführer im Verteidigungsfall

Offenbarung des Johannes – letztes Buch im Neuen Testament, das vom Weltende und *Jüngsten Gericht* erzählt

Paradies – Teil der historischen *Schneckenvorstadt*, ehemals mit Badstube, Mühle und Schlachthaus; auf dem Gelände des heutigen Kollegiengebäudes IV der Universität

Paternoster – lat. für *Vaterunser*

Pfleger – hier: Verwalter / Treuhänder einer Stiftung, einer Kirche, eines Klosters, eines Spitals; aus den Reihen der Ratsherren erwählt

Physikus – studierter (Stadt-)Arzt, siehe *Medicus*

Prior – Klostervorsteher

Psalm – religiöser Text des Juden- und Christentums, ursprünglich gesungen

Rappenpfennig – alte Freiburger Silbermünze, die im heutigen Schweizer Rappen seine Nachfolge gefunden hat; im Freiburger Raum erstmals um 1300 bezeugt

Ratsstube – ältestes Freiburger Rathaus (Turmstraße), das heute fälschlicherweise «Gerichtslaube» genannt wird. Die ursprüngliche Gerichtslaube als öffentlicher Gerichtsort lag am heutigen Bertoldsbrunnen, mitten im Marktgeschehen. Von der Ratsstube räumlich getrennt gab es noch die Rats*kanzlei*

Reichsstadt – eine (freie) Reichsstadt unterstand unmittelbar dem König bzw. Kaiser des Heiligen Römischen Reiches; zwar wurde Freiburg jahrhundertelang (1368 bis 1805) als Teil Vorderösterreichs von den *Habsburgern* regiert, doch der damalige Herzog Friedrich IV. fiel 1415 während des Konstanzer Konzils bei König Sigismund in Ungnade (Reichsacht), woraufhin ihm seine Breisgaustädte Freiburg, Kenzingen, Endingen und Neuenburg entzogen und bis 1427 reichsfrei gesprochen wurden

Rosenkranz – katholische Gebetskette

Rottmeister – Führer und Aufseher einer Rotte, einer kleineren militärischen Einheit

salbadern – weitschweifig herumreden

Sammlung – religiöse Gemeinschaft, siehe *Beginen*

Sarazenen – veraltet für Araber und Muslime

Sattelgasse – alter Name der Freiburger Bertoldstraße

Scharwache, Scharwächter – bewaffnete Wachmannschaft, die anfangs von Stadtbürgern gestellt wurde, später von besoldeten Wächtern in städtischen Diensten

Schelm – ursprünglich böses Schimpfwort, da es auch Aas, Abdecker und Henkersknecht bezeichnete; Schimpfworte wurden oft mit der Vorsilbe «Erz-» verstärkt

Scherer – auch Bartscherer, Barbier, dessen Handwerk aber kaum abzugrenzen ist von dem des Baders: Auch der Scherer darf zur Ader lassen und Wunden behandeln

Schleifmühle – Wasser- oder Windmühle, die zum Schleifen von Steinen oder Schärfen von Metall dient

Schneckenvorstadt – südliche Handwerkervorstadt vor dem Freiburger *Martinstor*; heute noch weitgehend erhalten

Schneckentor – ehemaliges äußeres südliches Stadttor, der Schneckenvorstadt vorgelagert; im Bereich Kaiser-Joseph-Straße / Ecke Holzmarkt

schröpfen – erhitzte Schröpfköpfe aus Horn oder Glas werden auf angeritzte Hautstellen luftdicht angesetzt, beim Abkühlen entsteht darin Unterdruck, wodurch Blut durch die Haut gesogen wird. Dadurch sollen dem Körper wie beim *Aderlass* schlechte Säfte entzogen werden

Schultheiß, Schultes – vom Landesherrn eingesetzter Amtsträger, Gemeindevorsteher mit Gerichtsgewalt

Schwesternsammlung – siehe *Beginen*
siech – krank, altersschwach
signa lupi – lat.: Merkmale des Wolfs
Spitalbad – Unter der Ägide des *Heiliggeistspitals* geführte mittelalterliche Badstube; Standort heutige Fischerau / Ecke Kaiser-Joseph-Straße
Stadtweibel – siehe *Büttel*
Stockwart – Gefängniswächter; im Gefängnisturm auch Turmwart genannt
Studiosus – Student
Tappert – knielanger, häufig seitlich geschlitzter Überwurfmantel
Trippen – Untersatz aus Holz, der wegen des Straßendrecks unter die normalen Schuhe geschnallt wurde
Turm – gleichbedeutend mit Gefängniszelle, die in den meisten Städten in den Stadttürmen untergebracht waren
Urinschau – Prüfung des Morgenurins auf etwaige Krankheiten; von der Antike bis in die frühe Neuzeit wichtigstes Mittel der medizinischen Diagnose
Usquequo Domine obliviscéris mei penitus – lat.: Wie lange, Herr, willst du mich so ganz vergessen; Beginn eines Bitt*psalms* aus dem Alten Testament
Uterus – Gebärmutter
Vaterunser – zentrales christliches Gebet, auch als Zeitangabe benutzt
Venenschlagen – alter Begriff für *Aderlass*
Waldhut – Beweidung von lichten Wäldern durch Vieh
Werwolf – die Vorstellung, dass sich ein Mensch in einen Wolf verwandeln kann, war in Religion und Mythologie weit verbreitet
Wilhelmiten – Mönchsorden, der in Freiburg in der östlichen *Schneckenvorstadt* ansässig war

Winkel… – altertümliche Vorsilbe für alles, was heimlich oder nicht offiziell ausgeübt wird, heute noch in «Winkeladvokat»

Würi – alter Name für den heutigen Stadtteil Wiehre, damals ein zu Freiburg gehörendes Dorf gleich vor der Stadt längs der *Dreisam*

Wundarzt – im Gegensatz zum gelehrten *Medicus* ein Handwerksberuf (Arzt der kleinen Leute). Untersteht wie die städtische Hebamme und der Apotheker dem i. d. R. studierten Stadtarzt

Zisterzienser – Mönchsorden aus der Zeit um 1100, der die ursprünglichen Ideale des Heiligen Benedikt wieder zur Geltung bringen wollte

Zunft – christliche Genossenschaft von Handwerkern zur Wahrung gemeinsamer Interessen, vom Mittelalter bis ins 19. Jahrhundert

Zattel – gezackter oder in Bögen und Zungen geschnittener Stoffrand / Ziersaum